愛呦文創

在全息遊戲遇到敵國O上將怎麼辦？可是很香

01

M. 貓子 —— 著

さきしたせんむ —— 繪

黑格瓦·貢·曜現

年　　齡：47歲（但獸人的壽命較長，所以外表看起來只有30多歲）
身　　高：含龍角約220cm
體　　重：含尾巴約120kg，但大多為肌肉，健壯而不笨重的身材
髮　　色：黑色及腰的長髮
瞳　　色：藍色
外貌特徵：給人壓迫感的英俊，身為黑龍人有著類似蜥蜴的長尾，頭上也有龍角，
但右邊的龍角只剩下半截。完整的龍角長度約15cm。
龍角和龍尾都是黑色，且帶著金屬質感，相當堅硬。

常見服裝造型：以攝政王身分出席時著裝頗為華麗，黑藍色系的合身長袍（後背有開高衩，方便尾巴活動）、滾毛披風、鑲銀的靴子。
私底下則很隨興，視當天需要，出門時會掛上假綿羊角偽裝成蜥蜴人（蜥蜴人因為沒有角，有時候會在頭上配戴其他獸人特徵的角當裝飾）。
個　　　性：對外給人霸道、危險、自信、從容的印象，不過對於親人和愛人相當寵溺，張狂的形象下是心思縝密、擅謀略的心。
身　　　分：斯達莫帝國第一親王（攝政王），駐地球聯邦大使，王級衝鋒重甲厄比斯的駕駛。
專　　　長：權謀、飲酒、機甲戰鬥、精神攻擊、烹飪、龍視和龍見
（龍人特有的預知能力）
興趣嗜好：機甲戰鬥、探險、BDSM（原本只是工作需要，
遇到專屬Sub才變成嗜好之一）
喜歡的顏色：紅色
討厭的顏色：紫色
喜歡的食物：烤肉
討厭的食物：罐頭豆子湯
喜歡的風景：星空
在意的人事物：顧玫卿、自己的Sub
討厭的人事物：威脅斯達莫帝國的人物

座右銘或口頭禪：身分決定義務
一句話形容顧玫卿：宇宙中最豔麗不可得的花

信息素

原本的信息素氣味是龍膽花，但後來遭逢
變故，氣味變成堅冰，偶爾才會出現香氣。

顧玫卿

年　　齡：31歲（但外表看起來約24、5歲）
身　　高：約185cm
體　　重：約65～70kg，穿衣顯瘦脫衣有一層肌肉的體型
髮　　色：紅棕短髮
瞳　　色：銀灰色
外貌特徵：高䠷、禁慾、給人不苟言笑感的端麗型美人，但其實只是不擅言詞和面癱，美麗但也同時有著會被誤認成Alpha的英氣。

常見服裝造型：大多數時間都穿軍裝。駕駛機甲時會換上緊身衣。日常則是非常簡樸的休閒襯衫。玩BDSM時偏好的服裝是白色蕾絲的性感內衣，和蕾絲吊帶襪，會穿高跟鞋。

個　　性：乍看之下高冷嚴肅，但實際上只是不擅言詞甚至有些木訥，在戰場上則一反私下的溫和，近乎狂戰士，有著「緋紅暴君」的外號，深受屬下的信任，但也備受糟糕家人的依賴，時常要幫家人收拾爛攤子。
私底下是BDSM愛好者，暱稱蘿絲，位置是Sub（臣服者），耐痛力和服從性都不低，面對 Dom（主人）會展現羞澀和撒嬌的一面。

身　　分：地球聯邦宇宙軍中央軍第三軍團指揮官，官階上將。后式攻擊甲，紅拂機的駕駛員，最高紀錄可以控制25臺兵式攻擊甲一同出擊，有一人媲美一個機甲團的戰力。

專　　長：機甲駕駛（近距離格鬥和中距離攻擊）、以精神觸纜入侵電子系統

興趣嗜好：烹飪（但大多失敗）、機甲駕駛、浪漫電影（但工作太忙看不了多少）、BDSM

喜歡的顏色：白色
討厭的顏色：沒有特別討厭的顏色
喜歡的食物：水果蛋糕
討厭的食物：不挑食，但會怕辣
喜歡的風景：星空
在意的人事物：自己的Dom，主人法夫納
討厭的人事物：父親，但也無法狠下心割捨

座右銘或口頭禪：犧牲是軍人的義務
一句話形容黑格瓦：他是王與將軍，相較之下我只是稍微善戰的士兵

信息素

信息素氣味是大馬士革玫瑰，被周圍人公認與本人氣質不合的豔麗氣味，但其實和他最深層的性格很匹配。

目　錄

CONTENT

PROLOGUE

序章

緋紅暴君

In a BDSM VR game, fall in love with an enemy general.

如果問坎德，想在宇宙走私這行幹得手腳齊全、長長久久，最重要的能力是什麼，他會回答——怕死。

沒錯，不是勇氣、智慧、運氣、財富、人脈或家學淵源，而是怕死，或者精確來說，是能迅速察覺到危險，然後毫不猶豫地拔腿逃跑或下跪求饒的能力。

此時此刻，坎德處在自家走私艦隊的旗艦內，左右前方都是可信賴的下屬，半空中的球型雷達上不見敵影，但他卻還是……

「你要發抖到什麼時候啊？」

坎德的頂頭上司，亦是走私集團的首腦——魯切——不耐煩地問。

他坐在坎德左後方的絲絨座椅上，翹著腿咂舌道：「因為你那遺傳自白兔奶奶的……叫什麼來著的？總之沒有任何根據的直覺，我花兩倍價買通駐地軍，派出本隊、分隊、有錢都不見得請得起的傭兵隊，連兩個星系外的孟克老爺都拜託了，你還有什麼不滿？」

「我不是不滿，是不安！」坎德嚴肅糾正，面色凝重地道：「還有我奶奶也不是白兔！她是斯達莫帝國出身的獸人，正式名稱是食草種兔人，而我遺傳她的……」

「白兔尾巴。」魯切盯著坎德腰臀之間的白色毛團。

坎德的嘴角瞬間扭曲，一拳捶上魯切的座椅扶手吼道：「是感知危險的能力！然後你、我、我們的走私團靠這項能力死裡逃生好幾回！好幾回！好幾、好幾、好幾回！」

魯切連忙揮手改口道：「我知道我知道！我要是忘記你的能力有多好用，怎麼會砸錢刷臉皮還搞這麼多人？你再不安就不是我不相信你，是你不相信我了吧！」

「我也覺得我應該要安心，但是……」

坎德抬頭注視淺青色的球型雷達——上頭密密麻麻的黃色光點全是友軍。深深皺眉道：

「不管我將艦艇、在場所有部隊的懸賞金額和事蹟複習過幾回，我還是覺得應該馬上放棄這單，遠離這個星系！」

「等貨送到後，我會要舵手用最高速脫離。」

魯切注意到雷達角落冒出象徵不明船艦的紅色小點，欣喜地站起來道：「來了來了！通訊的，核對一下密鑰，確認身分，沒錯的話，準備接貨！」

艦橋內的船員由靜轉動，確認來者正是己方要接頭的貨船後，放出引導訊號，讓運輸船穿過護衛艦。

坎德看著球型雷達中一閃一閃挪動的光點，眼角餘光捕捉到另一個紅點，心頭一顫把眼睛轉過去，然而該處只有一片青色。

而魯切沒看到雷達的變化，他只瞧見貨船與自家運輸艦順利對接，擺著手下令道：「通告全隊，貨上船後十五分鐘內……」

「叫出十秒前的雷達圖！」坎德道。

「出發……你說什麼？」魯切轉頭問。

「十秒前的雷達圖。快點！」

坎德催促，十秒前、九秒半前、八秒前……

他以半秒為單位檢查雷達紀錄，最後在六秒前的雷達圖上找到那一閃而逝的光點，心臟瞬間提到喉頭，扭頭向魯切道：「附近有匿蹤機甲！」

魯切臉上的輕鬆瞬間消失，向通訊員厲聲道：「通告全隊，主砲、副砲全方位三連擊！」

通訊員立刻發出攻擊指令，片刻後整個走私團與雇傭兵合計二十一艘戰艦與運輸艦，通通轉動砲管，朝虛空吐出綿密的光束或實體砲彈。

三次炮擊後，球型雷達東南與西北側從空蕩無物，變成有數個芝麻般的小光點。

艦橋內靜默一秒，接著所有人都用最快的速度動起來。

整個艦隊分成兩組，一組向西南、一組朝東北方疾行。

魯切與坎德所屬的本隊走的是東北方。

而隨著艦隊奔馳，兩人很快就在雷達上發現新光點。

「砲擊！要機甲隊隨時準備出擊！」

魯切揮手下令，看著光點三兩下就被火砲擊沉，而西南方的部隊則進入交戰狀態，揚起嘴角轉向坎德笑道：「你瞧！幸運女神還是眷顧我們的，敵人雖然張好包圍網，可是卻沒押中咱們的本隊！」

「高興太早了！快點把敵人收拾乾淨，然後……」

坎德本想說「掉頭回援」，但他的心頭猛然一抽，望著雷達上被擊潰的包圍網，與後方在與不明敵人纏鬥中的傭兵隊和分隊，咬牙改口道：「繼續前進！盡快脫離這個星系，和孟克老爺的部隊會合！」

「脫離星系？」

坐在坎德正前方的舵手回頭錯愕問：「那分隊和傭兵那邊……」

「要他們先撐著！別廢話了，一和敵方拉開距離就加速！」坎德厲聲催促。

舵手看魯切一眼，見對方毫無反應，只能咬牙再下一輪砲擊，轟出空間的同時，將船艦推入超光速，完全脫離星系後才回歸常速。

同時，球形雷達上的光點分布也大幅改變，代表己方部隊的藍色光點，因為跟不上旗艦的速度，隊形零零落落數量也少了約四分之一；而正前方的星系則有數排整齊的黃點——縱橫三個星系的大海盜，孟克老爺子的艦隊。

坎德以為自己高懸的心會落下，然而他不僅胸口緊縮還眼皮狂跳，激烈程度遠超他某次偷竊失手，被一個虐待狂大老闆塞進鐵處女的時候。

彷彿是要回應坎德的眼皮般，艦隊後方忽然多出一排紅色光點。

魯切也發現光點，先是挺直背脊，再吐一口氣靠回沙發座上。

球形雷達上光點除了反應本體位置，也能看出體積，而雷達上的紅點比走私團中噸位最低的護衛艦還小，且組成上是一大點七小點，若無意外的話，這肯定是……

「Omega的后式機甲。」魯切輕鬆愉快地揚手道：「雖然不確定是偵查、電戰還是電偵複合甲，但都只是當俘虜的料。機甲隊出動！把衝得太快的小美人『保護』起來！」

走私團的機甲隊在光速飛行前就準備出擊，因此魯切的命令剛下，雷達上便馬上多出數十個小黃光，他們迫不及待地撲向敵人，然後迅速消失在雷達上。

魯切眨眨眼，呆滯幾秒轉向通訊員和雷達管理員厲聲問：「怎麼回事！雷達是故障了，還是受到妨礙？」

「雷達一切正常，也沒有電訊妨礙的跡象！」雷達管理員滿頭冷汗地回答。

「呼叫機甲隊！」魯切厲聲下令。

「呼叫了，但沒有回音！」通訊員道。

「再叫一次……」

「全隊齊射！」

坎德打斷魯切的發言，瞪著迅速逼近的紅色光點道：「不用顧慮炮彈或能源匣的存量，密集射擊直到目標消失！」

炮擊手與通訊員立即執行坎德的指令，透過占據半個艦橋的螢幕，坎德、魯切和其餘走私團旗艦乘員看見金白色的光束如雨點般掠過自己，投向位於光學鏡頭外的未知敵人。

光彈之雨持續二十多分鐘，直到武器系統浮現過熱警告，各艦才逐漸停止砲轟。

坎德和魯切同時望向球型雷達，上頭只有代表己方的黃光，兩人雙雙鬆一口氣，再親眼目睹代表己方船艦的光點消失。

雷達上的黃色光點群彷彿遇上無形的捕獵者般，由橢圓形迅速轉為月牙，凹陷的牙彎直指旗艦，像在嘲笑走私集團的砲擊毫無效力，只是暴露指揮塔的位置。

魯切盯著雷達，張大嘴巴腦袋一片空白。

坎德則是泛起一陣戰慄，轉向通訊員大吼：「機甲隊全數出動！快……呃！」

一連串的震動，打斷坎德的命令，他攀住魯切的座椅才勉強穩住身體，轉頭從螢幕中看見護衛艦爆炸。

而在四散的艦艇碎片中，能看見一大三小總計四臺紅色機甲的身影。

更精確地來說，是一臺身披花瓣型盔甲，肩扛兩管狙擊砲，左右手分持光束刀與合金盾的紅底金花的中型機甲。

以及另外三臺與前者型態類似，不過將光束刀改成光束砲的小型機甲。

同時，旗艦左側、後方、上下的艦艇也化為煙花，強光和合金碎屑中飄浮著數架同型的小型機甲。

然而下一秒，大小機甲的影像通通消失，只有火光與船艦殘骸四處飄蕩。

雷達的反應也相同，明明走私團的船艦與機甲一艘一艘、一臺一臺接連被擊毀，青底投影上卻沒有半個敵方反應。

坎德瞪著雷達與螢幕，臉色從蒼白進階為灰白。

輕易支配走私團旗艦的電戰能力，左看右看都是攻擊型而非偵查或電戰型的武裝，經歷艦隊炮擊和一整組Alpha機甲隊突襲都毫髮無傷的戰力，上述特徵搭配宛若盛開玫瑰的外型，整個宇宙中只有一名駕駛員和一具機甲符合條件。

「……后式攻擊甲，紅拂姬。」

坎德抖著嘴唇低喃，極度錯愕也極度悲憤地吶喊：「聯邦的英雄，中央軍第三軍團的總司令『緋紅暴君』顧玫卿為什麼會在這裡啊！」

艦橋內無人能回答坎德的問題，不存在螢幕與雷達中，卻確實立於旗艦正右方的地球聯邦第三軍團的司令機甲——紅拂姬，打開加速器的噴口，帶領七臺子機衝向走私團。

CHAPTER.01

第一章

這是獎勵，
獎勵你有將主人放在心上

In a BDSM VR game, fall in love with an enemy general.

說到元帥或司令官的寢室，一般人就算沒想到鑲金掛銀的奢華空間，也肯定不會和普通士兵房差不多。

不過在地球聯邦宇宙軍中央軍第三軍團的旗艦「赤潮」上，司令官的房間就與普通士兵一樣簡樸，唯二的不同只有司令官是單人房，並且多了一扇觀景窗。

長與寬皆是一公尺的合金玻璃窗外，一半是深幽的宇宙、一半是隨船艦前進逐漸放大的翠藍行星，窗前則飄浮著一名戴著全罩式耳機與眼罩的青年。

青年的腰上繫著固定繩，繩子另一端扣在窗框旁，紅棕色的髮絲微微飄起，髮絲下是一張端正英氣的臉龐，一百八十多公分的身軀修長挺拔，將軍方統一配發的白襯衫與白長褲穿出雜誌模特兒的效果。

單論身高和五官，大多數人都會直覺判斷青年是Alpha，但細看就會發現他的面容比尋常Alpha精緻，肌肉精實但不壯碩，而是散發藝術品般的優雅。

青年是Omega，卻比大多數Omega挺拔、比眾多Alpha纖美，宛如幽谷中被荊棘環繞的玫瑰般，孤高、迫人，銳利中透著一絲冶豔的Omega。

門鈴聲打破房內的寂靜，青年遲了數秒才拉下眼罩摘掉耳機，轉身輕踢牆面，飄到門旁的控制面板，打開鏡頭看見外頭站著一名戴細框眼鏡的男性Beta。

「學長？你不是在艦橋……」

「我坐太久屁股硬了，出來飄一飄。」

第三軍團的副司令兼旗艦艦長——李覓聳肩，指指螢幕左上角的電子鐘道：「玫卿，再五分鐘就要進宇宙港了，該到艦橋給新兵發表結訓談話了。」

「我穿好衣服就過去。」

第三軍團總司令——顧玫卿回答，抓起衣架上的軍服上衣，扣好釦子後簡單整理儀容，打開門和李覓一起沿長廊前往艦橋。

「我剛剛是打擾你欣賞音樂了嗎？」李覓飄在顧玫卿身旁，手推牆壁前進。

「沒有，為何這麼說？」

「因為我叫你時，你脖子上掛著耳機。那不是在聽音樂嗎？」

「不是，是聽對話紀錄。」

「對話紀錄？誰跟誰的？」

「是——」顧玫卿拉長語尾，停頓一會才接續道：「網友的。俘虜們的狀態如何？」

李覓臉上的輕鬆迅速消散，板起臉冷聲道：「拜您一人殲滅兩個艦隊的豐功偉業之賜，走私團和海盜乖到只要您不殺他們，連姥姥都願意出賣；可惜西方邊境軍的第六、第七軍團沒目睹您的煙花秀，還是各種『這裡不屬於你們的管轄範圍』、『我房間夾層裡的毒品、貴金屬、獸人奴隸和我有什麼關係！』的鬼樣。」

「只要他們不反抗，沒理由製造更多傷亡。」

顧玫卿瞄了副官與老友一眼，低聲問：「你在生氣嗎？」

「氣死了，你下次再利用甲板的緊急彈射，強行讓機甲進入光速單兵追擊敵人，我就把這功能給拆了。」

「不這麼做，走私團首腦會逃走。」

「他逃不了多遠。」

李覓看見通往艦橋的自動門，踢地板先一步來到門前，用指紋解鎖開門。

顧玫卿穿過門扉進入艦橋，來到正後方司令席坐下，扣上安全帶看著螢幕上的宇宙港緩緩放大，輕敲司令席的扶手，啟動全艦隊廣播功能。

「午安，我是第三軍總司令，顧玫卿上將。本次邊境巡航任務至今日結束，接下來諸位會獲得十天的常規休假，和十天的榮譽假，假期期間請注意安全，務必準時歸營。」

艦橋乃至整個艦隊都爆出歡呼，不過在士兵與軍官們開始討論要上哪吃喝玩樂前，李覓湊近司令席道：「這裡是第三軍團副司令李覓少將，我來宣布假期期間的補充事項。首先，本季體檢訂於收假當日，所有不達標準的人，都需要接受至少兩週的體能訓練。」

「咦！」

「騙人的吧！」

「這是什麼釣魚執法！」

司令席左側和前方的軍官們爆出哀號，而同樣的反應也發生於餐廳、遊戲室和部分士兵的寢室。

「當然是真的，體檢項目和合格標準已經發到諸位的信箱。」

李覓冷淡地瞪視部屬，再收回目光道：「接著是本次任務中，電戰偵查隊的表現差強人意，因此扣除維修人員，所有電戰偵查隊的成員與直屬長官都必須在收假後三天內，繳交包含模擬戰數據的改進報告。」

「副司令你是惡魔嗎！」

咆哮聲響徹艦橋，但出聲的不是橋中成員，而是位在機甲庫的 Alpha 女軍官。

女軍官出現在艦橋螢幕角落的小視窗上，英氣大過嬌氣的臉龐整個脹紅，手指視窗外的李覓道：「那個混蛋走私團的警覺性和反偵能力高得嚇人，哥哥他們又要帶新兵，能撐到包圍網成形前一刻才被發現已經很厲害了，你不要在宇宙裡面找大氣！」

「被發現就是被發現，普通部隊能允許這種過失，但作為聯邦軍的菁英部隊，哪怕是在包圍網成形前一秒才被察覺，也是重大過失。」

「你……」

「然後白焱少校，妳有替白靜中校與其下屬求情的餘地嗎？」

李覓目光冰冷地瞪著 Alpha 女軍官——白焱——道：「我出航前給所有機甲都訂下最高彈藥使用量，妳猜猜整個第三軍團中誰超標最多？」

白焱嘴角一顫，別開頭低聲道：「戰場上變化那麼大，要隨機應變。」

「新兵中有三分之二都沒超標。」

「他們的擊墜數也不能跟我比啊！」

「總司令的擊墜數比妳多一倍，用彈量卻只有妳的三分之二。」

「老大可是宇宙第一的機甲駕駛員，我怎麼能跟他比！」

「公孫禮少校的用彈量是妳的四分之三，擊墜數還比妳多五架。」

白焱反駁：「公孫禮開的是在第一線開殺的戰式機甲，我則是負責保護 Omega 和偵查隊的衛式機甲，武裝不同，位置也不同，敵方得先闖過他才能被我打成蜂窩，獵物量差那麼多怎麼能比！」

白焱在咆哮時注意到李覓嘴角上揚，直覺自己掉進對方的陷阱，但卻已來不及收回話。

「原來妳還記得，自己駕駛的是負責保護后式機甲的衛式機甲啊。」

李覓冷笑，點了點手上的腕式個人處理器，叫出白焱機甲的移動軌跡，指著那明顯往前線衝的曲線問：「白焱，白少校，可以麻煩妳解釋解釋，為什麼妳會拋下全員皆 Omega 的偵查隊，一個勁地追擊敵人嗎？」

「呃！這個是因為、因為那個……」白焱的視線左右飄移，久久吐不出下文。

一隻纖白的手搭上白焱的肩膀，白焱的兄長，也是第三軍偵查電戰隊隊長——白靜，將妹妹推開，向李覓道：「因為小焱判斷我和偵查隊足以自保，但戰鬥隊似乎有潰散跡象，才果斷前往支援。」

「……白靜中校，恕我直言，慈母和慈兄都會寵出敗兒。」

「我會銘記在心。」白靜微笑。

李覓微微垂下肩膀，重新看向白焱的移動軌跡圖道：「不過這倒提醒我，這次任務戰鬥隊也有需要檢討的地方，那麼比照偵查電戰隊，收假三天內給我改進報告。」

此話一出，原本坐在機甲庫小視窗角落喝茶看戲的軍官一個個從椅子、牆邊、機甲駕駛座上彈起來，「不不不不我的假期！」、「不要把我們扯進去啊啊啊」、「靜中校什麼都好，就是護妹不擇手段這點……」種種哀號此起彼落。

顧玫卿望著從聽覺到視覺都只能用「哀鴻遍野」形容的小視窗，蹙眉思索片刻後道：「李少將，檢討改進不只有寫報告一種方式。」

小視窗內，以及不在視窗中但同樣從天堂落入地獄的機甲駕駛員們同時抬頭，望著對話視窗或艦內廣播系統，露出在荒星看見宇宙艦、月底瞧見薪水入帳通知的熱切眼神。

李覓則挑起眉毛問：「總司令的意思是？」

「用模擬戰取代報告。」

顧玫卿的聲音和表情中平靜到近乎冷漠，但若是細看淺灰色的眼瞳，就會發現純粹的善意與一絲興奮：「收假後，找一天讓戰甲、電戰偵查隊的成員，以我為對手打一場，能避開我的偵查，或是打中紅拂姬一次就算合格。」

回應顧玫卿的是從艦橋到機甲庫，乃至整個第三軍團機甲部隊死一般的寂靜，他們像是忽然墜入工業急凍液一般，面色慘白，呼吸停滯，思緒中斷。

而在短暫也漫長的半分鐘後，白焱嚴肅地舉手問：「如果是交報告，要寫多少字？」

李覓道：「上限沒有，下限不得低於六百，且不含模擬戰數據、標點符號與空格，遲交一天增加一百字。」

「居然還有遲交懲罰，太陰險了吧！」

「準時繳交就陰不到妳。」

李覓冷聲回應，低下頭向顧玫卿問：「總司令覺得呢？是要交報告，還是打模擬戰？」

「報告我可以寫七百……不！八百字也行！」白焱大聲承諾，身後的機甲駕駛員們也猛力點頭。

顧玫卿望著殷切與惶恐兼具的部屬，放在身側的手握起，靜默片刻，垂下眼睫道：「交報告吧。」

◆◆◆

第三軍的艦艇們在機甲駕駛員的淚光與歡呼聲中，進入地球聯邦首都星最大的宇宙軍民兩用港——翠嵐港。

翠嵐港建在大氣層和外太空之間，主體是兩個相依的巨大銀色橢圓體，下方有通往地面的磁浮電梯，上方則是船艦停泊處。

但它雖然名為「港」，但構造上更接近舊時代的機場，船艦與港口間以空橋連接，穿過空橋後會進入候船室——功能等同候機室，差別只是機場的空橋是平行移動，宇宙港則是乘手扶梯升降，且根據船艦大小有不只一個空橋。

顧玫卿戴上墨鏡，穿著能擋住軍服軍階的長外套，踏著手扶梯穿過數十尺的虛空，離開候船室進入滿是軍人與機器人的離船大廳，總算有了巡航任務結束的實感。

這讓他無法自抑地興奮起來，一踩上大廳地板，就邁開步伐往入星櫃臺走。

然後他走沒兩步，就發現自家副官坐在手扶梯附近的花臺，屁股下坐著一個自走行李箱，兩手再各自抓著兩個箱子的握把，眼睛直直瞪著兩步之外，三個蛇行的方箱。

顧玫卿蹙眉，猶豫片刻還是走向李覓問：「學長，你在做什麼？」

「等大廳的人變少。」

李覓的雙眼牢牢釘在蛇行的行李箱上，疲倦不堪地問：「玫卿，你的行李中有繩子嗎？」

「沒有，為什麼需要……啊。」

顧玫卿愣住，明白自家副官陷入困境，急需繩索的原因。

李覓乃至整座翠嵐港中的自動行李箱，都使用了名為「遠端腦波控制」的技術，此技術透過植入腦波捕捉晶片，可以遠距離操控一到數臺機械。

不過此技術有個缺點，那就是當太多使用者聚集在一起時，會互相干擾導致訊號接收失敗。而為了防止機械脫離控制，Alpha 與 Omega 會使用精神力增強訊號，部分頂級的 Alpha 與 Omega 甚至會跳過晶片直接控制系統。

然而李覓只是個 Beta，一沒精神力、二未攜帶腦波增幅器，在被數百名 Alpha、Omega 的包圍下，能拉住行李箱不亂跑，就算驚人的成就了。

「我忘了今天除了我們，還有第六軍團、中央軍事學院以及北方邊境軍的兩個軍團會回

首都星……」

李覓將手放在後頸——腦波控制晶片的植入位置，垮下臉道：「信號太雜了，只能等人走光或拿繩子綁行李了。」

「你不用等，也不需要找繩子。」

顧玫卿將視線投向李覓的行李箱，躁動亂滾的箱子倏然靜止。

李覓先是睜大眼瞳，再明白上司兼好友做了什麼，放開不再震動的行李箱，站起來驚喜問：「你用精神力幫我遮蔽別人的訊號？」

顧玫卿點頭，六個行李箱迅速排成一列，移動到李覓的右手邊。

然而李覓並沒有發出新指令，他睜大眼注視自己的行李箱，詫異問：「還入侵系統拿下控制權？」

顧玫卿的身體猛然僵住，緊急將精神力從行李箱中抽離，略微轉開臉道：「抱歉，控制權歸還了。」

李覓將朋友的錯愕、心虛和尷尬全看在眼中，輕笑道：「你可以繼續拿著。」

「我不是故意的。」

「我知道，這是職業病，戰場上誰會先詢問再搶控制權？」

「對不起。」

「我沒有要責備你，只是有點意外軍用系統這麼不堪一擊，虧我當初還加價升級過。」

「對不起。」

「就說我沒生氣了——雖然你以外的人這樣幹我會發飆。」

「對不……」

「你再低頭說對不起，我就要懷疑你是耳聾了。」

李覓冷臉瞪視顧玫卿．不過片刻後就收起冷峻，偏頭望著幾乎看不見地板的大廳，一臉疲倦，「而且與其道歉，不如幫我把行李箱拉進電梯，讓我的腦袋有機會休息。」

顧玫卿將精神力再次伸入李覓的行李箱，輕易取得控制權，帶著一半心虛、一半補償的心情，動手清理系統內的垃圾數據。

李覓長舒一口氣，揉揉放鬆不少的後頸，岔開話題：「對了，回地表後你要去哪裡？我載你一程。」

「不用，我可以搭……」

「我的車速和無人計程車完全不能比喔。」

李覓挑起單眉，露出讓他獲得「第三軍的鷹隼」的銳利目光道：「我知道你在發現走私團後，就一直希望快點完成任務返航。」

「……我表現得很明顯？」

「不怎麼明顯，白焱肯定沒發現，公孫禮也許有點感覺，白靜可能和我一樣有看出來。」李覓坐上行李箱，仰望二度陷入尷尬狀態的上司道：「我不會問為什麼，但如果你有急著要去的地方，告訴我，讓我幫忙。」

顧玫卿胸口的不安在剎那間化為暖意，張口想說「送我回公寓」，但在心念化為聲音前，腦中突然浮現清晰的畫面。

他站在安養院的單人病房中，玫瑰花的香氣浸染空氣，環繞半個病房的落地窗外草皮翠綠如昔，稍遠處的花圃像往常一樣沐浴在陽光中，但病床上的人卻永遠消失了。

自己不過是晚一天，就那麼一天。

「玫卿？」李覓揮揮手。

「請送我到銀百合墓園。」顧玫卿聽見自己如此回答。

返回首都星的愉快、期盼和興奮，通通融化在回憶中的夏日豔陽。

他不能貪圖享樂，忘記自己的過錯。

◆◆◆

銀百合墓園距離翠嵐港車程約兩小時，不過憑藉李覓的飆車技術，和他對自家磁浮休旅車的改裝，顧玫卿只在車上待了一個小時，便看見銀白色的墓園大門。

李覓將車停在以金屬百合為飾的鐵柵門邊，透過照後鏡向後座的顧玫卿道：「在這裡放你下來？還是要進去？」

「這裡就好。」

顧玫卿準備下車，不過他忽然想起白焱認真詢問報告字數的模樣，沒有拉動車門，而是轉頭問：「現在的機甲駕駛員們，已經不討厭交文字報告了嗎？」

「怎麼可能！別軍的我不確定，但我軍駕駛員從受精起就討厭寫報告。」

「那為什麼所有人都選擇交報告？」

「選擇交報告是……喔，你是說解散前的反省報告嗎？正常情況下，駕駛員百分百都會選擇模擬戰，但如果對手是你，就是百分百交報告了。」

李覓聳肩，看見顧玫卿臉色微變，迅速猜到上司想歪了，揮揮手道：「別誤會，他們不是討厭你，是過於敬畏所以不敢跟你打。」

「我會讓人敬畏？」顧玫卿眨眨眼。

「這個嘛……」

李覓側過身，一手搭在椅背上注視顧玫卿道：「平心來說，『這裡』的你在我眼中一點也沒有半點『聯邦的英雄』、『史上最年輕上將』該有的樣子，剛從軍官學校出來的少尉都比你氣勢強。」

「這聽起來很糟。」

「不，我會這麼覺得，是因為我和你相處得夠久，知道你面無表情時不是冷漠，只是在發呆；皺眉沉默時不是生氣，只是滿腦子問號；抿唇、表情嚴峻時不是想砍人，而是覺得自己闖禍了，但對不熟你的人……」

李覓停頓兩秒，攤平雙手道：「你一年三百六十五天，起碼三百天都是孤高冷傲摸不透想法的聯邦英雄，所以不用擔心自己會砸了宇宙軍的門面。」

顧玫卿先鬆一口氣，再蹙眉問：「那麼大家敬畏我，是因為跟我不熟？」

李覓搖搖手，笑道：「這和那無關，駕駛員怕你，不想跟你對打，純粹是因為你一坐進機甲駕駛倉——無論模擬倉還是實戰，就跟恐怖片裡炸不碎、砍不死、神出鬼沒還精力無限的瘋狂殺人魔沒兩樣。」

「在大家眼中，我是恐怖片殺人魔？」顧玫卿的肩膀肉眼可見地垮下。

「戰場上是僅限讓敵方受害的殺人魔，私底下則是謙和、羞澀、沒架子的好好先生，這種上司最棒了。」

李覓眼角餘光瞄到交通機器人繞過路口，馬上將頭轉回前方道：「我得走了，要不然會吃罰單，有事再聯絡？」

「有事再連絡。」

顧玫卿點頭，打開車門帶著行李箱下車，目送部屬迴轉駛離視線範圍後，掉頭走到百合鐵柵門前，以指紋和人臉辨識解鎖大門，跨進寧靜的墓園。

墓園籠罩在夕色下，深黑、墨綠、鐵灰、透明……造型材質皆不同的墓碑沿步道靜靜展開，有些前方放置著花朵布偶，有些空無一物，也有些蹲著低語的男女。

顧玫卿在入口處的自動販賣機買一束白玫瑰，穿過墓碑群走向園區西側，在清一色暗或淺色調的墓碑中，找到由紅石打造的豔麗方碑。

方碑外圍圍繞一圈水晶玫瑰藤，中央只簡單刻著三行字：杜嫣，西元 2678 ～ 2740 年，花園的女主人。

顧玫卿彎腰將花束放到墓碑前，碰觸碑上的刻字，字體閃過一輪銀光，啟動碑頂的立體投影鏡頭，放出一名和他樣貌相似，但更加柔美的長髮婦人。

顧玫卿仰望由光線建構的婦人，胸口一縮低聲道：「母親，一陣子不見了，妳在那邊過得好嗎？」

「……」

「三軍新增兵員後的首次邊境巡航結束了，我們處理了兩個走私團、一個製毒衛星、一個販賣獸人的非法賭場，並解除西方邊境軍第六、第七軍團的武裝。」

「……」

「因為帶著新兵，所以比預定多花了一點時間，不過整體來說，逮捕和剿滅工作都進行得很順利。」

顧玫卿停頓幾秒，看著在夕陽下溫柔微笑的母親，右手握拳，下定決心道：「我有件事一直沒跟妳說。」

「……」

「兩年前，我交了一個……朋友，或者說網友，他是——」顧玫卿拉長語尾，嘴唇張闔數次，卻始終沒吐出接續的話語。

在顧玫卿欲言又止時，一名少女從後方的走道經過，瞧見他的背影時一楞，接著倒抽一口氣跑過去。

「先生！站在那邊的先生！」

少女揮著手激動地呼叫，繞過一大排墓碑，奔到他面前喘著氣問：「請問……請問是顧玫卿顧上將嗎？」

顧玫卿稍稍抬起眼睫，摘下墨鏡蹙眉問：「就算戴墨鏡，也能一眼認出來嗎？」

「我是看背影……給您造成麻煩了嗎？」少女縮著肩膀問。

「要看妳的目的。」

「目的？我沒有什麼目的，就是看見您……呃、啊，該怎麼說……」

少女慌張地抓頭，支支吾吾好一會，才挺直腰肢向顧玫卿道：「我是今年的考生，志願是首都大學的宇宙探索系！」

「那是個不錯的系。」顧玫卿點頭。

他擔任過幾次探索隊的護衛，記憶中最不要命但收穫也最豐碩的，幾乎都是首都大學出身的隊伍。

「是最棒的！」

少女握拳強調，再摸頭乾笑道：「但是我上個月分化成 Omega 了。」

顧玫卿愣了半秒，沉下聲音問：「家人要妳改變志願？」

「叔叔和阿姨都要我改——我爸媽過世了。」

少女放下手，仰望顧玫卿雙手扠腰笑道：「不過我反而覺得我更該讀這個系！畢竟Omega能控制的機械數是三性別中最高的，這在探索工作上可是大大的優勢！再說宇宙最強的機甲駕駛員是Omega，那麼走得最遠的宇宙探索家也有可能是Omega啊！」

顧玫卿隔了兩三秒才意識到「宇宙最強的機甲駕駛員」是指自己，耳尖微微轉紅道：「妳謬讚了，世上還有很多比我優秀的駕駛員。」

「不，您就是最強的，聯邦最強！宇宙最強！」

少女高聲強調，雙眼明亮又熾熱，「不，不只是強，還帥氣、高尚又獨立！您清楚告訴全宇宙，Omega靠自己就能打出一片天，一點也不需要Alpha照顧！」

顧玫卿垂在身側的手指顫動一下，淺灰眼瞳浮現幾分痛苦，嘴唇先是抿直再微張開，看似要說話，卻始終沒出聲。

而少女完全沒捕捉到顧玫卿細微的神色變化，依舊熱切地道：「您是Omega的典範，我以和您同性別為榮！我……」

「叮叮咚！叮叮咚！」

鈴聲打斷少女的發言，出聲的是顧玫卿左腕上的腕式個人處理器，淺灰色的處理器上下震動，告知主人有通話請求。

顧玫卿瞄了處理器一眼，轉向少女道：「如果沒有其他事……」

「我明白我明白！我這就離開，不打擾您處理軍務！」

少女用力點頭，九十度鞠躬後轉身奔向墓園出口。

顧玫卿抬起手腕，輕點個人處理器一下叫出來電者身分，在看見熟悉的名字後抬起睫羽，迅速接通問道：「張莉？找我什麼事？」

「敘舊——很想這麼說，但完全不是，我是來通風報信的。」第三軍的退役軍醫——張莉苦笑，再收起笑意沉聲道：「你的垃圾老爸和軟爛異母弟弟在我工作的醫院鬧事。」

顧玫卿目光一寒，快步向墓園外走去，問：「有人受傷嗎？」

「有警察在，很難，不過麻煩的是那小鬼和你爸把你的名字搬出來，然後這次處理的員警顯然不認識這兩位，所以……你懂得。」

「我馬上過去。」

顧玫卿穿過墓園的鐵柵門，站在人行道上舉手招車，一輛無人計程車感應到他，由對面馬路迴轉後駛過來。

他迅速開門上車，向駕駛程式報出張莉所在的醫院後，板著臉聽前部屬說明前因後果。

◆ ◆ ◆

三天前，顧玫卿十九歲的異母 Alpha 弟弟顧華賜在夜店為了一名 Omega 舞者和其他客人起衝突，雙方大打出手後雙雙斷腿送醫。

而在住院時，顧華賜又不安分，對照顧自己的護理師，對對方從言語騷擾到毛手毛腳，最終惹怒了護理師的伴侶兼主治醫師。

「警察大概一個小時前過來醫院，要跟你弟確認夜店鬥毆的細節，當時小花——他纏上的護理師——正巧和伴侶一起來病房檢查傷口，結果你弟管不住自己的手……結果你應該能想像。」

張莉在無線耳機中嘆氣，顧玫卿戴著耳機下計程車，快速穿過醫院的自動門，來到查詢病人病房的電腦前，找出弟弟的房號後掉頭往電梯去。

病房在三樓，顧玫卿一出電梯門，就看見不少人聚在走廊探頭探腦、攝影錄音，他心頭一緊，加快腳步往前走。

張莉在人群中，第一時間就看見黑著臉，大步前來的前上司，立刻舉高手呼喊：「司令！這裡、這裡！」

「司令」兩個字驚動部分圍觀者，不過病房內的爭吵聲很快就將注意力拉回去。

「『不要騷擾妳的未婚妻』？明明是妳的未婚妻騷擾我吧！外面一堆 Omega 等著跟我約會，我有必要糾纏一個……只是長得乾淨一點的女 Beta ？」

「我管你在外面有多少人，你的手確確實實貼在小花的胸部上，我看見了、你爸看見了、兩位警察看見了，監視鏡頭肯定也錄到了，你要否認？」

「艾醫師妳這話說得太武斷了，我是有看見華賜的手碰觸花護理師，但那應該是花護理師自己向前倒，我兒子出於好意想扶她才……」

「我沒有自己往前倒！」

顧玫卿聽見混雜憤怒和哭腔的吼叫，和張莉一同推開圍觀者進入單人病房。

病房內一人坐著、五人站著，顧玫卿的弟弟顧華賜坐在病床上，父親顧德宙站在兒子的床邊，而他對面是一名女護理師與女醫生，床尾則有兩名男刑警。

「花護理師妳不要激動，我只是……」

顧德宙眼角餘光捕捉到顧玫卿的身影，但他沒認出戴著墨鏡的長子，立刻厲聲道：「喂！這裡是私人……」

「你們在做什麼？」顧玫卿問，同時摘掉墨鏡。

顧德宙瞪大眼瞳，盯著顧玫卿兩三秒才開口：「你不是去邊境星系……」

「今天回首都星。你們兩個在做什麼？」顧玫卿的聲音比先前沉了好幾度。

病床上的顧華賜縮了一下肩膀，但馬上就由怯轉怒，指著警察和醫生、護理師大喊：「我被人打斷腿、汙衊、快要被送進牢裡，你不關心，還劈頭問我和爸爸在做什麼！有你這種哥哥嗎？你有沒有良心啊！」

「小賜！」顧德宙心疼地呼喊么子，拍撫顧華賜的背脊，「你的身體還沒痊癒，別激動！你哥哥會趕過來就是關心你，對吧？玫卿。」

「不對，我之所以過來，是聽說你們兩個以我的名義施壓警方。」

「玫卿！」

顧德宙扭頭瞪顧玫卿，看著冷淡回視的長子，面色迅速轉紅，握緊拳頭抖著聲音道：「就算生母不同，小賜也是你的弟弟，你為什麼總是……他一直把你當哥哥仰慕，你就不能對他溫和點嗎！他還帶著傷！」

顧玫卿掃了顧華賜的腿一眼，「以Alpha的恢復力，這種程度的傷不用住院。」

「小賜去年才分化，能和你軍中的大老粗Alpha相提並論嗎！」

「他是軍校生，遲早要……」

「我很快就不是了！」

顧華賜高聲插話，轉向警察、醫生與護理師狠戾地笑道：「因為警察認定我主動攻擊夜

店裡的客人，然後這個女 Alpha 醫生指控我摸了她 Beta 未婚妻根本不存在的奶子，這兩個罪名不管哪一個成立，我都會被退學，成為顧家的恥辱！」

「不！你不會！爸爸會保護你！」

顧德宙用力搖頭，快步走到顧玫卿面前，青著臉輕聲道：「玫卿，你爺爺的生日宴近了，他老人家最近身體不怎麼好，要是在生日前知道有顧家人被警察押走……你明白這事的嚴重性吧？」

顧玫卿沉默，雙眼仍看著父親和異母弟弟，心思卻一瞬間飄至遠方。

在數千光年外的宇宙，他駕駛著紅拂姬穿過碎石帶來到宇宙海盜的正後方，在繁星的包圍下，以火砲和光束劍將那些勾結官員、運送毒品、販賣人口、打劫商船……犯下眾多暴行的匪徒化為碎片。

他多麼希望自己能永遠在宇宙中衝鋒，不用站上沉重的地表。

顧德宙見長子無動於衷，以為是推力不夠，繼續用氣音道：「雖然目前顧家的現役軍官中，軍階最高的人是你，但最能和上面說上話的還是元帥退役的爺爺，我聽說中央軍的統帥要退休……」

「談諾一級上將沒有退休的打算。」

顧玫卿截斷顧德宙的低語，他知道房門外有許多圍觀者，且父親和異母弟弟都是一不如意就恣意鬧事的類型，但方才顧德宙露骨地暗示，讓他一瞬間從疲乏轉為暴怒。

他推開愣住的父親，直直走向兩名警察，叫出處理器中的身分證，面無表情地道：「我是顧玫卿，目前服役於宇宙軍中央軍第三軍團，軍階上將。我來此只有一個目的，聲明我完全尊重司法單位的職權，兩位不用顧慮我的身分，該怎麼處理就怎麼處理。」

「玫卿！」顧德宙的聲音飆高不只八度，兩三步奔到顧玫卿面前道：「你在說什麼！萬一小賜被退學……」

「他若想保住學籍，就應該學會控制情緒與尊重他人。」

顧玫卿斜眼看向異母弟弟，淺灰眼瞳如冰如劍，話聲不高卻沉如堅石：「畢竟在戰場上，最棘手的不是敵軍，是躁動、任性、經不起挑釁與誘惑的友軍。」

顧華賜下意識後傾，在後背貼上病床時猛然回神，看著身穿軍服的異母兄長，對方淡漠的灰瞳、胸前象徵上將軍階的金色錦繩。羞恥、不甘、渴望、惱怒、嫉妒……眾多情緒如黑泥般奔騰而出，讓他毫不考慮地做出信息素攻擊。

這超乎所有人的意料，身為 Beta 的兩名警察和女護理師聞到辛辣的酒味，但不受影響的他們壓根沒想到那是信息素；作為 Alpha 的顧德宙和女醫生則雙雙愣住，前者雙眼圓瞪，後者則短暫的錯愕後也以信息素反擊。

不過顧玫卿的動作更快，他一個箭步來到病床邊，扣住異母弟弟的肩膀往前壓，同時手刀敲上對方頸後的腺體，乾淨俐落地奪走顧華賜的意識。

眾人看著顧華賜軟倒在病床上，靜默一兩秒才意識到方才發生什麼事，各自因為不同理由而驚叫。

「小賜啊啊啊！」顧德宙心疼地扶起么子。

「顧上將，你還好嗎？有沒有哪裡不舒服？需要醫用撫慰素嗎？」女醫生隔著病床仔細觀察顧玫卿。

「所以剛剛那氣味是 Alpha 的信息素？這小子放信息素攻擊自己的家人？」警察之一錯愕地盯著顧華賜。

「別告訴我是放催情素。」另一名警察滿臉鄙夷。

「是威迫素。」顧玫卿平靜地回答，看向滿臉憂慮的女醫生，「謝謝關心，我沒事。」

「怎麼可能沒事！那屁孩屁歸屁，也是個高級Alpha，剛剛釋放的威迫素連我這個Alpha第一時間都冒雞皮疙瘩了，何況是Omega！」

「我是Omega，但我也是聯邦的軍人。」

顧玫卿聽見抽風機運作的細響，結束屏息，深呼吸道：「我在軍中常處理這種事，已經習慣了。」

「您真的沒事嗎？」護理師十指緊絞。

「沒事。」

顧玫卿再次深呼吸，活動活動緊繃的手腳，看向兩名警察道：「請兩位根據事實處理舍弟的案件，我保證，我和軍方都不會干涉辦案。」

「我相信您！」

警察之一迅速回應，拿起蒐證用的小相機熱切地問：「能和您合照嗎？我和內人、兒子、媽媽都是您的粉絲。」

「我不怎麼上相……」

「您只要站著就是一幅畫了。」另一名警察插話，手裡也拿著小相機。

顧玫卿望著兩臺相機，很想拒絕對方，可是他們臉上的期盼太明亮，他沉默數秒後脫下大衣低聲道：「不要太期待，我真的不上相。」

◆◆◆

顧玫卿同意與警察合影的舉動很快引起騷動，門外偷聽的人擠進病房大喊「我也要和上將（聯邦的英雄、暴君陛下）合照」，最終演變成一場小型攝影會。

當顧玫卿走出醫院大廳時，路燈已取代陽光，天空與宇宙同樣黝黑，但不見一顆星子，僅在飛機、太空梭等飛行器掠過天際時會閃過微光。

顧玫卿舉手招來無人計程車，坐進車中，在下班下課的車陣中泅泳一個多小時，這才回到他所住的公寓。

他用掌紋指紋解鎖關閉近兩個月的家門，看著從玄關、客廳到餐廳的照明一盞一盞亮起，模糊的色塊恢復為熟悉的擺設，肩膀微微放鬆，舉腳跨過門檻。

乳白色的蛋形家務機器人接手顧玫卿的行李箱。

他將大衣與軍服外衣也扔給機器人，走到餐廳操作食物合成機，給自己弄了一份羊肉咖哩配烤餅與蜂蜜氣泡水當晚餐。

而幾乎在他端著餐點來到餐桌邊時，眼前彈出巴掌大的投影視窗，告知顧玫卿他的頂頭上司，宇宙軍的中央軍統帥，談諾一級上將發來視訊請求。

除非有緊急事件，否則談諾從不打擾部屬的假期，顧玫卿的放鬆瞬間被警覺吞噬，迅速按下接受鍵。

文字視窗消失，取而代之的是比前者大上近三倍的視訊視窗，視窗內有一名髮絲灰白但身形厚實的中年男性，他坐在鐵灰色的辦公桌前，但雙眼沒看顧玫卿，而是嚴肅地盯著左手邊的投影。

這讓顧玫卿心中警鈴大作，立刻出聲問：「統帥，出什麼事了？」

談諾嚇一跳，將頭轉回前方道：「玫卿？我沒想到你這麼快就……你還沒吃晚餐？」

「正在吃。出什麼事了？」

「……」

「統帥？」顧玫卿靠近投影視窗。

談諾張口再閉口，反覆數次才下定決心道：「玫卿，我知道你剛結束兩個月的邊境巡航，此刻一定很想休息，而你也值得一個長假，但是……後天的無蹤者終戰紀念日，你能出席嗎？」

「無蹤者終戰紀念日」是紀念八年前，包含地球聯邦在內的銀河系聯軍，在歷經慘烈的傷亡後，擊退來自銀河系外的侵略者——無蹤者。當年參戰的各個文明與種族，會在決戰日當天派代表前往最終戰場，一同緬懷亡者、提醒生者宇宙潛藏的危險。

顧玫卿所屬的部隊，在決戰中曾參與突襲無蹤者女王，因此也參加過幾回紀念日，不過……

「今年的軍方代表不是早就定好，是第二軍的蘭開夏上將，與第四軍的托伊中將嗎？」顧玫卿問。

「的確是，但托伊的家人一個小時前告訴我，他急性腸胃炎送醫。」

「吃壞肚子？」

「正確來說，是嚇壞。」

談諾沉下臉搔頭道：「斯達莫帝國三小時前公布他們今年的出席者，是他們駐地球聯邦的大使，領攝政王頭銜的第一親王，黑格瓦．貢．曜現。」

顧玫卿先是一愣，接著雙眼睜至極限。

如果說顧玫卿是聯邦的英雄，那麼黑格瓦就是銀河的傳奇。

斯達莫帝國是銀河系中唯一能和地球聯邦抗衡的國度，雙方各自占據了三分之一的星系，擁有類似的語言、同樣的六種性別與情感，差別是地球聯邦的主要族群是人類，斯達莫帝國則是具有動物特徵的獸人。

拜這份同中有異之賜，數百年來，地球聯邦和斯達莫帝國時而競爭、時而合作，最終迎來關係改變的起點。

起點是一場政變，斯達莫帝國的宰相對皇室發動突襲，近百人的皇族一夕間被屠殺到僅餘兩名生者——太子最年輕的弟弟，與太子剛滿三歲的幼子。

所有人都認為斯達莫帝國要改朝換代了，然而誰也沒想到，十年後，當年九死一生逃出皇宮的王子重返皇宮，擊敗宰相重掌政權，扶持兄長的遺子坐上帝位。

這位王子便是黑格瓦，不過他會被稱為傳奇，不單是因為復國，而是他為了逼地球聯邦與斯達莫就政變後的國土變化做談判，親自帶兵從聯邦邊境出發，僅花二十天就殺到離首都星只有兩光年的地方。

「……托伊的姊姊是死於攝政王的突襲，自己也被打到只剩一口氣，所以心理陰影比誰都大。」

談諾嘆氣，按著額頭疲倦地道：「原本我是想，紀念日上有不少聯邦議員會出席，又會做全星系轉播，那麼只要派出咱們的偶像，就能有效收穫好感，讓軍方下年度的預算漂亮一些，然而……唉。」

「只有蘭上將不夠嗎？他……我記得他上過某種榜單？」顧玫卿偏頭不確定地道。

「有，他是『聯邦最想嫁的 Alpha』第三名，論戰功軍中只輸你，然後家世上他是蘭皇集團現任董事長的弟弟，俗話說『鐵打的蘭皇，流水的聯邦主席』，對大多數人來說，講到聯邦王子第一時間想到的是他，而不是聯邦主席的兒子。」

「那麼應該……」

「這分量還不夠。」

談諾放下手，沉默片刻才接續道：「我以下說的是不能外傳的情報，聯邦政府有意縮減軍事預算，特別是針對后式機甲的研發與生產。」

「為什麼針對后式機甲？」

「因為后式機甲的駕駛是 Omega。」

談諾聲音轉沉，橫著皺紋與刀疤的臉龐滿是苦澀，「政府……正確來說是政府中的衛生健康部認為，雖然后式機甲一機控數機的特性能大幅減輕軍方的人力需求，但也將珍貴的 Omega 放到前線，直接面對從敵軍到宇宙射線的種種威脅，無形中加劇了聯邦內 Alpha 和 Omega 出生率下降的問題。」

「不是只有 Omega 能生育 Alpha 和 Omega。」

「的確不是，Beta 也生得出來，但根據衛生健康部的統計資料，Beta 生育的 Alpha 和 Omega 在數量與等級上都不如 Omega。」

談諾雙手交握，臉色變得更嚴峻，「不過最棘手的不是統計資料，而是他們不打算利用這份資料。」

「什麼意思？」

「如果甩出資料，直接說『為了獲得更多優秀的 Alpha 和 Omega，我們主張讓 Omega 離開軍隊回歸社會專心生育』肯定會被罵翻天。因此他們換了一個說法，主張政府預算不應該獨厚軍中的 Omega，而是要將政府資源公平分配給各行各業的 Omega。」

「我不覺得軍中的Omega有被特別優待。」顧玫卿蹙眉。

「我的帳本也這麼告訴我，但遺憾的是，就跟我們軍人打仗時會聲東擊西欺敵一樣，政治人物們也會。」

談諾苦笑，再斂起笑容道：「政府有沒有給軍中的Omega優待並不重要，只要民眾如此認為，他們就搶下一半的勝利，本來就占少數的Omega會分裂成民間派與軍中派，非Omega族群最好的狀態是隔岸觀火，最糟的情況是支持刪減預算。」

「您認為他們可以騙到民眾？」

「成功率挺高的，畢竟對大多數人而言，這是一個除了軍中的Omega外，所有人都會獲益的政策。」

談諾輕敲桌面，「且聯邦在歷經與無蹤者的大戰後，本來就需要繁衍與建設，所以一些明白人恐怕也會抱著犧牲軍方Omega，換取聯邦整體發展的心思閉口不言。」

顧玫卿拉平嘴角，想起剛結束的邊境巡航。

在遠離首都星與中央星區的暗處，宇宙海盜、黑幫和走私團成群結隊，資源衛星中除了資源，還有濺著鮮血和哀號的地下市場。

他放在桌面上的手收緊，嚴肅地道：「聯邦沒有平和到可以削減軍備。」

「中央的大人物不知道，他們只知道今年是無蹤者終戰第八年，和斯達莫帝國締結和平條約的第十三年。」

談諾目光轉銳，「所以我們必須提醒大眾，和平不會隨時間累積而深化，而是靠眾多人的血汗、生命與守衛才得以延續。」

「我該做什麼？」

「作為軍方代表之一，出席無蹤者終戰紀念日。」

談諾淺笑道：「老實說，雖然攝政王殿下的出席嚇壞了托伊，讓我無法利用他這個『被軍務耽誤的娃衣設計師』來刷大眾好感，但也會直接讓民眾、官員想起殿下的壯舉。」

「壯舉……您是說單憑一支部隊，就突進到首都星外圍？」

「沒錯！而我則要提醒大眾另一件事……」

談諾手指向視窗中的顧玫卿，得意更自豪地道：「擋下帝國傳奇的，是駕駛后式機甲的聯邦軍 Omega 軍官。」

顧玫卿眨了眨眼，耳稍微微轉紅，別開眼不自在地道：「那不是我的功勞，他一路急行軍早就消耗過度，我只是打出最後一擊。」

「贏了就是贏了，你不用客氣。」

「我沒有客氣，當時……」

「你當時贏了。」談諾笑著打斷顧玫卿，再收斂笑容認真地道：「而我需要你再替聯邦贏一回，你願意出席終戰紀念日嗎？」

「請將集合地點和時間發給我。」

顧玫卿毫無遲疑地回答，不過下一秒灰瞳就籠上不安，下意識低頭道：「但我和蘭上將、托伊中將不同，不擅長交際……我會謹言慎行。」

「放心，你出席就夠了，社交活動交給我和開夏。」

談諾拍胸承諾，瞄了視窗右下方的電子鐘一眼，「時間……雖然還稱不上晚，但也差不多過晚餐時間，我就不打擾你吃飯，邀請函我發到你的信箱，明天下午兩點，翠嵐港第三候船室見。晚安！」

「晚安。」

顧玫卿點頭，視訊視窗消失，整間公寓也恢復安靜，只有洗衣機運轉的聲響輕刮空氣。

他拿起冷掉多時的烤餅，沾沾同樣失溫的咖哩醬，一口一口送入嘴中，把餐盤餐具推到桌邊，交由家務機器人收拾，自己則輕敲桌面叫出私人信箱。

顧玫卿在旗艦上幾乎不開私人信箱，理由很簡單，第一他沒空，第二他的私人信箱中沒多少重要信件，第三若真有什麼重大消息，李覓會來通知自己。

兩個月沒開的信箱，一如往常充滿廣告信、社群平臺的通知，以及幾封帳單扣繳成功的信，顧玫卿將標題粗粗掃過一輪，動手一鍵刪除，看著空蕩蕩的信箱，忽然覺得一陣疲乏，長吐一口氣後趴上餐桌。

家務機器人在顧玫卿趴倒時來到桌邊，端著一個黑盒子，以圓潤的電子音問：「主人，您有未拆封的包裹，需要確認內容物嗎？」

「先放……」

顧玫卿沒把話說完，因為他瞄到黑盒上有燙金花紋，迅速直起上身拿起盒子，伸手碰觸精美的燙紋，確認自己沒看錯後，三兩下拆開封條揭開盒蓋。

盒蓋下是不規則的防撞海綿，顧玫卿直接將海綿掃到地上，挖出埋在底下的透明袋。

盒子中一共有三個透明袋，第一個袋子中收著做工精細的半透明雪色露背睡裙，第二個是同色的蕾絲吊帶襪與綁帶丁字褲，第三個則只有一張深藍色的卡片。

卡片上只有兩行銀色的手寫字——給我的花姬，法夫納上。

顧玫卿注視張狂卻又不失優雅的字跡，先是收緊十指，再將卡片按上胸口，弓起上身細細顫抖。

他知道掌中的卡片不是邀請，只是單純的饋贈，也清楚自己明日還有行程，應該盡快準備行李然後上床休息。

總之，現在不是去見「那一位」的時刻，他明白，全都明白，但是……

——如果是交報告，要寫多少字？

——一點也不需要 **Alpha** 照顧！

——就算生母不同，小賜也是你的弟弟！

——聯邦政府有意縮減軍事預算，特別是研發和生產后式機甲的部分。

顧玫卿重重咬牙，將卡片放回盒子內，抓起另外兩個透明袋子，扭頭朝浴室快步走去。

他將袋子放在鐵架上，粗魯地脫下衣褲後站進淋浴間，用幾乎要將皮膚刮掉一層的力道刷洗身軀，抓起毛巾拭去身上的水珠後，將袋中的裙襪褲子拿出來換上。

等身穿衣鏡中映著顧玫卿的身影，睡裙的荷葉邊肩帶多一分則太長，減一分則過緊；玫瑰花藤刺繡精準貼伏下胸，和收緊的胸腺一同輕托胸脯；紗質薄裙中央開衩，既讓腰與臀部若隱若現，又清楚露出綴有銀鑽的丁字褲，以及純手工縫製的蕾絲吊帶襪。

他抬起手觸摸身上的裙襪，細滑的觸感屬於昂貴的真絲，絲中如星子般閃耀的晶鑽也全非人工合成品，但最觸動他的不是奢貴，而是身上的衣物緊合卻不緊繃。

只有量身打造的訂製品能做到這點，且這套衣襪不僅合身，還充分襯托顧玫卿的身形，讓他從太高也太結實的 Omega，變成融合 Alpha 的英挺和 Omega 柔美的薄紗麗人。

這是充分了解他的人才能準備的禮物，顧玫卿的胸口為此燙熱，看著鏡中的自己近一分鐘才轉身踏出浴室。

他穿過餐廳與客廳，以近乎奔跑的速度來到公寓最深處的遊戲室，以指紋、瞳孔解開門鎖，不等自動門完全滑開就側身擠入室內。

隨著投影、變形材質與信息同步技術的提升，遊戲室中放置的不再是螢幕、各式遊戲主機或遊戲光碟，而是能根據程式或主人需求改變型態的桌、椅、幾何體與連線人形，這些物件搭配音響、投影與氣味裝置，能讓玩家直接走進另一個世界中。

如果第三軍的軍官們有幸踏進顧玟卿的遊戲室，肯定會以為自己走錯人家，因為這間遊戲室不但是普通人家中遊戲室的兩倍大，各項設備也都是頂級水平，甚至還加裝獨立衛浴，與一般遊戲間不會放的四柱大床，左看右看都不是簡樸到刻苦的總司令會有的房間。

顧玟卿沒有使用衛浴，他從壁櫃中拿出一頂金色長假髮與白色半臉面具，熟練地將兩者戴上後，坐上大床抬頭道：「系統，使用者『蘿絲』，登入『假面舞會』。」

「登入成功。」

系統以電子音回覆，遊戲室的天花板、地板和牆面立刻裹上金紋繪滿花卉，搖身一變成金碧輝煌的巴洛克風華房。

同時，一個投影視窗在顧玟卿面前展開，上頭是此刻登入舞會，並且未使用隱身功能的使用者名單。

顧玟卿點選名單上方的「好友」選項，名單瞬間從數十頁減成一頁。

而頁面最上方，是他心心念念的名字——法夫納。

顧玟卿先克制不住地揚起嘴角，再迅速垮下肩膀。

為什麼？因為人名是紅色的，這代表這名登入者正與他人進行遊戲。

顧玟卿垂在身側的手握起，看著鮮紅的文字，猶豫許久仍向對方發出邀請訊息。

會回覆嗎？還是會被無視？萬一生氣了怎麼辦？顧玟卿盯著收訊匣，心跳隨時間流逝而加快，數次伸手想收回訊息。

而在顧玫卿發訊後三分鐘，亦是他第十三次想點「撤回邀請」鍵時，收訊匣彈出回訊，內容只有短短四個字：二十分鐘。

「呼——」

顧玫卿長吁一口氣，後仰倒上床鋪，望著飄浮在半空中的回訊，臉上有放鬆有喜悅但也有不安。

他在床上躺了十多分鐘，起身想找梳子整理假髮時，系統叮咚一聲，提醒使用者有人進入遊戲室。

顧玫卿嚇一大跳，急急撫平長髮和睡裙，轉身面向遊戲室正中央的單人座椅。

單人椅在顧玫卿登入假面舞會時，便以透過變形和投影化為華美的刺繡沙發，沙發上坐著一個白色人偶，人偶在叮咚聲冒出時泛起藍光，從光滑無臉的人偶，轉為一名戴著黑色半臉面具，身著灰襯衫與黑長褲的短髮男性。

男性在變化完成後睜開眼瞳，將站在五六步外的顧玫卿從頭到腳掃過一輪，靠著扶手單手支頭，「你收到我的禮物了。」

「是的，法夫納大人。」

顧玫卿的回應帶著細微的顫音，注視沙發椅上身形高大、氣質冷峻的男性，緩緩跪下將額頭抵上地板道：「對不起，在您忙碌時傳訊打擾。」

「你真的覺得抱歉，就不該打擾。」

「對不起。」

顧玫卿將頭壓得更低，男性——法夫納——厚沉、慵懶中滲著威勢的聲音刮搔他的身軀，慰藉與飢渴一同湧現，使 Omega 抖著嘴唇道：「但我好想見您，想見得不得了……對不起，請懲罰我。」

「……」

「法夫納大人，請您……」

「你是該受罰。」

法夫納截斷顧玫卿的乞求，面具下的藍眸瞇起，緊鎖 Omega 的背脊，「你瘦了吧？」

「我沒有量……」

「你瘦了。」

法夫納重複，看著顧玫卿雖有肌肉但也略帶骨感的後背，沉下嗓音道：「我刻意要人把衣服做小一些，結果你穿起來還是剛剛好。」

顧玫卿十指微曲，一方面因為法夫納聲音中的不悅而恐懼，另一方面又克制不住地喜悅。他的主人不但熟知自己的身體尺寸，還預料到兩人分別時的變化，並且一眼就看出他瘦了，這種被人好好記著、看著、充分了解的事實，叫顧玫卿心神震顫。

「不只是瘦，還受傷了。」

法夫納注視顧玫卿肩上淡淡的瘀青，輕敲扶手不耐道：「上次分別時，我沒有好好告訴你，你是我的花朵，既不能損傷身體，也不可在照顧上怠慢嗎？」

「對不起，我想快點結束出差回來見您，一時沒注意就……」

「我們見面的時間是固定的，不會因為你提早歸來就改變。」

「我知道，但我怕如果趕不回來，會失去一次見面的機會。」

顧玫卿縮起肩膀，雙眉緊皺帶著些許哭腔：「我不要……一次也不想錯過您，所以……

請原諒我。」

法夫納拉平嘴唇，望著伏地細顫的顧玫卿，從沙發座旁的圓筒抽出一個長圓棍，輕甩兩下讓棍子變化為調教用的短馬鞭，起身走向Omega。

顧玫卿聽見腳步聲靠近，馬上湧起抬頭的衝動，但在最後一刻抑制住渴望，僅是將頭稍微轉向聲音源。

法夫納垂下馬鞭，輕輕掠過顧玫卿赤裸的後背，停在右肩的瘀痕上，冷聲問：「這是怎麼回事？」

「離開駕駛艙……駕駛座時不小心撞到了。」

「這個呢？」法夫納以馬鞭輕戳顧玫卿的上臂，「紅腫了。」

「應該是洗澡時刷得太用力。」

「那這個呢？膚色和周圍不一樣。」

「被機械臂削到，但已經痊癒了。」

「頸後的腺體有些發青。」

「這次出差和歸來時遇到幾個情緒失控的Alpha，不過我很快就制伏對方。」

顧玫卿擠出笑容強調，等了許久都沒等到回音，心頭一顫輕聲問：「您生氣了嗎？」

「……」

「大人？」

「……假面舞會嚴禁會員透漏或探查彼此的真實身分。」

法夫納的話聲既沉又澀：「否則我真的很想、很想找出你是誰，然後報警，或把你監禁起來保護。」

顧玫卿睜大眼，接著雙目快速籠上水氣，看著地板微笑道：「我沒事，您願意在沒有約定的日子見我……所以我沒事的。」

法夫納降下嘴角，轉身走到四柱大床邊，拉開床頭櫃的抽屜拿出蕾絲眼罩與帶鍊條的布手銬，回到顧玫卿身邊鬆手讓兩者落地道：「戴上。」

顧玫卿直起上身將眼罩與手銬戴好，剛要抬頭報告自己完成指示，法夫納就揪住手銬的鏈條，將人一把拉起來。

「作為懲罰，我今天不會碰你。」

法夫納將鍊條掛在床柱頂端的鉤子上，讓過柱子坐上床尾，用馬鞭挑起顧玫卿的下巴道：「你只有『這個』。」

「是。」顧玫卿抬著頭回應。

不能碰法夫納令他失落，可是想想對方本就是透過連線人偶與自己互動，那麼四捨五入一下把馬鞭……

「不准把馬鞭當成我的手指。」

「……是。」顧玫卿垂下肩膀。

這舉動讓法夫納的嘴唇微微上挑，不過他很快就控制住表情，握著馬鞭輕搔顧玫卿頸子道：「你先前說，你很想見我，是結束出差後才想，還是出差時就念著我？」

「出差時就念著您。」

顧玫卿仰起頭顱，在黑暗中盡可能靠近馬鞭道：「雖然事前準備好您的錄音，還買了音質好的耳機，但……越聽就越想趕快回來見您。」

「單憑聲音無法滿足？」

「是的。」

顧玫卿用氣音回答，那是好友、部屬乃至至親都不曾聽聞的灼熱口氣。他將自己的咽喉壓向馬鞭，細顫嘴唇道：「只有聲音完全不夠……我想念您的身影、視線、吐息、親吻和每一次碰觸。」

法夫納握馬鞭的手略為收緊，沉默須臾後無聲地站起來，悄悄走到顧玫卿的右側，彎腰朝對方的耳朵輕聲問：「在你腦中，我是怎麼碰你的？」

顧玫卿肩頭一顫，感覺自己似乎又戴上耳機，但不同的是耳機只能出聲，連線人偶則是聲音吐息都能還原。

「不回答？」法夫納催促，同時讓馬鞭擦過顧玫卿的下顎。

顧玫卿喉頭滾動，停滯幾秒才沙啞地道：「輕輕地……碰觸我的臉頰。」

「這樣？」法夫納握著馬鞭輕磨顧玫卿的左臉。

「重一點。」

顧玫卿低喃，他沒有直接接觸法夫納的身軀，但赤裸的後背、僅裹著薄紗的臀部都能捕捉到對方的體溫。

「然後呢？」

法夫納在顧玫卿的頸邊說話，將馬鞭換到另一隻手上，斜持鞭身磨按對方的眼角、臉頰和下巴，「還想要我碰哪裡？」

「……胸部。」

顧玫卿靠著馬鞭，垂下眼睫渴望也興奮地道：「沿著脖子往下，碰觸我的胸部。」

法夫納緩慢地挪動馬鞭，扁平的鞭頂從顧玫卿的臉龐來到頸側，再經過鎖骨來到胸上，隔著輕薄的真絲戳壓對方問：「然後？」

「然後……」

顧玫卿的雙頰染上紅暈，挺起胸膛羞恥也熱切地道：「請恣意玩弄我的胸部！」

法夫納輕笑了一聲，先將馬鞭按進顧玫卿的胸肌中，再時而前推時而畫圈，鞭頂好幾次掠過乳暈，卻始終沒有直接壓上去。

這讓顧玫卿既獲得慰藉又心癢難耐，咬牙靜立片刻後，下意識轉動腰肢想靠近馬鞭。但他沒有如願，因為法夫納在顧玫卿動腰瞬間，揮鞭打上Omega的胸側。

「我有准你動嗎？」法夫納沉聲問。

「沒有……對不起。」

「再違規一次，我就離房了。」

「請不要走！」顧玫卿的聲音瞬間拔尖。

「你守規矩，我就不走。」

法夫納將鞭子按上剛剛拍出的紅印，靠在顧玫卿的耳畔輕聲道：「放空思緒，把身體交給我，我比你更了解你想要什麼。」

「是，我的主人。」

顧玫卿壓下靠近法夫納的慾望，深呼吸抹去腦中的想念，而在止住思考後，聽覺與觸覺都變得更加敏銳，空氣的溫度、紗裙和蕾絲的觸感，以及法夫納的呼吸聲都清晰得可怕。

拜此之賜，當法夫納再次以馬鞭揉壓胸脯時，酥搔感立刻竄上顧玫卿的頭殼，他忍不住吸氣，再次竄起蹭向鞭子的念頭，但這股衝動很快就被他按住。

雖然顧玫卿不知道法夫納的真實身分，甚至不曾見過黑面具下的容顏，可是他的主人一次次用行動證明，自己的強勢與命令非但不會傷害男奴，還能讓對方沉浸在無邊滿足中。所以顧玫卿願意將自己的身心、慾望、脆弱與醜態，通通交給身後的男人。

「乖孩子。」

法夫納輕語，以馬鞭將顧玫卿一側胸部揉得酥軟，再換手握鞭按壓另一側的胸乳。

然後，在顧玫卿左右胸都既麻又脹時，法夫納突然兩手握鞭，橫著鞭身同時壓上 Omega 的乳首。

「嗯啊！」

顧玫卿拱背喘息，先前乳頭被冷落的空虛，在馬鞭下壓的瞬間都轉化為快感，令他的意識一陣恍惚，身體稍稍下沉。

法夫納沒給顧玫卿調適的時間，稍稍前傾上身靠近對方的後背，兩隻手各自握住鞭尾和鞭頂，時而滾動短鞭，時而左高右低、右高左低地用鞭身挑逗 Omega 的乳纓。

這使顧玫卿的呼吸越發粗沉，馬鞭的擺動激起陣陣快慰，而籠罩後背的體溫更是讓他春心蕩漾，彷彿嗅到 Alpha 的信息素。

不，對顧玫卿而言，Alpha 的信息素還沒有法夫納的體溫煽情，那比普通人略低的體溫隔著空氣和薄衫貼上肌膚，讓 Omega 的身軀迅速躁熱起來。

因此，當他因為一次下壓往後倒，直接靠上對方的身軀時，那吻上背脊的體溫立即化為甘蜜，讓顧玫卿雙腿一顫射精。

當他從高潮中脫離時，雙手已經被放下來，後背清楚感受到法夫納胸膛的起伏，呆滯一兩秒後他快速直起腰肢道：「對不起！我又……唔！」

「蒙眼的人別亂動。」

法夫納在顧玫卿撞上床柱前一刻，用馬鞭把人勾回來，抬手解開對方的眼罩，再將人翻過來親吻額頭。

顧玫卿瞬間忘記了呼吸，近距離看著法夫納的臉龐，直至對方退開，才在窒息的痛苦下大喘一口氣。

法夫納勾起嘴唇，用馬鞭輕點顧玫卿的額頭，「這是獎勵。」

「獎勵？」

「獎勵你有將主人放在心上，以及……」

法夫納話聲漸弱，停頓須臾才注視顧玫卿的頸部，雙眉微皺既讚賞也苦惱地道：「沒有被情緒失控的 Alpha 放倒，好好回來見我。」

顧玫卿雙眼睜大，他沒想到能獲得法夫納的吻，更沒料到對方會稱讚自己，胸口一陣燙熱，前傾上身正要回應時，忽然被馬鞭壓住嘴唇。

「你該休息了。」法夫納沉聲宣告，用馬鞭輕磨顧玫卿的唇瓣，低頭欺近 Omega 道：「週六晚上八點見，別讓我等。」

顧玫卿點頭，望著法夫納放下馬鞭後退兩步，泛起象徵連線者登出的紅光。

光芒散去後，連線人偶恢復原狀，掌中的馬鞭也變回圓棍。

顧玫卿垂在床柱邊的手緩緩握起，注視沒有呼吸與溫度的人偶許久，才轉身走向衛浴間清潔身體。

CHAPTER.02

第二章

殿下，

您會玩 BDSM 遊戲嗎？

In a BDSM VR game, fall in love with an enemy general.

離開遊戲室後，顧玫卿沒有去整理行李，而是將睡裙、褲襪等交給家務機器人，要機器人用最不傷布料的程序清洗後，才倒上床鋪闔眼睡覺。

他一路睡到隔日上午十點，在餐廳簡單用過午餐後，拉出行李箱收拾行囊，搭乘無人計程車前往翠嵐港。

翠嵐港與昨日一樣熱鬧，但不同的是昨天顧玫卿是走軍用通道離港，今日則是從民用通道入港。

「媽媽！我要吃那個！」

「我知道、我知道，我馬上就要上船了，其他的等會……」

「歡、迎、艾、莉、卡、來、首、都！」

「隨身行李、托運行李、電子傳票……你的護照是不是過期了？」

紛雜的話語在合金穹頂下迴盪，顧玫卿穿過送行或準備遠行的民眾，到離星櫃臺出示證件和邀請函後，領著行李前往第三候船室。

負責接送紀念日來賓的船艦才剛駛入港口，但還沒開放登艦，記者、議員、維安人員、負責紀念日表演的學生……眾多乘客或坐或站地在候船室中等待，滑動投影視窗或和伙伴嘻笑交談。

沒有人注意到顧玫卿。

他暗自鬆一口氣，沿著牆壁走向角落，剛站定位就聽見自己的名字。

「顧上將！顧玫卿顧上將在這裡嗎？」

圓柱型機器人一面呼喊，一面進入候船室，將眾人的目光一下子勾向門口。

這讓顧玫卿立即湧起壓低帽子、立起衣領假裝不存在的衝動，然而機器人頭上的面部辨

識儀先一步掃到他的臉，迅速掉頭來到 Omega 面前，彈出一個投影視窗道：「您好，請簽收貨物。」

「我沒有訂購任何物品。」顧玫卿蹙眉。

「您沒有，但您的同事有，中央軍第四軍團總司令，托伊中將今天上午購買了港內寄件服務。」

「托伊買的？」

顧玫卿睜大眼，想起同僚急性腸胃炎的事，彎下腰問：「他出院了嗎？」

「本問題的解答不在我的服務範圍中。」

機器人晃動投影視窗道：「顧玫卿上將，請簽收包裹，包裹中有寄件者給您的留言。」

顧玫卿三兩下完成簽名，投影視窗消失，機器人打開頭頂的置物箱，露出淡紫色的盒子與一個小卡片。

他拿起盒子與卡片，卡片上是托伊纖細的字跡——對不起！因為我太弱的關係，讓你的假期泡湯了。

機器人問：「您有訊息要給寄件者嗎？」

「你有這項服務？」顧玫卿抬眉。

「有的，您的訊息將附在包裹投遞成功通知中。您有訊息要給寄件者嗎？」

顧玫卿點頭，思索片刻後道：「請告訴托伊，好好養病，不要想太多。」

「您的語音訊息已存檔。感謝您使用港內寄件服務，祝您旅途愉快。」機器人關閉置物箱，轉身離開候船室。

顧玫卿收回視線，將紫盒收進行李箱，察覺到有複數的視線打在自己身上，拉平嘴角注

視牆上的時鐘。

顧玫卿的五官頗為清麗，但只要不笑就會給人壓迫感，心情鬱悶板起臉時殺傷力更大，因此大多數人都默默收回注目，只有十幾名高中生仍盯著他。

這群學生遠望顧玫卿近兩分鐘，其中一人鼓起勇氣起身走向他，弓著身體怯生生地問：「那個……不好意思打擾了，我是首都高中合唱團的團員，請問方便問您一些問題嗎？」

——不方便。

顧玫卿很想如此回答，然而他從學生的臉上看見強烈的不安，心頭一軟改口道：「什麼問題？」

「本次紀念日，斯達莫帝國的攝政王會出席……」學生吞一口口水，雙手握起渾身緊繃地問：「我聽說他張嘴就能咬掉成年人的人頭，是真的嗎！」

「不只有咬人頭啊！」另一名高中生遠遠舉手喊道：「據說他還曾經把政敵的兒子做成烤肉，在晚宴上逼對方吃下肚！」

「我聽說他永久標記了二十個 Omega，還曾經讓 Alpha 懷孕！」又一名高中生道。

「然後他單靠精神攻擊就可以放倒一個 Alpha 機甲隊！」第四名高中生道。

「我聽到的是一個軍團。」一位年輕記者插話。

記者身旁的同業探頭問：「他就任大使後從未公開露面，有傳言說是因為他在無蹤者女王之戰時毀容，是真的嗎？」

「不是因為他已經死了嗎？」稍遠處的中年人問。

這串問題轟炸超乎顧玫卿的預料，他整個人傻住，和眾人對視好一會才開口道：「就我所知，黑格瓦親王是獸人中的龍人，龍人的特徵是有龍角和龍尾，嘴部構造和人類相同，應該無法一口咬斷別人的頭；私生活部分，我和親王只接觸過三次，且三次都稱不上面對面，跟他沒有私交，無法回答。」

「親王的機甲雖然在女王戰時嚴重受損，但他並沒有毀容或死亡，至於能不能靠精神力壓制 Alpha 機甲隊……我認為他可以，但我認為直接殲滅敵人更輕鬆。」

「殲滅敵人的意思是……」

最初發問的高中生額上浮現冷汗，「他可以一個人打倒一隊機甲嗎？」

「這要看機甲隊的水平，只要對手不是中央軍的精銳部隊，他獨自處理兩到三支機甲隊應該不成問題。」

「獨自處理兩到三支機甲隊……斯達莫的攝政王這麼厲害？」另一名高中生細聲問。

「他很厲害。」

顧玫卿點頭，思緒飄回過去，看著黑格瓦的座駕——厄比斯，在戰艦與己方機甲間穿梭，明明大小堪比小型驅逐艦，移動起來卻絲毫不顯笨重，甩尾、揮劍、急轉……一切動作都精準到能以優美形容。

輕微的顫慄感襲上顧玫卿的心頭，他的聲音脫去清冷，染上幾分燙熱，繼續說道：「論一對一機甲戰，聯邦軍中大概只有我能拖住他；如果是軍團戰，能做他對手的指揮官恐怕也只有兩人。」

候船室忽然陷入寂靜，起初顧玫卿還沒意識到情況不對，直到他面前的高中生輕輕嗚咽一聲，才驚覺自己失言，連忙抬手道：「不過也因為如此，當年與無蹤者女王決戰時，親王

是非常可靠的友軍，多次拯救包含我在內的聯邦部隊。」

「……」

「且聯邦已經和斯達莫簽訂和平協定，親王沒有理由襲擊我們。」

「……」

「若有意外，我會盡全力……」

「宇宙軍會確保諸位和整個聯邦的安全。」

談諾的聲音和手掌同時拍上顧玫卿的肩膀，朝眾人自信地笑道：「另外本次紀念儀式的護衛由中央軍第二軍團的總司令蘭開夏負責，是能在軍團戰上和親王匹敵的男人，他再加上顧上將，不管是一對一還是多對多都不用擔心！」

候船室先是安靜，再爆出紛雜的話語。

「對啊！這趟不只有緋紅暴君，還有傀儡王子呢！」

「仔細想想，斯達莫的攝政王若真有傳說中那麼強，哪裡還需要和聯邦和談？其實他也怕聯邦的軍人吧？」

「啊啊我都忘了護衛是第二軍，有機會和開夏大人合照嗎？應該會有吧？」

「如果那個龍人敢亂來，就把他就地正法……」

顧玫卿望著恢復生氣的候機室，肩膀微微垂下，轉向談諾道：「對不起，我……」

「我知道你不擅長說漂亮話。」

談諾輕笑，拍了拍顧玫卿的手臂，「沒關係，這交給我和開夏，你負責揍人就好。」

「統帥……」

「我沒在開玩笑。」

談諾故作嚴肅，看見空橋的通行燈由紅轉綠，放下手臂誇張地喘一口道：「總算能登船了，我昨天忙到半夜兩點，不快點上船睡個午覺，到晚宴可撐不住。」

「您這麼疲倦？」顧玫卿剛鬆下的肩膀瞬間繃緊。

「這是玩笑話。」

◆◆◆

雖然談諾再三保證，自己身體硬朗足以不睡午覺通宵狂歡，但顧玫卿還是強行接過對方行李箱的控制權，將人從候船室護送到船艙客房後，才前往自己的房間。

接送紀念日賓客的船艦不是戰艦，而是專營星際旅遊的遊艇，追求舒適多過安全下，分配給顧玫卿的艙房不但比戰艦的總司令室大上一倍，且除了桌椅床鋪等基本設備外，還有一間小遊戲室。

他將軍禮服從行李箱中取出，交給房內的機器人熨燙整理，接著取出托伊贈送的紫盒，解開緞帶打開盒蓋，於防撞海綿中央看見一個精緻的洋娃娃。

顧玫卿先一愣，再於洋娃娃的裙襬上看見銀色的花體字商標，想起了同袍的家族產業。

托伊的家族世代經營玩具業，並在他祖父那輩專營高價洋娃娃，而托伊本人雖然沒有接家業，但興趣是設計洋娃娃的服裝，且他的設計還拿下一櫃子的獎盃，讓本人喜獲「被軍務耽誤的娃衣設計師」的外號。

「白焱好像說過，托伊的衣服很貴？」

顧玫卿舉起洋娃娃，娃娃穿著精緻的雪紡紗連身裙，領口、袖口和裙襬都綴著蕾絲和水晶，在燈光下恍若銀輝。

而這讓他想起昨晚交給家務機器人的睡裙，以及贈裙者的親吻，輕淺的酥麻感攀上頭殼，目光先染上蜜意再猛然清醒，快速將洋娃娃收回盒中。

「週六就能見面了。」

顧玫卿告訴自己，將盒子牢牢蓋好後收進壁櫥，為了轉換心情進入遊戲室。

他挑了一個射擊遊戲，憑藉從機山艦海中練出的身手輕易破關後，轉去挑戰格鬥、健身、擊劍……等眾多遊戲，直到衣褲都被汗水浸濕，才前往浴室沐浴。

當顧玫卿踏出淋浴間時，頭頂傳來遊艇廣播，告知搭乘者他們即將離開人工黑洞，抵達目的地——坦達星系 A35 資源星。

「……本艇預定在三十分鐘後進入 A35 資源星的第一太空監視站，受邀參加無蹤者紀念日活動的賓客，請於停泊程序完成後，再離開艙房前往下船口。」

顧玫卿在廣播中擦乾身體與頭髮，躺上床鋪休息片刻後，爬起來穿上雪色軍禮服，離開艙房，與其餘賓客一同進入太空監視站。

◆◆◆

A35 資源星總共有三十個大大小小的太空監視站，第一監視站作為歷年終戰紀念日的會場，逐年增建之下，不但是最大的站，且登站層的地板還採用合金玻璃，讓人能直接俯瞰星球表面。

拜此之賜，不少人上太空站後，不是俯首興奮地注視半紅半黑、不時閃電的行星，就是死抬著頭不敢往下瞧。

顧玫卿曾在資源星的軌道上駐守近半個月，對於星球表面沒有半點興趣，穿過賓客進入電梯，來到紀念日會場所在的樓層。

紀念日會場的設置與監視站入口相反，銀白色的地板實心不透光，半圓形的天頂和一部分牆壁則為透明材質，進入後首先看到的是數十面陣亡者紀念碑，之後才是列有座席的扇形空地與舞臺。

當顧玫卿進入會場時，場內已經有零星賓客與記者，他微微抿唇，希望在引起注意前，盡快找到自己的位子坐下。

然而身高媲美 Alpha 的他，毫不意外地被人攔截了。

「顧玫卿上將！」

一名棕髮女子奔到顧玫卿面前，抬手亮出投影記者證道：「你好，我是《聯邦首都報》的記者，能問你幾個問題嗎？」

「紀念日快開始了。」

「還有十五分鐘。你願意接受採訪嗎？」

——不願意。

顧玫卿腦中彈出這個回答，可是他也同時想起談諾拜託自己出席的理由——要提醒大眾當年是誰擋下斯達莫的攝政王。

靜默片刻才開口道：「如果問題不多的話。」

「絕對不多。」

女記者微笑，開啟個人處理器的錄影功能，對著顧玫卿問：「就我所知，上將原本不在

本次終戰紀念日的出席者名單中，而是出發前才臨時加入，可以透漏名單變動的原因嗎？」

「因為原訂出席的托伊中將生病住院。」

「不是因為黑格瓦親王也會出席？」女記者挑眉。

顧玫卿的手指曲起，不管是托伊住院的原因，還是談諾緊急拉自己出席，全都和黑格瓦直接或間接相關，但基於同袍顏面、長官的政治考量，都不宜誠實回答。

「是因為托伊住院。」顧玫卿板著臉回答，他不認為自己能騙過記者，但只要對方沒錄到肯定答覆，剩下的就可以交給上司處理。

果不其然，女記者的眉毛挑得更高，但沒有追問，而是改變切入點：「在上將與黑格瓦親王都將出席終戰紀念日的消息傳出後，網路上有人稱這是第二次『君王對峙』，你對此有任何感想嗎？」

「什麼意思？」

「十年前，上將曾經奉命前往A35資源星，嚇阻黑格瓦親王，『緋紅暴君』對『斯達莫攝政王』，簡稱君王對峙。」

女記者見顧玫卿一臉驚訝，偏頭問：「上將不記得了？」

「我記得。」

顧玫卿蹙眉，他不可能忘記那趟任務，只是在他心中，自己與黑格瓦的對峙是最不重要的部分。

該任務的起因，是名為「坦達疑案」的案件。

在黑格瓦率軍突破邊境，直達首都星外圍的第二年，聯邦同意與斯達莫就領星分配重新談判，坦達星系A35資源星也在討論名單之中。在經過多次爭執與妥協後，兩國勉強同意以赤道為界，各自持有一半的星球。

然而在重劃分後不到半年，一名食肉種女性獸人闖進聯邦位於赤道附近的軍營，扭斷四名軍官的脖子或下體後，被其他士兵擊斃。

這便是「坦達疑案」，只是本案死者雖然死狀悽慘，但畢竟發生在邊境，也不涉及權貴名人，因此沒有多少人關注，直到一個月後斯達莫發函要求共同偵辦此案，才從地方奇聞轉變為國際衝突。

聯邦政府以「案件發生在聯邦管理區」、「案情沒有疑點且已經偵結為由」，拒絕斯達莫的要求，結果在拒絕訊息發出後第三天，聯邦的太空站緊急通知中央政府，黑格瓦直屬軍團的旗艦「鉑伏艦」，帶著三艘護衛艦，進入 A35 資源星的軌道。

聯邦上下都還清楚記得，兩年前鉑伏艦被首都星雷達站捕捉到的震撼，因此在短暫的混亂後，軍方立刻命令顧玫卿前往 A35 資源星。

「……既然上將記得，我就不用解釋了。」

女記者淺笑，將處理器靠近顧玫卿問：「學者普遍認為，黑格瓦親王有意藉凶殺案，將 A35 資源星乃至整個坦達星系納入帝國的控制中。那麼基於過去的紀錄，上將認為，親王出席本次終戰紀念日，有特殊目的嗎？」

顧玫卿略微睜大眼眸，即使是對人心言語遲鈍如他，也清楚感受到女記者話中的引導，看著對方堆滿期待的眼神，腦中閃過進入會場時目睹的亡者紀念碑，還有在星辰、碎石帶和瀕臨爆炸的戰艦間，多次掩護己方的龍型機甲。

那人明明有能力讓自己待在後方，卻總是出現在最危險的戰場裡。

顧玫卿垂在身側的手握緊，話聲比先前低上數度道：「親王既是無蹤者決戰的參戰者，也是銀河系中第一批被無蹤者襲擊的軍人，出席紀念日並不奇怪。」

記者沒察覺到顧玫卿的變化，繼續追擊道：「我知道。不過親王就任聯邦大使這四年來，無論公開典禮還是私人宴會，全都由副大使代表，這次卻親自出席紀念日，上將不覺得有任何玄機嗎？」

「不覺得。」

顧玫卿毫無猶豫地回答，在對方拋出新問題前已沉下眼神，「我只知道，若不是親王的決斷，包含我在內的聯邦軍民都無法活著離開坦達星系。」

「上將是指決戰……」

「我是說無蹤者第一次現身時。」

顧玫卿的聲音爬上細微的顫音，垂在身側的手握起，「在我派駐到 A35 資源星後第十五天，無蹤者的前鋒部隊進入坦達星系，當時聯邦軍的雷達與一切感應器都無法捕捉到他們的蹤跡，我眼睜睜看著同袍所在的戰艦與機甲爆炸，卻什麼也做不了！」

「上將……」

「直到親王強行闖進聯邦的通訊系統中，提供斯達莫特有的半生體雷達的資料，我們才知道發生什麼事。」

顧玫卿彷彿又回到那讓所有人錯愕的瞬間，看著在己方雷達上空蕩無物，但敵方雷達上紅點遍布的星域，聽著將官爭執這是陷阱還是事實，以及結束爭吵的敵方訊息。

——「我方會拖住不明部隊，請聯邦軍即刻帶民眾撤退。」

他把手握得更緊，指甲隔著布手套刺入掌心，脫離回憶嚴肅道：「親王為了掩護和聾盲人士無異的聯邦軍民逃跑，和無蹤者先鋒纏鬥到三艘護衛艦全滅、旗艦半毀才撤退。」

女記者愣住，沒料到一向清冷寡言的聯邦英雄，非但對自己說個不停，聲音中還帶著火氣，呆滯三四秒才回神道：「我知道這段歷史，親王的確有協助聯邦軍撤離，只是他也讓不少聯邦人留下無法抹滅的傷害，上將作為聯邦的軍人……」

「我尊敬黑格瓦親王。」

顧玫卿截斷女記者的話語，嚴肅而堅定地道：「他是可怕的敵人、可靠的友軍、驍勇不戀戰的將軍、讓國民自豪的領袖，我衷心希望聯邦不需要與他為敵。」

女記者兩眼圓睜，望著顧玫卿好一會才緩緩放下手，苦笑道：「上將，恕我直言，你剛剛的發言很危險，會被有心人拿來作文章的那種危險。」

顧玫卿微微一愣，想起李覓和談諾聚在一起，討論如何處理自己惹出的公關危機的模樣，胸中的怒火瞬間消退大半，微微別開頭，「抱歉，我只是情緒上來……抱歉。」

「我懂，上將剛剛說的都是真心話。」

「……」

「所以我得再問你一題，然後拿這題交差。」

女記者再次舉起手，開啟錄音功能道：「上將，聯邦的生育與結婚率偏低的問題再次成為社會焦點，你做為一名處於適婚年齡，且在軍隊任職的 Omega，對此有任何看法嗎？」

「為何要強調在軍隊任職？」顧玫卿蹙眉。

「因為有人認為，結婚生育力降低和 Omega 從軍比例升高有關。上將認為呢？」

「我認為兩者無關。」

「那和什麼有關——我是指 Omega 結婚和生育意願下降。」

「和——」

顧玫卿拉長尾音，想起在母親出意外前就外遇的父親、有著十九歲肉體和九歲心智的異母弟弟，還有眾多相親對象——全是Alpha，沙啞地道：「沒遇上對的人。」

「對的人是？」

「足以信賴，且能正視我、在乎我、了解並包容我真實樣貌的人。」

顧玫卿腦中的人影消失，取而代之的是華美的遊戲室，室中央的沙發座上坐著嚴厲又溫柔的主人，在那雙藍瞳的注視下，他微微顫著聲音道：「如果知道這樣的人在何方，就算必須穿越銀河系，我也會趕過去。」

女記者緩緩睜大眼，呆愣三四秒才回過神，揚起紅唇笑道：「老實說我有點意外，我以為上將是不婚主義者。」

「如果沒能遇上對的人，我是不打算成婚。」

「祝福你能。」

女記者關閉錄音功能，朝顧玫卿伸手，「顧上將，感謝你接受採訪。」

顧玫卿握住女記者的手，再鬆手看對方轉身奔向下個訪問對象，正要繼續找位子時，一隻手搭上他的肩膀。

「你跟我的座位在那裡。」

談諾指著舞臺前方偏右的位置，瞧見屬下瞬間呆住，收回手笑道：「喂喂喂，聯邦英雄的坐位安排在海景第一排很正常吧？」

「我上次來是坐中間。」

「少將和上將坐的位子能一樣嗎？」談諾故作惱怒地挑眉，走向右側的坐椅。

顧玫卿垂著肩膀跟上，和談諾坐在右側靠走道的位置，兩人剛入座，身後就傳來複數的驚呼聲。

他回頭往後看，瞧見數名高大健壯的虎人 Alpha 進入會場。

在虎人之間有一名身材纖長的男性，他戴著金框眼鏡，頭上有一對紫色狐耳，身後則是九條同色的狐尾。

前者是斯達莫帝國的親衛隊隊員，後者則是斯達莫駐地球聯邦的副大使——羅蘭芬．貢．幻遮。

羅蘭芬是九尾狐人，在獸人中屬於有特殊能力的殊貴種，不過他在就任副大使後還時常出現於報章媒體，對大眾來說雖不至於習以為常，可是也不會驚叫。

所以讓媒體、政商名流忍不住叫出來的不是羅蘭芬，而是他身後的人。

羅蘭芬身後有一名男子，他穿著斯達莫特有的刺繡禮袍，黑色的緞面布料勾出比護衛略高、精悍中帶著幾分優雅的身軀；一頭墨色長髮過肩及腰，髮下的藍瞳深邃又明亮，配上稜角分明的五官，英俊得讓人窒息。

然後最重要的是，這名男子腰垂著一條被黑色鱗片覆蓋的長尾，與他頭上一全一斷的黑角共同反射燈光，昭示來者的身分。

斯達莫帝國駐地球聯邦大使，領攝政王頭銜的第一親王——黑格瓦．貢．曜現，進入紀念日會場。

整個會場陷入寂靜，所有人都看著被親衛隊簇擁的黑格瓦，直到對方坐上最左側的座椅，整個廳堂才又出現聲響。

「老天！沒人跟我說親王是美男子啊！我的愛國心要動搖了！」

「理想的霸道總裁……不對，是君王，外貌身分都是王的王。」

「腿……腿好長，那個腰的線條也……嗚嗚啊！」

「你剛剛有錄影嗎？我忘記了！」

顧玫卿聽著周圍記者和賓客低聲驚嘆，視線越過人與椅子，落在黑格瓦的後腦杓上——對方正在和鄰座的副大使說話。

雖然他與黑格瓦接觸三次，但這三次都隔著機甲，別說容顏了，連聲音都沒聽過。

如今，那曾與自己死鬥、並肩作戰、在模擬駕駛艙中研究數百小時的機甲駕駛員正坐在二十多公尺外，導致顧玫卿明知失禮，還是忍不住直直盯著對方。

而黑格瓦似乎感受到他人的注目，偏頭瞄向顧玫卿的方向。

顧玫卿立刻將視線拉回正前方，幸運的是主持人也在此時上臺，會場的照明暗下，只有舞臺仍維持明亮。

「各位貴賓，以及直播上的朋友們，非常榮幸能與諸位齊聚於坦達星系A35資源星的第一監視站，一同回顧這讓整個銀河系的智慧生物團結起來，擊敗外敵的日子。」

主持人掛著淺笑說話，將手比向左側的座席，「接下來，容我邀請本次紀念日第一位致詞者——斯達莫帝國第一親王，黑格瓦·貢·曜現殿下上臺。」

光束打向黑格瓦，他起身踏著臺階走上舞臺，繡著金銀龍紋的禮袍隨高挑與結實兼具的身軀輕晃，深黑長尾在轉身時自然畫出弧線，泛起金屬般的反光。

這讓會場再次進入無聲狀態，直到黑格瓦站到麥克風架前，輕敲麥克風兩下，空氣才重新震動。

「我只有幾句話要說。」

黑格瓦的聲音平緩、低沉、既磁性又有巨岩般的壓迫感，他環顧臺下緩緩說道：「我們是在同一座森林生活的獸群，會爭奪地盤、搶奪獵物，但不要忘了，森林外有怪物，牠們不可理喻，而且想把我們連同林木一起焚毀。」

「……」

「所以，不要將此刻的安逸視為永恆。」

語畢，黑格瓦不等主持人說話，轉身走下舞臺。

而在黑格瓦坐回椅子後，某名賓客忽然拍手，然後是第二人，接著虎人親衛隊熱烈跟上，將整個會場帶進掌聲之海中。

顧玫卿沒有跟著鼓掌。

不是他不認同黑格瓦的發言，而是他處於極度的震驚中。

儘管口氣不同，少了慵懶多了威壓，但黑格瓦的聲音和他心愛的主人近乎一致。

◆◆◆

接下來的貴賓致詞乃至表演，顧玫卿全都左耳進右耳出，滿腦子都是黑格瓦的致詞，與昨晚法夫納貼著耳朵的低語，彷彿坐在龍捲風中心的人，既混亂又寧靜。

當他冷靜下來時，紀念日已進入晚宴環節，他不知不覺隨著工作人員的引導進入偏廳，前方是機器人樂隊，左手邊是舞池，更遠處則是擺放各式點心酒水的長桌，以及零星布置的座椅。

悠揚的樂曲和複數的交談聲包圍顧玫卿，他看著周圍忙於社交、採訪或單純填飽肚子的賓客，來到餐點桌前取托盤放上幾個三明治和茶水後，以最快速度朝偏廳角落走。

「應該是在……太好了，沒有改建。」

顧玫卿看著位於偏廳最外圍的球型小露臺，這些露臺和廳堂以布簾相隔，掀開簾子後是小桌和椅子，扣除地板外全為透明材質，緩和侷促感更讓人有置身宇宙的錯覺。

這是他上回參加紀念日時偶然發現的空間，建造目的應該是想讓賓客有私下交談的地方，然而無論是當年還是此刻，實際利用這空間的都是不想被媒體來賓纏上的聯邦英雄。

不過仔細想想也是理所當然的，A35資源星的太空監視站是多國共管，也就是沒有哪一國能完全掌控，稍微有點情報管控常識的人都知道此處不是說悄悄話的好地方。

但顧玫卿沒打算和任何人說話，所以他毫無罣礙地掀起布簾進入露臺，將托盤放於小方桌，坐下靠著椅背長吐一口氣。

然而他腕上的個人處理器忽然逼逼作響。

「這種時候是誰……咦？」

顧玫卿看著四個視訊請求，猶豫片刻後選擇同時接受。

「老大、老大！我在終戰紀念日直播上看到你了！那個是你吧？」

「我就不廢話了，有我需要先知道甚至先處理的事嗎？」

「玫卿，麻煩告訴我你現在好好地待在家中休假。」

「總司令，關於子機同步攻擊的技巧，我有些問題想請教您，您現在方便嗎？」

白焱、李覓、張莉和公孫禮——第三軍戰式機甲隊的隊長，官階少校的男性Alpha——的聲音同時竄出，在小小的露臺中左右碰撞。

顧玫卿被複數的話聲震住，看著視訊視窗三四秒才依序回答：「白焱少校，我不知道自己有沒有上直播，但的確有出席紀念日活動；然後我沒有引起公關危機，雖然有受訪但應該沒有引發什麼問題，所以學長你不用擔心；張莉，我人在紀念日會場；公孫禮少校，我目前人不在首都星，手邊沒有數據和模擬器，沒辦法回答。」

四個視窗中的人先是愣住，接著同時意識到兩件事：第一，顧玫卿的確有出席紀念日；第二，自己的視訊請求和另外三名同袍或前同袍撞車了。

白焱猛然捶桌子吼道：「喂喂喂！公孫禮你搞什麼啊！不要在假日騷擾老大，你這個一點也不關心老大的混蛋！」

「我沒有不關心總司令，只是有點問題想要……」

「我也反對下班時間傳工作訊息，這超討厭的。」張莉皺眉。

「呃、張莉上尉……」

「她現在沒軍職，喊她小姐就行。」

李覓不耐煩地擺手，看著視窗上的顧玫卿嘆氣：「今年出席的不是四軍的托伊中將嗎？為什麼會變成你？」

「因為……」

顧玫卿想起與談諾的對話，那包含資源、生育、性別、政治……各方角力和算計的對談太過複雜，也不宜擅自公開，他思索片刻後決定直接講結論：「統帥需要我當招牌。」

「什麼的招牌？」李覓問。

「Omega 軍人的吧，這話題最近網上吵很凶。」

張莉聳肩，發現沒有任何人應答，這才想起前同僚們因為巡航任務之故，遠離聯邦輿論圈近兩個月，開口解釋：「今年聯邦的經濟與人口數據出來了，經濟成長差強人意，人口增長、生育率和結婚率創新低。」

「那不是聯邦的常態嗎？」白焱偏頭道。

「是啊，不過今年生育率又更慘了一些，而斯達莫那邊則是人口經濟雙雙創新高。」

張莉冷笑：「這引起討論，有蠢蛋主張『斯達莫經濟好是因為他們人口多，而且也因為同樣原因，明明科技比聯邦略低，軍事上卻能和聯邦平起平坐，所以聯邦應該要追求人口成長』。進而引發『Omega從軍對社會是貢獻還是拖累』的論戰。」

白焱雙手拍桌吼道：「斯達莫人多會生又怎麼樣！我們聯邦軍人一個人可以操三臺到十臺機甲，比他們猛多了好嗎！」

公孫禮認真道：「況且斯達莫的優勢也不僅有人口，獸人天生就比人類強壯，可進行精神攻擊還有獨特的直覺，食草種能預感到危險，食肉種則能判斷獵物的位置，雜食種兩者兼具但弱一些。」

「你漏了最麻煩的殊貴種，他們有幻術、讀心術、瀕死者復生到預知未來的特異功能。」李覓垮著臉補充，再抬手摸下巴道：「不過這種輿論發展……總覺得背後有人在導引，不單純。」

「這部分軍方會做好應對。」顧玫卿道。

「然後你就是那個應對之一吧？」

張莉看顧玫卿沒有否認，表情也沒有任何變化，長嘆一口氣：「雖然這可能是最有效的招，但還是好不舒服，戰爭時要你上，戰後宣傳還是派你來。」

「但我不需要做什麼事，只要我出席就行了。」

「出席後，你就會被輿論注意到。」

李覓一臉疲倦地提醒，不過他很快就控制住情緒，在畫面外叫出數個投影視窗，「罷了，這部分我來處理，你在收假前不要逛任何論壇或社群，如果有記者殺過來就要他們去找統帥或更上面的人。」

「我給你惹麻煩了嗎？」顧玫卿的身體微微僵硬。

「不是你，是這個世界。」

李覓異常嚴肅地回應，再恢復正常，轉向右側道：「放心吧，我會當成假期娛樂好好玩的。你也是，我聽說第一監視站中的娛樂設施不少，別浪費，玩到壞掉吧。」

「啊！監視站有娛樂設施！我怎麼沒聽過！」

白焱擠到螢幕前，雙眼閃亮地問：「有什麼？好玩嗎？我們可以去嗎！」

「等妳打贏黑格瓦親王，就有機會被邀去了。」張莉壞笑道。

「那哪有可能啊！」

白焱再度拍桌，接著猛然回神看向顧玫卿，「對了對了！老大我有個問題想問你……黑格瓦的龍角和尾巴是P上去的嗎？」

「P什麼？」顧玫卿問。

「合成。」

張莉回答，靠著椅背道：「怎麼可能是合成！倒有可能開美顏，帥成那樣太不真實了，又不是玫卿！」

「先不論美醜，『這傢伙不是人類』的感覺倒是很強烈。」

李覓輕緩點頭，注視顧玫卿認真道：「親王和親王的人沒為難你吧？」

「為什麼他們會為難我？」顧玫卿眨眨眼。

「因為你是終結他不敗神話的人啊，就算主子輸得心服口服，底下的人也會不滿。」

「親王和他的屬下都沒來找我。」

顧玫卿的思緒隨話語回到正廳的舞臺上，腦中再度響起低沉、磁性的聲音，一度按下的燥火再次升起，讓他僵直片刻後相當不自然地道：「時間不早了，今天就到此為止，有事等回去再說。」

「啊？哪有不早，現在才七點多……」

「七點很晚了！」

張莉打斷白焱，不等對方反駁就接續道：「那麼我這邊掛斷了，小焱和老覓也是，有空再聊。」

「那我也下了。」李覓伸手戳斷通話鍵。

白焱看左右兩人先後結束通話，再看到顧玫卿毫無表情的臉，心中對「七點一點也不晚」的認知不禁動搖，也匆匆結束通話。

◆◆◆

顧玫卿鬆了口氣，拿起三明治正要往嘴裡塞時，聽見布簾滑動的聲音，反射地往後看，發現方才讓他緊急掐斷對話的人物，正掀開布簾進入露臺。

顧玫卿瞬間僵直，黑格瓦也同時停止前進——但尾尖搖了兩下，雙方隔著一桌一椅一動也不動地對視。

首先回過神的是黑格瓦，他轉過身道：「抱歉，我沒想到這裡有人，我換個地方。」

顧玫卿本該目送對方離開，然而黑格瓦與法夫納近乎一致的聲音讓他的頭殼泛起騷麻，慾望一瞬間蓋過理智，脫口道：「你可以待在這裡。」

黑格瓦停下腳步，看著顧玫卿兩三秒才開口問：「你剛說什麼？」

「我說——」

顧玫卿拉長尾音，衝動之後降臨的是羞恥，他注視黑格瓦刻著詫異的容顏，硬著頭皮道：「這裡有兩張椅子，所以……還有空位！」

「……」

「有空位所以應該可以再塞一個人。」

「……」

「對不起我太唐……」

「那我就不客氣了。」

黑格瓦截斷顧玫卿的話語，微微一笑，放下布簾走到空椅前，坐下長舒一口氣。

顧玫卿將視線拉回前方，幾乎動用全副自制力，才阻止自己用眼角餘光偷瞄黑格瓦，然而對方踏進露臺的姿態、微勾的唇角乃至下巴的輪廓，全都烙在他眼膜中。

而這一切都與法夫納萬分相似，他只能拚命提醒自己，假面舞會中使用變音器、身形修飾系統的人很多，所以就算聲音、長相甚至走路姿勢相同，也不代表是同一人。

不過話說回來，如果黑格瓦加入假面舞會，以那份氣勢與容姿……

「我以為，本次紀念日聯邦的軍方代表是托伊中將。」

黑格瓦的聲音將顧玫卿拉回現實，他偏頭望向 Omega 問：「能請教原因嗎？」

「托伊急性腸胃炎，無法出席。」

「只有這原因？」

「其他的無可奉告。」

顧玫卿腦中閃過李覓結束通話前的關心，停頓片刻又補充一句：「不過只與本國事務有關，絕對不是針對殿下。」

黑格瓦微微斂起眼瞳，凝視顧玫卿須臾後收回注目：「我相信顧上將本人沒有，但聯邦政府就不一定了。」

「殿下……」

「無須愧疚，聯邦政府要是沒有這方面的考量，才是對不起國民。」

黑格瓦聳肩，靠著椅背輕搖龍尾笑道：「不過作為刺探國情的回報，我也讓你問一個問題吧，對我或斯達莫有什麼好奇的地方嗎？」

「殿下會玩 BDSM 嗎？」

顧玫卿先聽到自己的聲音，才意識到自己將真心話講出來了，隔著桌子看見黑格瓦雙眼圓睜、停止搖尾，雙頰脹紅想要解釋，卻擠不出半個字來。

他不可能用「你聽錯了」帶過，畢竟兩人相隔不到一尺，露臺內也沒有任何雜音，自己方才是用正常音量說話；更不可能說「因為殿下剛剛說話的聲音和我的主人完全一致，讓我不自覺服從了」這種九成九會敗壞聯邦門面的實話。

完蛋了——顧玫卿腦中迴盪這三個字，忽然很希望透明遮罩外閃爍的不是星辰，是宇宙海盜，這樣自己就能假借出擊逃避一切。

可惜，舉目望去只有滿天星斗，球形露臺內寧靜無波，沒有任何可供他逃跑的理由。

而在長久的寂靜後，黑格瓦輕輕晃了下龍尾，略為偏頭，「這是個有趣的問題呢。」

「對不起，殿下不回……」

「我會好好回答。」

黑格瓦沉聲承諾，輕敲座椅扶手，思索一會後開口道：「第一，如果『殿下會玩 BDSM 嗎』的意思是，我能不能從 BDSM 這種以支配、被支配、施虐、被施虐的遊戲中得到樂趣，那麼答案是否定。」

「否定嗎……」顧玫卿輕聲呢喃，一顆心往下沉。

「否定。雖然聯邦裡似乎有不少創作或媒體人，把我描繪成支配慾強烈的虐待狂。」

黑格瓦的口氣平靜得像在描述他人，不等顧玫卿反應就繼續道：「不過如果是問我能不能和人進行 BDSM 遊戲，我的回答是如有必要，我可以。」

「必要的意思是？」

「例如，如果扮演 Dom 或 Sub 能替斯達莫換取利益，我不會有絲毫猶豫地揮鞭或下跪。」黑格瓦停頓兩秒，垂下藍眸：「還有，倘若我的戀人能從中得到快樂，那麼我不排斥和他進行這類遊戲。」

「這是您願意配合戀人喜好的意思嗎？」

「也不算單純的配合，畢竟讓交往對象高興是我的樂趣。舉例來說，這就像對鮮花沒興趣的人，也會送玫瑰給喜歡花朵的戀人一樣，當戀人看著繁花露出笑容時，這人也會對著戀人微笑吧。」

黑格瓦的描述相當具體，讓顧玫卿腦中直接浮現相應的畫面：銀河的傳說捧著一束幾乎要擋住自己上半身的紅玫瑰，快步穿過雕金鑲銀的皇宮長廊，輕輕推開紅木雙扇門，將花束放在伴侶的枕邊，並在對方甦醒、露出笑容時，跟著揚起嘴角淺笑。

顧玫卿心頭一陣甜暖，由衷地道：「當殿下的戀人一定很幸福。」

黑格瓦按著扶手的手指曲起，靜默須臾才苦笑道：「這可說不準，紙上談兵和實際作戰是兩回事。」

「紙上談兵……殿下沒有談過戀愛嗎？」

「顧上將，我不記得有允許你問第二個問題。」

「呃！對不起，我無意……」

「我說笑的。」

黑格瓦輕笑出聲，隨後再收起笑容，仰望星斗道：「不過我也不打算回答，你自己去八卦論壇查吧。」

「論壇上的文章可信度不高。」

「那又如何？娛樂性高就夠了。」

黑格瓦冷笑，斜眼瞥向顧玫卿道：「話說回來，上將這麼好奇我的情史？」

顧玫卿肩頭一震，雖然他只是順著黑格瓦的話發問，可是也的確好奇起對方的交往狀況，然而這完全不是與他國政要相處時該有的心思。

「如果你非常想知道，我也不是不能回答。」

黑格瓦的話聲慵懶中帶著幾分促狹，緩慢地擺晃龍尾，深藍眼瞳與半張臉都沉在陰影中，讓唇瓣下比人類尖銳幾分的白齒更加明晰，「但……你能拿出讓我心動的報酬嗎？」

顧玫卿沒有回答，人類面對掠食者時的本能恐懼，以及同等強烈但不明所以的燙熱同時在胸口糾纏，令他既想逃又不禁……

「玫卿！你躲在這兒嗎？」

談諾掀起布簾發問，先看見兩眼瞪大、面頰泛紅的部屬，而後才發現斯達莫的親王一臉平靜地注視他，呆愣兩秒腦袋迅速恢復運轉，擺出笑容道：「黑格瓦殿下！原來您在這裡，我正想找您呢！」

「我以為統帥閣下是來找顧上將。」

「我是想問問玫卿，有沒有看見殿下。」

談諾毫無滯礙地回應，走到黑格瓦身邊彎腰低聲道：「關於下半年度的兩國聯合軍演，我有些細節想和殿下討論，能否請您移駕小包廂？」

「你要在監視站談軍事活動？」

「有何不可？這裡是由銀河系聯合組織管理的宇宙站，在安全和中立性上都有保證。」

談諾笑容不減，將手比向布簾，「殿下，這邊請。」

黑格瓦藍眸微斂，凝視談諾片刻後挑起唇角，用氣音吐了句「老狐狸」後，起身掠過談諾走出露臺。

談諾替黑格瓦拉起布簾，在跟著對方離開前，側頭對顧玫卿眨一下眼。

顧玫卿看著談諾放下布簾，絨布遮住上司離去的身影，他收回注目，靠上椅背，仰望沉靜無波的星空，安心與空虛同時充塞胸膛。

◆◆◆

顧玫卿在露臺待了將近一小時才離開，靠著作戰練出的潛行功夫，繞過數名記者後，成功回到接送船艦上。

他換下軍禮服，點了一份簡單的合成晚餐，填飽肚子後本想直接倒頭睡回首都星，但左

翻右躺始終沒有睡意，索性起身走出艙房散步。

他沿著艙房長廊漫無目的地前進，經過幾個小交誼廳和觀景臺，順著廊道來到船艦最頂層的酒吧。

酒吧四面設有面向星宇的窗戶，天頂則是根據時間變化的天空投影，此刻是晚間十點，夜空與黑宇融為一體，只能透過偶爾飄過的雲朵分辨彼此。

雖然顧玫卿不渴，但還是走到正中央的環形酒吧前，給自己點了一杯酒精濃度最低的雞尾酒，端著雪莉杯來到角落，看著窗外真實的星辰，一口一口啜飲。

不，不止是星辰，從這裡還能看到兩個停泊口外的鉑伏艦——黑格瓦乃至整個斯達莫宇宙軍的旗艦。

聯邦給這位親王大使的禮遇之一是允許他使用自家戰艦，只是艦上的彈藥武裝都只能維持最低限度，因此雖然窗外龐大猙獰的艦艇與顧玫卿記憶中一致，戰力上卻只夠自保。

「不對，如果是親王的話，單憑最低限度武裝，也能打出令人驚駭的戰果吧？」

顧玫卿喃喃自語，看著停泊在稍遠處的帝國旗艦，猶豫片刻後沒有強迫自己將心思從黑格瓦身上挪開，而是含著雞尾酒放肆地回憶對方的聲音、表情、一全一斷的龍角，與帶有金屬光澤的漆黑龍尾。

「這應該是第一次，也是最後一次見面了吧。」

顧玫卿用氣音道。望著鉑伏艦，直到對方離港，駛入人工黑洞才轉開視線。

隨後，他乘坐的船艦關閉所有窗戶，循同樣的航道前往人工黑洞，穿過由銀環圈出的重力場，向著數千光年外的首都星系跳躍。

然後酒吧的地板就震動了。

「地震……不對這裡是太空船！」

「重力亂流吧！來的時候沒有啊……」

「好險，差點灑出來。」

賓客們滿臉困惑地交談，而顧玫卿的反應與所有人都不同，他在短暫錯愕後迅速放下飲料，朝出口衝刺。

他很熟悉這種震動，這是船體內部發生爆炸時的反應。

彷彿是在呼應顧玫卿的判斷般，在他踏出酒吧來到緊急疏散通道時，船艦照明由白轉紅，並響起廣播：「各位乘客！由於船艦內部發生故障，請盡速換上太空服，根據投影箭頭的指示前往救生艇停靠處！」

顧玫卿在廣播聲中槌開疏散通道開啟鈕的遮片，通道入口緩緩打開，隨後第二次震動也一併襲來。

他感覺身體忽然轉輕，馬上意識到重力系統故障了，立即打開通道內的太空衣收納櫃，三兩下套上太空衣，腳踢牆壁讓自己飛過階梯，抓住樓梯井中央的金屬柱。

金屬柱是方便乘客在失重狀態快速下樓的裝置，顧玫卿手握柱身，靠雙手和所剩不多的重力快速下降。

同時他釋放精神力，一部分控制個人處理器向談諾發警告信，一部分直接插進船艦管理系統，輕易輾過防火牆獲取船隻狀況。

船艦的相關資訊與平面圖在顧玫卿腦中展開，中層的艙房區有一大塊空白，十之八九就是爆炸處。

引擎雖然尚能運轉，但在三個冷卻液儲存槽都閃紅字下，核心溫度明顯升高。

主重力系統停擺，目前運作的是備用系統，也只能維持百分之十七的重力場。

乘客們正根據指示向救生艇所在的底層機庫移動，不過從分貝數判斷，機庫似乎爆發爭吵了。

顧玫卿雙脣緊抿，加快下墜速度來到底層，脫離通道朝機庫疾飛。

為了方便疏散，救生艇機庫的大門是敞開的，顧玫卿遠遠看見六、七十人擠在機庫中央，對著引導乘客上船的工作人員咆哮。

「你剛不是說這艘換我們上嗎！」

「我是說過，但是剛剛來了一批學生……」

「學生的命是命，我家小孩的命就不是命啊！」

「我沒有那個意思！救生艇的容量足夠容納您與您的孩子，請不要……」

「那也要我們有時間有命上船！按照順序登船你們做不到嗎！」

「……按照順序的話，我們家在你之前吧？插隊仔。」

「你說什麼！」

當顧玫卿進入機庫時，一名男性 Alpha 正站在中型救生艇的登艇口前，扭頭對另一名男性乘客怒吼。

皮革味飄進顧玫卿鼻腔，他眉頭一皺毫不猶豫地蹬牆衝上天頂，然後踢下天花板，直接朝男性 Alpha 墜落。

「你誰啊！你再……噗！」

男性 Alpha 被顧玫卿一把揪住後頸和右手臂，還沒意識到發生什麼事，就遭對方按上地板，撞得眼冒金星。

站在男性 Alpha 面前的工作人員嚇一大跳，看著曲膝壓在男人身上的顧玫卿，腦袋空白兩三秒才開口問：「這位客人是……」

「顧玫卿，地球聯邦宇宙軍中央軍第三軍團所屬，軍階上將。」

顧玫卿在報名時，將精神力伸向周圍的醫療用與保安用機器人，掃視左右賓客道：「在這裡釋放信息素——特別是威迫素——只會引發更大的混亂，讓所有人都來不及上船，接下來若再有人控制不住腺體，恕我將強制『代管』。」

眾人看看顧玫卿沉靜的臉龐，再瞧瞧被對方緊緊掐住頸後腺體的 Alpha，多數都默默點頭表示了解，甚至安心地垂下肩膀，但仍有四五人戒備或凶惡地盯著他。

「我不會重複第二次。」

顧玫卿迎向這些人嚴肅警告，同時控制醫療與保安機器人圍住賓客，讓後者伸出帶電擊的機械手臂。

縱使有不滿的人，見狀後大部分都壓下情緒，但仍有一人厲聲喊道：「軍方想讓自己的人先上船嗎？」

顧玫卿抬頭直視說話者道：「我的行動不代表宇宙軍，但基於軍人的職責，我會最後上救生艇。」

「嘴上這麼說，誰知道……」

「你可以留下來確認我有沒有履行承諾，我保證會讓你倒數第二個上船。」

顧玫卿話一說完，一旁的工作人員和幾名賓客就噗嗤一聲笑出來，他有些錯愕地望向這幾人，蹙眉強調：「我沒有在開玩笑。」

「我……噗！我們知道。」

工作人員燦爛地笑著，揚起手呼喊道：「各位乘客！請根據先前的分組依序上船，不要急、不要搶，本艦救生艇的座位數足以容納所有乘客加上船員！」

賓客們重新列隊，顧玫卿則放開男性 Alpha 站起來，讓對方的家屬將昏迷的人帶開，透過雙眼和機器人的探測器確保機庫內沒有新的鬧事者。

船艦在救生艇闔上艙門準備出發時又一次震動，不過談諾和數名軍官也到達機庫，迅速安撫恐慌的賓客，指揮屬下加快登船速度。

當第四次震動來襲，機庫中的中型救生艇只剩一艘尚未出發，且救生艇外也僅剩顧玫卿、談諾與一名工作人員，他和談諾一把將工作人員推進船艇中，再同時踏進艇內。

「警告！」

救生艇的艙門忽然泛起綠光，船艇系統合成音道：「本救生艇僅餘一個空位，請您搭乘下一艘救生艇。」

顧玫卿、談諾、工作人員乃至艇內已繫上安全帶的乘客與船員紛紛僵住，直到系統重複相同的警告才回神。

「怎、怎麼會這樣！」

工作人員雙手抱頭，「救生艇的座位數應該是大於乘客的，為什麼會不夠！」

談諾沉下臉道：「那大概是計入了單人救生艙後的結果，但這裡沒人搭單人艙，畢竟單人艇沒有黑洞航行能力，上去後沒死於船艇爆炸，也會死於宇宙漂流。」

工作人員臉色轉青，目光落在船艇的壁面上，心一橫道：「我可以抓牆上的握把，座位就給兩位……」

「外面是人工黑洞，不是正常宇宙！有超乎你想像的重力流，單靠握把沒辦法固定身體。」談諾打斷工作人員。

他猶豫片刻後看向顧玫卿，「玫卿，這裡的人和中央軍團就……」

「交給您了。」

顧玫卿回應，控制艇內的機器人抓住談諾，自己則手推門框，離開救生艇。

談諾呆滯一秒，使出全身力氣扯開機器人，吶喊：「玫卿，你、你給我回來！」

「聯邦不能失去唯二能在軍團戰上，打贏黑格瓦親王的將軍。」

顧玫卿不理會談諾的吶喊，飄離救生艇，控制系統關閉艙門、執行脫離程序，在第五回震動中轉身蹬牆衝刺。

機庫內先冒出零星火花，再直接炸出一團黑煙，顧玫卿閉氣飛過煙霧，舉手護著臉穿過半個機庫，來到單人救生艙的停靠處。

如果說中型救生艇是巴士，那麼單人救生艙就是雙人座汽車，差別只是單人艙外型上不是方形，而是蛋型。

顧玫卿掀開救生艇的蓋子，鑽進鋪有軟墊的艙體中，關上透明蓋啟動發射程序。

火焰在救生艙進入發射管時竄進機庫，顧玫卿沒有看見火光，但腦中的平面圖由清晰轉為模糊，周圍的晃動也大得嚇人。

船艦在救生艙脫離船身三秒後炸開，但顧玫卿對此就毫無所感了，因為人工黑洞內的重力流揪住了救生艙。

只是艙內的軟墊與固定帶雖能防止他像個乒乓球般四處亂彈，卻無法抵銷艙體在黑洞中旋轉、急進、速退、上下擺盪產生的離心力。

好在顧玫卿作為機甲駕駛員，對此並不陌生，那是他每次與敵人纏鬥都會遭遇的狀況，但即使如此，他還是短暫地失去意識。

◆◆◆

當顧玫卿重新清醒時，救生艙的內部螢幕上閃著「進入行星引力範圍內，即將著陸」的紅字，弧形的透明蓋外裹著火炎，用視覺告訴乘坐者他已經突入大氣層。

而在焰火散去後，顧玫卿先看見滿天星斗，再隨救生艙的翻轉瞧見無邊無際的灰沙，最後一頭插進沙子中。

落地的衝擊讓顧玫卿有些暈眩，他閉眼深呼吸幾次，睜眼正要詢問系統自己降落在哪顆星球時，救生艙突然被某個東西擊中飛上天空。

「怎麼……呃！」

顧玫卿的視線穿過透明蓋，看見一隻比中型救生艇還大上兩倍的紅皮蜥蜴站在自己下方，張開排滿獠牙的長嘴等待救生艙落下。

他馬上按下緊急彈射鈕，然而在彈射裝置啟動前，救生艙先被紅皮蜥蜴咬住，發出極為不妙的嗑咖聲。

「彈射功能故障！警告！彈射功能故障！」

救生艙系統尖銳地吶喊，顧玫卿在蜥蜴二度將艙體甩上天空時猛踹透明罩，可惜在罩子出現縫隙時，艙體也再次落入巨獸的口中，且這回除了金屬扭折的聲響，透明艙罩上還出現裂痕。

顧玫卿看著貼在罩子上的白牙，彷彿瞧見死神拿著鐮刀抵在自己的咽喉上，身體倏然緊綳，再隨著利牙下壓緩緩放鬆。

沒錯，當死亡近在咫尺時，顧玫卿沒有感到恐懼或絕望，反而感到解脫。

在此結束雖然死無全屍，可是也不用再為政治、輿論或預算縮減煩惱，也無須忍著腺體抽痛衝向失控的 Alpha，或在白天或夜晚接到「你爸爸（弟弟）又使用你的名字……」的電話，以及隨後降臨「你怎麼可以不幫弟弟（爸爸）！」的咆哮。

然後最重要的是，他再也不用卡在外界期待和真實慾望之間，終日心虛又慾求不滿。

「不過李覓他們大概會很生氣吧。」

顧玫卿看著透明罩上的裂痕喃喃自語。李覓、白靜、白焱、公孫禮、張莉……自己的部屬們，大概會揪著上級與船公司的頸子要求交代，不過他相信這些人乃至整個第三軍都不會有問題，畢竟三軍的核心其實是李覓，他不過是招牌。

談諾恐怕會焦頭爛額一陣，但以對方的手腕，要將自己的死化為有利事件並不困難，所以也不用擔心。

而父親和異母弟弟……這兩人肯定會樂極生悲吧？先是高興不聽話的長子與異母兄長升天了，再驚覺往後不會有人替他們擦屁股，然後反過來咒罵顧玫卿不負責任地死了。

哼，他負責任負了一輩子，不負一回不為過吧？

唯一會讓顧玫卿感到遺憾的是法夫納，他沒有與對方好好告別，更無法赴週六晚上八點的約，一思及此，胸口就猛烈緊縮，惆悵、酸澀、哀傷……種種情緒潰堤而出，掃去他剛獲得的平靜。

「不過法夫納大人是假面舞會中排名第一的主人，所以……」

——很快就會找到新的男奴或女奴了。

顧玫卿將後半句話含在口中，從救生艙壁解下光束槍，打算在艙體被咬穿前給自己一個痛快。

但下一秒他就遭遇劇烈晃動，光束槍沒有脫手，但救生艙卻脫離巨蜥的嘴巴。

顧玫卿愣住，從裂得像蜘蛛網的透明罩，看見巨蜥橫躺在沙丘上，腰部壓著一艘船頭變形的太空艇。

太空艇左右的光束炮不斷朝巨蜥射擊，火光中顧玫卿依稀看見艙艇的尾端打開，一個高大、身披斗篷的人影迅速跳下船身，朝自己的方向跑過來。此人先彎腰搖晃透明罩，發現無法開啟後，從腰間拔出光束短刀，揚手扎進扭曲的艙身。

於此同時，顧玫卿遠遠看見巨蜥推開太空艇，甩尾摧毀火炮，拋下半毀的船艦披著滿身鮮血衝過來。

顧玫卿倒抽一口氣，捶著滿是裂痕的透明罩吶喊：「快逃！別管我了，快逃！」

不知道是不是顧玫卿的聲音沒有傳進對方的耳中，來者還是無視他的警告，人影別說逃跑，連回頭確認巨蜥的位置都沒有，只是一個勁地撬救生艙的蓋子。

這讓顧玫卿差點飆髒話，不過他很快就控制住情緒，舉起腳用全身力量踹艙蓋。

而幾乎在巨蜥的陰影籠罩救生艙的同一刻，透明蓋晃動兩下，脫離救生艙飛上天空。

斗篷人影轉身面對巨蜥。巨蜥的動作瞬間停滯，顧玫卿沒放過這個破綻，滾出救生艙躺在沙地上對蜥蜴身側的傷口射擊。

傷口是太空艇的火炮轟出來的，可惜火炮在突破巨蜥堅硬的鱗片後，就被對方一尾巴掃成廢鐵，而顧玫卿對準傷處連射，在耗盡能源匣的同時貫穿蜥蜴的大動脈。

鮮血自傷口噴湧而出，巨蜥掙扎兩下後吐著舌頭倒向一側，顧玫卿維持射擊姿勢緊盯屍體，直到完全感覺不到生氣才垂下手。

斗篷人影走到顧玫卿身邊，對 Omega 伸出手。

顧玫卿握住對方的手站起來，剛要張嘴道謝，就陷入連呼吸都靜止的凍結狀態。

捨命救出顧玫卿的是一名身高超過兩百公分的男子，他拉著顧玫卿的手臂結實而修長，棕黃色的斗篷兜帽下的臉龐白皙、深刻、俊美到讓人有壓迫感，深藍眼瞳即使籠在影中仍炯炯有神。

但讓顧玫卿凍結的不是男子的外貌，而是男子腿間垂著一條漆黑尖尾，帽緣下依稀能瞧見一全一斷兩根龍角。

黑色龍尾、不全的龍角，以及足以讓巨蜥一瞬間停止動作的精神攻擊力，站在顧玫卿面前，將他從巨獸嘴中撞出來的男人，毫無疑問是斯達莫的攝政王本人。

CHAPTER.03

第三章

我的人生志願是
當家庭主夫

In a BDSM VR game, fall in love with an enemy general.

作為一名經歷過數場大戰還四肢健全的軍人，顧玫卿深知忽略部分矛盾，專注於最終目標的重要性。

但即使如此，他還是覺得自己正在進行的工作，荒謬得無以復加。

他站在半毀的太空艇前，使用精神力控制船艇與艇上的機器人，將毀損的零件拆除，將尚可使用的區塊，重新組合成陸上交通工具。

而太空艇的主人——黑格瓦——則在十幾公尺外，揮舞著光束斧，支解巨蜥的屍體。

是的，顧玫卿這名地球聯邦的軍官，正在斯達莫親王的視線範圍外，恣意拆解斯達莫的船艇。

當然，這不是顧玫卿要求、威脅、利用、軟磨硬泡……以任何手段促成結果，純粹是黑格瓦的指示。

在確認巨蜥死透之後，黑格瓦問顧玫卿有沒有用精神力控制過斯達莫的船艦？得到肯定答覆後，表示自己要處理屍體，希望對方負責拆卸冒著火星的「積木」——他用來砸開巨蜥嘴巴的太空艇。

由於黑格瓦的口氣過於自然流暢，外加顧玫卿還處在「救了我的人是應該在幾千光年外的斯達莫攝政王」的震驚中，以致當他意識到這安排的荒謬性時，已經全面接管「積木」的系統，將相當不穩定的引擎卸下，搬到三十公尺外了。

「……你這邊結束了？」

黑格瓦的聲音從顧玫卿身後傳來，龍人兩手扛著數串由不知名綠草綑綁的肉塊，腳邊還有一顆保齡球大小的綠色結晶體，看著 Omega 剛完成的懸浮車與車廂，吹了聲口哨道：「不愧是科研院的最新作品，完好的部分比我想像的多。」

顧玫卿垂在身側的手指微微一顫，面色微青地道：「這是貴國的新銳船艇？」

「算原型機，下個月才要投入量產。」黑格瓦走向車廂。

顧玫卿垂在身側的手指猛然一顫，背後「積木」的引擎轟隆一聲爆炸，火光隔著沙地照亮他和黑格瓦。

「我看看存活下來的區塊有……食品保存庫、淨水裝置、清潔區、烹飪模組、醫療艙、備用燃料槽，比我想像中多不少。」

黑格瓦邊清點，邊用指紋解鎖食品保存庫，將肉塊一塊一塊扔進冷凍區，再回頭向顧玫卿道：「我先用清潔區洗澡，之後再換你？」

顧玫卿張口再閉口，反覆數次才擠出聲音問：「這……這不會涉犯洩密罪嗎？」

「洗澡會洩什麼密？你我的三圍？」

「不是洗澡！是、是……」

顧玫卿張著嘴想說話卻組織不出語言，支支吾吾好一會後，只能指著太空艇——現在是掛著兩節車廂的懸浮車，重複黑格瓦的發言：「這是原型機，下個月才要量產！」

黑格瓦先皺眉，而後才明白顧玫卿的擔憂，單手扠腰笑道：「我對斯達莫哪些項目是機密、哪些不是，有最終決策權，你不用擔心自己會被抓。」

「那就……不不不！不僅是法律問題，還有、還有、還有……我接觸了整個系統，得到這艘船的技術還有資料啊！」

「是啊，不過人類的科技更進步後，應該看不上『積木』。」

「人類的船撞爛了就是撞爛了，沒辦法像『積木』一樣拆開再拼成一輛車！」

「那只是因為你們沒這個需求。」黑格瓦聳肩。

——你們為什麼會有這需求！

顧玫卿差點將這句話脫口而出，但他在最後一刻察覺此話只會偏離正題。

咬住嘴壓制著心慌，顧玫卿盡可能冷靜地道：「無論如何，讓他國軍事人員接觸本國祕密開發的船艦，都是極為不妥的舉動，為了斯達莫的未來與您的安全，請自重。」

黑格瓦沒有答話，稜角分明的臉上不見表情，就在顧玫卿以為自己觸怒對方時，他突然長長嘆一口氣問：「你有把『積木』的設計圖、內部檔案或任何數據存到自己的處理器嗎？」

「沒有。」

「有再三閱讀數據，直到自己閉著眼睛也能回想嗎？」

「我盡量不去看。」

「那不就沒問題了？」

「這怎麼能說是沒問題！我沒有私藏數據，不代表其他聯邦軍人也不會，您不能……」

「我不會讓你以外的聯邦人碰我的船。」

黑格瓦見顧玫卿一臉茫然，再次嘆氣：「你沒有想過，我之所以把分解『積木』的工作交給你，不是因為我信任聯邦軍人，而是我信任你嗎？」

顧玫卿沉默，盯著黑格瓦刻滿無奈的臉龐足足十秒後，雙耳迅速發紅，結結巴巴道：「我、你……信、信任？我和殿下才見、見過三次面啊！」

「見『面』的是兩次，三次的是作戰。」

「合計也只有五次！才五次怎麼能、能……您太輕率了！」

「並不輕率，你是軍官，應該知道要了解一個新兵，與其在辦公室中和對方詳談三小時，不如把人抓進模擬艙打上一場。」

黑格瓦望向顧玫卿，藍瞳中映著Omega的身影，「而我們打過一場、對峙過一次、並肩作戰過一回，足夠讓我了解你了。你是個純粹、不耍小手段的戰士，旁人以為你的戰果是建立在狠辣暴虐上，但其實你只是一心一意想戰勝對手，並沒有半點憤怒、侮辱或折磨對方的念頭，所以你的刀刃才會如此鋒利。」

顧玫卿的眼瞳緩緩放大。

黑格瓦對自己的分析與所有人都不同，但卻比所有人都精準，讓他既驚奇得說不出話來，胸口還莫名發熱，彷彿龍人嘴中吐出的不是聲音，是一團團火苗。

黑格瓦繼續道：「你是個只追求戰技，沒有野心和心機的軍人，所以我不擔心你會竊取斯達莫的機密。」

黑格瓦打開車廂側面通往清潔區的門，將染血的斗篷脫下扔進去。

「然後考量到眼前的問題——巨蜥的肉如果不能在兩小時內放血，肉質就會墜樓式劣化。而『積木』的引擎受損，系統也相當不穩定，必須盡快分離故障區塊，那麼，由有支解經驗的我去處理巨蜥，擅長機械操控的你來重組『積木』，不是很理所當然的安排嗎？」

顧玫卿先點頭，再肩頭一抖回神問：「那隻怪獸可以吃？」

「可以喔，類似人類的牛排，但更好吃。」

黑格瓦在說話同時進入清潔區，車廂門隨後自動關閉，掩去龍人左右擺動的尾巴，以及人類瞪圓的雙目。

◆◆◆

顧玫卿在車廂邊站了將近一分鐘，才僵硬地轉過身走向救生艙。

驅使顧玫卿的不是大腦，是軍方的遇難訓練，他機械化將艙中的可用物資翻出，獲得幾個光束槍的能源匣、一個緊急醫療箱、兩張毛毯和一個野營爐後，把這些物品拿回懸浮車旁，點燃野營爐布置簡易營地。

黑格瓦在顧玫卿坐上毯子時走出車廂，他換上輕薄合身的藍袍與黑褲，手中端著兩個合金杯，將其中一杯遞向 Omega 問：「合成熱可可，要喝嗎？」

顧玫卿接下合金杯，喝了一口溫熱的飲料後，腦袋緩緩恢復運作。

然後他很快就意識到，和巨蜥的肉能不能吃，或是自己有沒有接觸到斯達莫的機密相比，有個更迫切也更重大的問題橫在眼前——黑格瓦為什麼會在這裡？

顧玫卿親眼看見鉑伏艦進入人工黑洞，雖然以該艦的能力要在黑洞內改變航向完全不成問題，但從甲地航行到乙地，與追蹤捲入重力流的救生艙截然不同，他不認為整個宇宙中有哪個舵手和艦艇能辦到此事。

所以比較合理的解釋，是黑格瓦碰巧有事來這顆星球，然後意外救下自己。

不過堂堂斯達莫親王到這種邊境荒星做什麼？執行某種機密任務嗎？如果是的話，自己主動探問就非常不妥，但若是不問結果無意間把任務搞砸，會不會引起國際爭端？

「你不喜歡熱可可嗎？」黑格瓦問。

顧玫卿從思緒中驚醒，搖頭道：「沒有，為什麼這麼問？」

「你的表情有點可怕。」

「我只是在想爭……想任務的事。」

「不是身體不舒服？」黑格瓦瞇起眼。

「不是。」

「那就好。」黑格瓦收回注目，仰頭將熱飲灌進喉中。

顧玫卿也跟著啜飲熱可可，腦中突然靈光一閃。

直接問黑格瓦的目的太直接也太冒犯，但透過閒聊旁敲側擊就不會了！

沒錯，只要比照過去遭遇陌生居民時，先以家常話與對方拉近距離，再從話語中蒐集必要情報就行了！

顧玫卿的雙眼恢復光輝，抬起頭望向坐在野營爐另一側眺望遠方的黑格瓦……

「有哪裡不對勁嗎？」

黑格瓦皺眉，挑起龍尾，目光轉銳，問：「你一直盯著我看。」

「沒有，一切正常。」

顧玫卿垂下頭，面色微青地吞嚥熱可可。

他想和黑格瓦閒聊，但看了對方整整五分鐘，腦袋卻一片空白，組織不出開頭。

為什麼！以往與居民或新兵的閒聊不是都很順利嗎？

他記得……如果對方是能收買或威脅的對象，李覓在一陣威脅利誘後，就會提出當事人無法拒絕的條件；倘若是有些怕生膽小的人，那麼白靜會以溫柔的笑容破冰；假如是豪爽愛喝酒的，那就是白焱的專場；而假使是富豪、貴族或其他講究禮數之人，出身東方的公孫禮會是交涉的第一人選。

而自己……顧玫卿握著合金杯的手指收緊，猛然意識到自己在閒聊或情報蒐集上沒有任何功用，除非交涉對象是必須揍一頓才願意開口的類型。

「你的身體真的沒有不舒服？」黑格瓦眉頭的皺褶加深。

「真的沒有。」顧玫卿沙啞地回答。

雖然有些自覺，但發現自己在情報蒐集上就是個團隊累贅，還是讓他深受打擊。

不過做為在與無蹤者、斯達莫精銳和宇宙海盜的戰鬥中存活下來的軍人，顧玫卿很快就強迫自己振作，回想部屬們提過的閒聊訣竅。

他記得李覓、白靜和張莉都說過，在與陌生人交談時，觀察對方的情緒是第一步，而火爐另一側的黑格瓦……

親王的眉間沒有皺褶，但也稱不上舒展；深藍眼瞳深沉無波，雙脣合攏不勾也不垂，一言以蔽之就是從眼睛到嘴巴都看不出高興還是生氣。

第一步就失敗了呢。

顧玫卿雙手緊掐合金杯。不，還不到放棄的時候，因為黑格瓦不是人類是獸人，而獸人的尾巴、耳朵等動物特徵往往比臉龐更能反映情緒！

黑格瓦是龍人，龍人頭上的龍角是骨骼的一部份，沒有情緒變化，但尾巴是會動的！例如此刻對方的尾尖就時不時擺晃兩下，這看起來顯然代表……代表什麼？

顧玫卿額上滑過冷汗。

就他所知，狗搖尾巴代表心情好，但貓搖尾巴就是煩躁，但黑格瓦不是狗人或貓人，以人類世界的生物來說比較接近……蜥蜴？蜥蜴搖尾巴是……

「顧上將。」

黑格瓦的聲音將顧玫卿從逐漸毛線化的思緒中揪出，他面色凝重地問：「不舒服不要硬撐，『積木』的醫療艙有人類的數據，真有狀況就去躺一躺。」

「謝謝，但我沒有不舒服，我只是——」顧玫卿拉長語尾，凝視黑格瓦片刻，啞著嗓子問：「殿下覺得，蜥蜴比較接近貓還是狗？」

「哪邊都不接近吧，一個是爬蟲類，一個是哺乳類。」

「我想也是。」顧玫卿垂下頭與肩膀。

黑格瓦看著顧玫卿病傻失落的模樣，停下搖尾，抿唇沉默數秒，起身走到懸浮車旁，打開車門彎腰探入車內，將駕駛座放平道：「我負責守夜，你上車睡覺吧。」

「這怎麼行！我……」

「我的夜視能力比你好。」

黑格瓦從車中退出，轉身面對顧玫卿笑道：「況且這也不是優待你，明天白天你得負責開車，我要一路睡到太陽下山。」

「您要在我旁邊入睡？」顧玫卿微微睜大眼。

「是啊，而且會睡得跟屍體沒兩樣，所以明天白天如果有意外，你得扛著我逃命。」

「就算要賭上性命，我也會保護殿下。」顧玫卿挺直腰肢萬分認真地承諾。

黑格瓦的笑容僵住，但他很快就控制住情緒，回到野營爐前坐下，「那麼為了有體力保護我，喝完可可後就漱漱口去睡吧。」

顧玫卿仰頭將可可灌入喉中，三步做兩步前往車廂的清潔區刷牙，再進入懸浮車躺上駕駛座。

他下意識將頭轉向黑格瓦的方向，隔著車窗看著龍人的背影，寬厚的身軀裹著一圈焰光，漆黑龍尾垂在陰影和光明中，依舊時不時擺動兩下。

◆◆◆

顧玫卿不記得自己何時睡著，只知道自己再次睜眼時，天空不但由黑轉藍，還掛著一白一黃兩顆太陽。

黑格瓦敲了敲車門，從車窗外交給顧玫卿一張烤餅和兩個可加熱餐盒——其中一個已經熱過了，打著哈欠告訴對方，這是他今天的早餐和午餐，待會朝黃太陽一路開。

顧玫卿打開熱過的餐盒，裡頭是淋著肉醬的蔬菜丁，聞起來比 Omega 自家食物合成機的成品還好，吃起來也是，和外黃裡白的烤餅簡直絕配。

拜過於美味的早餐之賜，當顧玫卿想起自己還沒問黑格瓦一路開是要開到哪裡時，龍人已經如昨晚所言，在副駕駛座上睡得跟死屍無異。

無奈之下，顧玫卿只能懷抱不安，啟動懸浮車，朝著天頂的金色太陽前進。

懸浮車開在一望無際的沙漠中，舉目看去沒有植被、動物或其他車船，僅有起伏的沙丘或谷地。

而車內的黑格瓦翻了個身，面對顧玫卿睡得深沉。

顧玫卿悄悄轉動眼珠，透過眼角餘光窺視黑格瓦放鬆的睡顏，忽然覺得眼前的景象比昨天龍人從天而降，撞翻巨蜥還魔幻，畢竟他們十二年前第一次接觸時，可是瘋狂地想捅穿對方的駕駛艙。

當時的顧玫卿是剛從軍校畢業的菜鳥少尉，和同期的學生一起分配到首都星系外圍的軍事基地，每天過著巡邏、訓練、看星星、聽同學與學長姐說幹話的日子。

當時最熱門的話題，是斯達莫帝國要求聯邦歸還於該國內亂時占領的星系與資源星，而不管是輿論還是基地內的人都對此嗤之以鼻，首先那些星系加入聯邦是脫離帝制奔向自由，怎麼能讓人棄明投暗？

再者，斯達莫皇族雖然成功復國，但十年動亂下來國力大損，早就不是能和地球聯邦對抗的國家，他們要是真如該國的傳說所言具有預知能力，就該摸摸鼻子回家洗洗睡。

顧玫卿對這類討論不大感興趣，當他聽著同袍嘻笑著如果斯達莫不識相，要如何把獸人們吊起來胖揍時，往往會把心思轉向昨日的戰術課程，或是首都星上的母親。

然而誰也沒想到，在斯達莫要求聯邦進行星系歸屬談判後一年，斯達莫「不識相」了，但被吊起來打的卻是聯邦的軍人。

日後被聯邦視為人類踏足宇宙後的最大恥辱、斯達莫稱為「龍王奔襲」的傳奇開幕了。

最初聯邦軍完全搞不清楚發生什麼事，起碼顧玫卿所在的基地是如此，一些人提到自己在某個邊境的親友不讀不回，但沒有人細想是怎麼回事。

數日後，上級忽然宣布所有軍人收假待命，接著隔天眾人看見有媒體獨家爆料，聯邦邊境遭斯達莫突襲，攝政王黑格瓦率軍連破七個軍事基地，若不是有士兵死前送出求救訊號，軍方還不知道自己被打了。

這新聞播放時顧玫卿正在餐廳用餐，原本喧鬧的空間瞬間陷入死寂，眾人盯著投影螢幕中破碎的軍事基地，直到某人站起來拍桌大喊要把黑格瓦扒皮做沙發。

「皮做沙發，肉烤來吃！」

「算我一個！」

「算你一個？你這個模擬戰永遠第一個登出的。」

「無論如何都輪不到我們吧？邊境軍團就夠收拾他了……」

餐廳恢復吵鬧，顧玫卿在豪語和吐槽中將空餐盤放到回收區，沒有返回宿舍休息，而是前往練習室和電腦打了一小時的模擬戰。

現在回想起來，那時的顧玫卿可能隱約感受到，事情不會如同學想像中樂觀了。

接下來一週，媒體上充斥著諸如「發現斯達莫部隊的蹤跡」、「聯邦軍將斯達莫軍團壓制於國界」、「邊境軍團摧毀數架斯達莫機甲，經比對確定為攝政王親衛隊成員」的好消息，然而顧玫卿等人巡邏的次數和密度每天都再升高，禁休令也不見盡頭。

然後，在斯達莫的攝政王突襲聯邦的消息傳開後的第十三天，顧玫卿在打開模擬艙的艙門時，聽見殺氣騰騰的咆哮聲。

「我沒有說謊！」

「你就是說謊！」

「我沒有！」

「你有！」

顧玫卿的室友站在訓練室中央和另一名室友對吼，他蹙眉正困惑發生什麼事時，背後傳來疲倦的低語。

「查理說，他在參謀部任職的親戚傳訊息，要他盡快找理由離開基地，因為斯達莫的攝政王快殺過來了。」

顧玫卿所屬部隊的巡邏艦舵手，當時官階中尉的李覓看著被周圍人架開的學弟們，一臉厭煩地道：「然後小王不信，他認為斯達莫的部隊無論如何都不可能突破邊境軍團的防守，再說這麼大的事媒體怎麼可能沒有報導，於是兩人就吵起來了。」

「學長覺得呢？」

「我兩邊都不站，不過……」

李覓語尾漸弱，拍上顧玫卿的肩頭道：「雖然我也覺得斯達莫打到首都星系外圍的傳言

太誇張，但戰時情報管制是常態，媒體報導看看就好，別信。」

「我不怎麼看新聞。」

「我想也是，你的時間都花在模擬戰上了。」李覓輕笑，轉身離開訓練室。

不知為何，當天晚上顧玟卿睡得很不安穩，在床上翻來覆去幾回後，放棄入睡下床打算到健身房消耗體力，結果剛換上運動服，整個基地就亮起紅燈與警鈴。

這是代表全員就戰鬥位置的訊號，顧玟卿的室友嚇得從床上彈起來，左右轉頭問：「發、發生什麼事？演習嗎？」

「我不認為是。」

顧玟卿打開裝機甲駕駛服的衣櫃，將一件駕駛服扔給室友，再迅速套上另一件。

當顧玟卿和室友離開寢室時，整座基地的走廊上都是奔跑的軍人與醫護人員，他拉著還處在震驚中的室友前往機庫，一拍開門迎面看到的就是半毀的機甲。

顧玟卿的室友倒抽一口氣，臉色發白地問：「欸？這是怎麼回事？真的不是演習？」

「敵襲。」

顧玟卿簡短回答，灰瞳掃視整個機庫，看見李覓和巡邏艦的組員們聚在艦艇前，和另一名頭包紗布的軍官吵得面紅耳赤。

「你要我說多少次！在主部隊全滅的狀態下，把駐守部隊派出去只是找死，即刻帶傷兵撤離，同時將情報傳出去才是正確的！」李覓指著軍官怒斥。

「我們是軍人，本來就應該戰死！我要求你和所有部隊全數出動！」軍官回吼。

「你不是我的上級，沒資格對我發號施令。」

「在基地指揮官陣亡，副指揮官重傷昏迷下，軍階最高的我理所當然擁有指揮權！」

軍官高聲宣告，同時一股燒酒味的信息素猛烈散出，讓站在李覓身後的 Omega 通訊員瞬間往後縮。

作為 Beta 的李覓對信息素無感，遲了一會才透過屬下的反應察覺對方做了什麼，瞪大眼瞳正要開罵時，顧玟卿掐住軍官的後頸，往前一推將人叩上巡邏艦的外殼敲暈。

顧玟卿鬆手讓軍官落地，一轉頭就發現半個機庫的人都盯著自己，認真解釋道：「根據聯邦軍規，Alpha 和 Omega 除不可抗力因素，或基於救難戰鬥需要，不得於公共空間釋放撫慰素以外的信息素。違反此規定者，周圍士兵可採強制但不傷及性命之手段制止。」

「……」

「他是 Alpha，敲一下死不了。」

「……」

「還有呼吸。」顧玟卿伸手探軍官的鼻息強調。

李覓噗哧一聲笑出來，笑聲以巡邏艦為中心擴散，緩解了機庫內的緊繃。

顧玟卿不明白眾人發笑的原因，只能當作自己的解釋被接受了，鬆一口氣對李覓問：「學長，發生什麼事？」

李覓臉上的笑容散去，神情嚴峻地道：「指揮官和副指揮官出去做例行巡邏，結果沒在預定的時間回來，另一隊人出去找人時，發現殘骸和幾名倖存者，這才知道巡邏隊被斯達莫的攝政王襲擊了。」

「然後基地周遭大概是被放了信號干擾器，沒辦法聯絡其他人。」李覓背後的 Omega 青著臉補充。

「而被你打昏的傢伙主張大夥殺出去光榮戰死。」

李覓瞪地上的軍官一眼，一臉疲倦地嘆氣，「我和其他幾艘巡邏艦與機甲隊的小隊長反對，我負責跟這傢伙吵，其他人去準備撤退。」

顧玫卿看向機甲殘骸，以及殘骸後方的練習用、待維修或剛入庫尚未分配駕駛員的機甲，抿唇沉思片刻後，向李覓道：「直接撤退應該會被追擊。」

「我知道，但不退九成機率會跟基地一起爆炸！」

李覓的聲音不禁拔高八度，他也被自己的音量嚇到，呆滯兩三秒後拍頭嘆道：「抱歉，我有點……」

「我知道，我也覺得應該撤退，但不能單純撤，要做布置。」

「眼下沒有人手……」

李覓注意到顧玫卿一直看著角落的機甲，心頭一顫警覺問：「你在看什麼？」

「如果能營造出主力部隊尚未全滅的假象，將斯達莫的攝政王引開或釘在基地，其他人就有機會安全撤退。」

「很好的主意，但我剛說了，目前人手不足……」

「我可以。」

顧玫卿打斷李覓，用談論天氣的平常口吻道：「我最高能控制十七架子機甲，如果不需要戰鬥，只是單純控制航向的話，能增加到三十架，這數目足夠欺敵了。」

「斯達莫人不是笨蛋，看到一堆子甲就知道你不是真主力了！」

「所以我不會控制子機甲，我要控制戰式機甲。」

「戰、戰式？」

李覓的話聲二度飆高，兩眼瞪大，「你瘋了嗎！戰式甲不是設計給后式甲控制的！」

「只要提前開啟連線授權，再戴上精神增幅器，我就可以控制。」

「那也只是理論上！萬一出錯，可是腦死起跳啊！」

「一人腦死總比基地全滅好。」

顧玫卿以近乎冷酷的冷靜回答，轉向機庫中其餘人問：「有人有意見嗎？」

回應顧玫卿的是寂靜，此刻在機庫中的不是剛畢業的菜鳥，就是李覓這種從軍三四年，但還稱不上老鳥的中下級軍官，而無論是菜鳥還是半菜不老鳥，都沒人想死在茫茫宇宙中。

「你這個……」

李覓張口再閉口，反覆數次後一把揪住顧玫卿的衣領，近距離瞪著對方決絕的灰瞳低聲道：「你給我撐到支援過來，要不然我會終身抱憾！」

「我是自願的，你不用……」

「閉嘴啦！你這個萬年假安慰、真重創人的蠢蛋！」

李覓放開顧玫卿的領子，轉過頭聯絡其他小隊長告知新的撤退計劃，呼叫維修班更改戰式機甲的設定。

顧玫卿走向自己的機甲，所有Omega駕駛員配備的都是以一控多的后式機甲，可是不同於其他Omega駕駛的是偵查或電戰甲，他使用的是基地中僅有一架的攻擊甲。

他抓著精神增幅器坐入駕駛艙，將增幅器掛上後啟動機甲，眼前的景色瞬間從封閉的艙室轉為整個機庫。

一個視窗闖入顧玫卿視線的右上角，李覓在視窗中指著背後的戰式攻擊甲道：「玫卿，這兩列已經設定完成了，你先連看看，其他的還要幾分鐘。」

顧玫卿望向戰式甲，將原本連接子機甲的精神力投去，視線先一陣模糊，而後才透過戰式甲的光學鏡頭看見自己的機甲。

同時，暈眩竄上頭殼，他深呼吸強行壓下不適，盯著機庫另一端的戰式甲問：「連線成功。學長，我能動用的機甲一共有幾架？」

「不含你原本的子機甲，給你找了十五架，另外有五名戰式甲駕駛員會留下來跟你一起誘敵，這樣數量……」

「請給我所有閒置機甲的連線授權。」

「應該夠……你剛剛說什麼？」

「將所有閒置機甲都調整成我能連線的狀態。」

「你想腦死嗎！」

「我需要備用機。」

顧玫卿檢查戰式甲的武裝配置、微調系統強化連接，努力消化頭暈，閉上眼沉聲道：「我沒辦法像操控子機甲一樣操控戰式甲，靈活度一降下，機甲的毀壞速度會加快。」

「你只是要爭取時間，不是要和攝政王軍纏鬥！」

顧玫卿反駁：「抱著死鬥的覺悟才能爭取到時間。給我所有閒置機甲的連線權，並讓機甲就出擊位置。」

李覓沉默，見顧玫卿絲毫沒有退讓的意思，飆了句髒話後便關閉視窗去張羅其他機甲。

雖然出動了整個維修班與所有有修機甲連線程式課的軍人，但他們終究沒完成作業——在三分之二的機甲改變設定、挪到出擊口的同一刻，基地遭到砲擊。

「回報受損狀況！」

「通訊天線全毀，雷達覆蓋率下降五成，護盾將在五秒後停止運作！」

「啊啊啊！小綠！小綠還在那裡啊！」

「五成？不是才被打中兩次嗎？怎麼就五……」

「已經來不及了！快點上傳！」

「全員，準備面對衝擊！」

顧玫卿耳邊迴盪著從基地廣播系統，與機甲的收音裝置接收到的呼叫聲，雙唇緩緩抿起，打開李覓的通訊頻道，對著已經在巡邏艦艦橋的朋友道：「學長，我要出擊了，你和其他人視情況撤退。」

「現在？但是……」

「再拖下去基地會被擊沉。」

顧玫卿深吸一口氣，將最靠近自己的機甲解除待機，進入發射程序。

他透過相連機甲，聽到艦維修班班長在罵髒話，看見發射員急急忙忙打開艙門，視線隨機甲們射向虛空。

后式機甲的母甲操控子甲的方式主要有兩種，其之一是母甲駕駛員親自控制，其之二是利用事前輸入的程式。

前者可以執行較複雜的動作，但極為考驗駕駛員的精神力；後者大多用在發射、自主防禦或非戰鬥時的飛行上，使用上輕鬆，但一旦遇上有經驗的駕駛就會被玩弄於股掌中。

顧玫卿是用程式控制戰式甲飛出基地，而第一隊總計七架機甲離開艙門不到三秒，排在第一與第七位的機甲就被光束砲貫穿反應爐，引發連鎖爆炸摧毀整個部隊。

顧玫卿微微睜大眼，他是打算將戰式甲當吸引火炮的砲灰沒錯，但沒料到戰式甲撐不到三秒就化為宇宙塵埃，在短暫的震驚後心一橫，一口氣讓所有機甲脫離待機發射。

總計近四十臺戰式機甲與后式子甲竄出艙門，即使是使用程式控制，但顧玫卿的頭顱還是瞬間抽痛，他咬牙駕駛母甲跟上部隊，同時將最外圍機甲的光學鏡頭影像接入機體。

他的視線範圍頓時擴大數倍，整個基地外圍的宙域都映在眼中，既看到如煙花般炸開的戰式甲，也在碎片與火花中發現襲擊者。

而這帶給他一個好消息和一個壞消息。

好消息是，襲擊基地的不是一整個部隊，而是一臺機甲；壞消息是這架機甲比普通戰式甲大上近三倍，通體漆黑還頂著龍角、龍翼與龍尾。

那是斯達莫最高規格的機甲之一，攝政王黑格瓦的座機——王級衝鋒重甲「厄比斯」。

顧玫卿的背脊竄起寒意，他區區一個連實戰都沒打過的少尉，用膝蓋想都知道不會是斯達莫戰神的對手，但是……

「不會讓你碰學長他們的。」

顧玫卿在駕駛艙中低語，基地中有他為數不多的朋友，這些人沒有顯赫的家世或高超的技術，但毫無疑問是好人，遠比自己還應該活下去的好人。

所以他要攔住黑格瓦，不計任何代價。

下定決心的瞬間，惡寒轉為戰意，顧玫卿無視頭痛與腦死的顧慮，展開精神力操控機甲撲向漆黑惡龍。

即使動作不靈活，十多臺機甲從四面八方同時襲來也不好對付，然而黑格瓦卻如同先前擊毀第一隊戰式甲般，精準地甩尾、射擊、劈砍，以最小耗彈數打沉敵方。

顧玫卿改變陣型，將戰式甲當成砲彈射向厄比斯，自己與子甲則混在彈幕中逼近敵人，趁著對方格擋的空擋，抽出光束劍攻擊。

沒有多少駕駛員能同時應付從數個角度發出的進攻，然而黑格瓦做到了，他以絕妙的時間差轉向、踢掃和射擊子甲，再一砲轟爛由背後靠近的戰式甲，掉轉砲口對準顧玫卿所在的母甲。

而顧玫卿沒有猶豫，選擇加速靠近，偏頭讓黑格瓦打掉自己的肩部裝甲後，反手揮劍劈向對方的胸甲。

然而黑格瓦迅速後退，導致這一劍砍得太淺，僅在胸甲上留下刮痕，顧玫卿暗罵一聲正要追擊時，凍寒倏然覆蓋身軀。

除非維生系統遭破壞，否則駕駛艙內應該是恆溫的，因此包裹顧玫卿的嚴寒不是物理的嚴寒，而是獸人的精神攻擊。

在軍校時，他做過對抗獸人精神攻擊的訓練，可是無論是由機器模擬的獸人，還是真實的獸人，施放的精神攻擊都沒有黑格瓦駭人，顧玫卿的動作甚至思考瞬間停滯，直到系統發出警告，才在震動中勉強脫離影響。

震動來自顧玫卿的子機甲，子機甲內建優先護衛母機甲的程序，因此即使他沒有下令，周圍的子機甲仍自動上前撞開母機甲，用身體擋下黑格瓦的砲擊後爆炸。

顧玫卿在火光中掐緊操作桿，他仍舊覺得自己身處冰窖，但比寒意更猛烈的是震驚。在熬過家中近乎凌虐的精神力與信息素訓練後，他就再也沒被獸人或人類的 Alpha 釘住心神過。

而黑格瓦沒給顧玫卿消化的機會，將槍換成劍，於眨眼間貫穿擋路的子機，一秒來到顧玫卿面前，揚起光束劍直指 Omega 的駕駛艙。

顧玫卿狼狽地架住光束劍，透過子機察覺黑格瓦甩尾刺向自己的噴射口，立刻指揮兩臺戰式甲撲向龍人的背後。

黑格瓦掉轉龍尾劈開兩臺戰式甲，再用肩砲與光束劍一砲一劍解決身邊的子甲，看著自四面八方撲向自己的機甲，噴射口全開拖著敵人疾行，待機甲們從密集轉為分散後，驟然轉身刺穿追得最緊的戰式甲。

顧玫卿透過機甲的光學鏡頭，從各個角度瞧見黑格瓦，那極度致命，可也極度俐落與優雅的動作烙在腦海中，令他從驚愕轉為入迷。

沒錯，顧玫卿看入迷了，於他面前展開的是比學長姐、教官乃至模擬器中難度最高的對手都精準優美的防守和反擊。

而這讓他腦中只有一個念頭：他想要習得同等的美技，然後戰勝這名駕駛員。

於是他無視恐懼，操控母甲再次撲向對方。

接下來的事顧玫卿就無法詳細回憶了，大概是過度連線的後遺症，他只記得當時的興奮、暢快、幾乎要燒穿胸口的燙熱，以及最後的震驚。

如聯邦官方的宣傳，兩人的對決是顧玫卿勝出，攝政王擊毀了四十多架戰式甲、十七架子機甲，但也耗盡彈藥與光束劍的能量，失去一手一足和半條尾巴。

而顧玫卿雖然僅存母甲，但還有一把光束匕首。

只是聯邦沒說的是，在顧玫卿的匕首貫穿黑格瓦的駕駛艙前，攝政王的親衛隊趕到，旗艦鉑伏艦、兩艘護衛艦和近五十架獸人機甲的砲管皆指向Omega。

然而在火炮發射前，厄比斯舉起右手，解除自家部隊對顧玫卿的鎖定，在部屬的護衛下返回旗艦。

顧玫卿是戰勝了黑格瓦，但也被對方饒了一命，聯邦的宣傳隱去後句，斯達莫方的記載

則僅有「親衛隊即時趕到，帶走能量耗盡的厄比斯」兩句話。

「……為什麼不把實情說出來呢？」

顧玫卿在懸浮車駕駛座上喃喃自語，眼角餘光飄向熟睡的黑格瓦，親王垂著眼瞼平緩呼吸，垂在椅下的尾巴偶爾擺動兩下，絲毫沒有回答的意思。

◆◆◆

顧玫卿一路開到太陽下山，車停時頂頭是滿天星斗，前方則是被沙丘和幾顆灌木環繞的清澈湖泊。

正當他猶豫要不要叫醒黑格瓦時，龍人自己打著哈欠爬起來，看著擋風玻璃外的湖泊吹了聲口哨道：「不錯嘛，你停的地方比我想像中好。」

「這裡不是殿下預期要去的地方？」

顧玫卿握方向盤的手指一顫。

「不是，但是個好地方——沒有沙漠旅人會討厭有水的地方。」

黑格瓦開門下車，走到車廂邊一陣鼓搗後，腋下夾著兩捲毯子，手推著一臺合金半身櫃走向湖泊。

顧玫卿猶豫片刻後，將一絲精神力留在車輛系統中以防萬一，下車來到湖旁。

黑格瓦極其自然地將毯子塞給顧玫卿，接著打開合金櫃的折疊桌面，從櫃子中拿出野營爐、平底鍋、刀子、鍋鏟、幾個鋁箔盒和一排裝有粉末的小罐子。

顧玫卿將毯子鋪在沙地上，看見黑格瓦從鋁箔盒中拿出肉塊、蔬果、麵團……眾多他這個時代的人只在影視劇中見過的食物原材料，極其熟練地切塊、切末或揉搓。

顧玫卿先是睜大眼，接著升起一個不論怎麼想都很荒謬，但又沒有其他解釋的念頭。

「殿下，」顧玫卿望著將肉塊放進平底鍋的黑格瓦，嚥了一口口水問：「今天的早餐和午餐是……」

「我煮的。合胃口嗎？」

黑格瓦低頭翻炒肉塊，久久等不到回應，一抬頭才發現顧玫卿張著嘴巴直直瞪著自己，蹙眉問：「不合胃口？」

「很合！」

顧玫卿迅速回答，但隔了七八秒才接續道：「只是我以為……以為是緊急口糧，或用食物合成機做的。」

黑格瓦握鏟的手停下，面色轉陰別開頭低聲道：「我的手藝退步這麼多嗎？」

「呃、沒有！我不是那個意思……我的意思是……我以為是斯達莫的食物合成技術比聯邦高超，所以、所以……」

「你還是覺得那是合成機弄的。」黑格瓦拍了一下龍尾。

「我覺得至少是餐廳的商用合成機，再加上人工調整。」

「總之和機器脫不了關係。」黑格瓦二度拍尾巴。

「那是因為我沒想到殿下會做飯。」

顧玫卿低下頭，耳朵微微發紅道：「抱歉，考量到殿下與夏卡里陛下逃亡時，走過不少沒有食物合成技術的偏僻星球，您會做飯並不奇怪。」

黑格瓦微微拉平嘴角，把目光放回鍋子裡道：「我是帶著小夏待過許多科技水平欠佳的

星球沒錯，但我會做飯與這無關，純粹是個人志向使然。」

「個人志向？」顧玫卿眨眼。

黑格瓦張了張口但沒發出聲音，如此停滯了好一會，才聳聳肩道：「我的人生志願是當家庭主夫。」

「……欸？」顧玫卿雙眼瞪大。

「這沒什麼好驚訝的吧？雖然家庭主夫不會上 Alpha 熱門職業排行榜，但也不算冷門，不少 Omega……」

黑格瓦頓住，望著顧玫卿除了驚愕還是驚愕的臉龐，嘆一口氣：「我忘了人類跟獸人不一樣，是父系社會。」

獸人和人類有兩大不同，一個是外在特徵，另外一個則是人類是父系社會，獸人則是母系社會。

在獸人社會中，一家之主是生育者，而不是播種者，一個人的家族歸屬是看生母而非生父，且在頭銜、領地乃至財產的繼承上也是 Omega、女性 Beta 優先，男性 Beta 和女性 Alpha 次之，男性 Alpha 排在最後面。

因此雖然黑格瓦戰功赫赫，血統上也毫無瑕疵，但繼承皇帝之位的不是他，而是身為 Omega 的姪子。

「在聯邦這邊，當家庭主夫的 Alpha 似乎很稀少，但我們那邊挺常見的。」

黑格瓦把蔬菜丁倒入鍋中，拿起粉末罐撒了撒，道：「雖然 Omega 大多喜歡強悍能賺錢的 Alpha，但也有不少人傾向溫柔擅長顧家的，特別是比 Alpha 更悍也更會賺錢的 Omega。」

「更悍更會賺錢的 Omega……」

顧玫卿咀嚼這幾個字，靈光一閃問：「殿下喜歡強悍會賺錢的 Omega？」

黑格瓦撒粉的動作停滯片刻，放下粉末罐攪拌蔬菜，「我是喜歡強悍的人，但不限於 Omega，起碼我的初戀不是。」

「殿下的初戀是？」

「……你很介意自己接觸斯達莫的新技術，卻毫不在意地探我的隱私？」

「呃、啊！抱歉殿下，我不是……」

「我逗你的。」

黑格瓦輕笑，將炒好的肉與蔬菜倒入鋁箔盒子中，動手將麵團撕成小球，「反正這也不是秘密，我的初戀是太子妃。」

「太子妃……是殿下兄長的妻子嗎！」顧玫卿兩眼圓睜。

「當然，她是女性 Alpha，也是皇兄的侍衛隊長。」

黑格瓦將小麵團擀開，「我跟她第一次見面就是兩人的婚禮，我是負責阻止她到達新房的伴郎之一，而她一手一人把我們掀翻在地上，我瞬間就愛上她。」

「您的兄長知道嗎？」

「知道，畢竟當時的我可是把情緒寫在身上的小笨蛋。」

黑格瓦聳肩，拿出另一個鍋子放上火爐，「所以他們兩人都對我抱以關愛的目光，覺得等我長大後就會釐清一切只是錯覺。」

「那是錯覺嗎？」

「……」

「殿下？」

「你今天的八卦額度用罄了。」

黑格瓦拿起油罐倒油，再將麵餅放入鍋中，瞄了天空一眼後手指右前方道：「時間差不多了，看那方向的天空。」

顧玫卿不知道黑格瓦為什麼要自己望天，但還是順著對方的手臂抬頭，凝視深幽的夜空須臾，灰瞳倏然瞪大，染上七彩虹光。

虹光的來源是黑格瓦手指著的天空，晃動的光暈取代星子紋上天頂，吸住顧玫卿的目光，他雙眼圓睜喃喃道：「好美……像極光一樣。」

「這是魯苦星唯一的景點。」

黑格瓦將麵餅翻面，仰望絢麗的光輝道：「我在這顆星球住了三年，也的確沒發現比它美的東西。」

「殿下在這裡住過？」顧玫卿回頭問。

黑格瓦聳肩，無所謂地道：「不只我，還有小夏。這顆星是三不管地帶，非常適合被追殺的皇族落腳。」

顧玫卿抬起眼睫，雖然他早就猜到黑格瓦應該來過這顆星球，但沒想過竟然是在逃亡時造訪，甚至住過一段時間，忍不住開口問：「所以殿下是來拜訪友人的嗎？」

「接下來是要去拜訪朋友沒錯，我雖然在魯苦住過，但那是二十多年前的事……」

黑格瓦話聲漸弱，望著顧玫卿堆著困惑的臉龐，心頭一沉問：「我是不是沒跟你說接下來的計劃？」

「是沒有，您只有要我朝著太陽開。」

顧玫卿瞧見黑格瓦的嘴角微微扭曲，偏頭不解地問：「目的地和計劃不是機密嗎？」

「不是，只是單純忘記交代……啊啊——這該死的種族習慣。」

「種族習慣是什麼？」

「用人類的話解釋，大概就是種族版的職業病吧。」

黑格瓦將烙好的麵餅拿出，再放入下一張餅道：「獸人根據種族不同，能力也不同，我是龍人，龍人的能力是『龍視』——憑直覺找到達成目標的最佳路徑。」

「龍人的能力不是預知嗎？」

「那只是傳說，真有這種能力，我還會坐在這裡嗎？」

黑格瓦苦笑，搖晃鍋子，解釋道：「總之，憑藉龍視，大多數獸人都不會質疑龍人的選擇，我的部下甚至只會問我該做什麼，不會探究為什麼。久而久之，我也養成只下令不說明的壞習慣。但你是人類，也不是我的部屬，我什麼都沒解釋就要你向東往西，你應該挺不高興吧？」

「我沒有不高興。」

「你不是我的臣民，用不著跟我客氣。」

「我沒有。」

顧玫卿重複，在黑格瓦臉上看到「我不信」三個大字，想解釋卻羞於啟齒。

為什麼？因為他毫無不滿的理由，是黑格瓦的聲音和主人法夫納實在太像，導致顧玫卿雖有迷惑，但還是下意識服從，甚至產生幾分滿足。

黑格瓦讀不到顧玫卿的心思，只能透過表情看出 Omega 正處於尷尬中，雙唇微微一抿，拿出麵餅，主動改變話題道：「我前面說過，魯苦是三不管地帶，沒有聯邦或斯達莫的單位，若想通知這兩方過來撈人，必須使用跨星系通訊衛星，但魯苦的通訊衛星掌握在少數人身上。」

「殿下的朋友是衛星的管理者？」

「如果他們在這二十年間飛黃騰達的話……很遺憾，不可能。我找他們是要更新情報，魯苦是個近乎大型黑市的星球，優點是沒有王法，缺點也是沒有王法，不會善待搞不清楚狀況的外鄉人。」

黑格瓦眼中閃過一絲陰寒，不過他馬上就收斂情緒，端著麵餅和裝炒肉塊的鋁箔盒來到顧玫卿面前，蹲下將兩者遞向 Omega 道：「所以，接下來你有問題就問，不用客氣。」

顧玫卿接下餅和盒子，猶豫片刻後上身微傾，帶著幾分緊繃問：「我可以問殿下來魯苦星的原因嗎？」

黑格瓦原本要起身回爐子前，顧玫卿這一問讓他卡在中途，總是給人沉穩甚至壓迫感的藍瞳罕見地飄移，停滯須臾才低聲道：「鉑伏艦接到聯邦接送艦的求救訊號，收容了逃出來的救生艇。」

顧玫卿雙眼一亮，放下食物靠近黑格瓦問：「全部還是部份？有沒有人員傷亡？統帥在不在上面？」

「部分，但其他艘也沒事，談元帥在上面。」

黑格瓦再次停頓，且這回不僅視線飄忽，而是直接把頭轉向另一側道：「但我聽他說，你是坐沒有黑洞航行能力的單人救生艙脫離，就追過來了。」

顧玫卿眨眨眼，花了點時間才消化黑格瓦的發言，瞬間從毯子上彈起來，愕然問：「您、殿下……殿下是在找死嗎！」

「我的副官也說了一樣的話。」黑格瓦苦笑。

顧玫卿激動道：「那是當然！任何有黑洞航行常識的人都知道，想在黑洞中追蹤不具備自主動能的船艦是不可能的！就算單人救生艙會發出求救信號也……您幸運的話只會迷失，不幸的話會爆炸！」

「我的副官也這麼說。」

「那您為什麼還這麼做！」

「因為我有自信，我不會迷失也不會爆炸。」

黑格瓦看向顧玫卿，望著又急又氣的 Omega，輕擺龍尾笑道：「我是龍人，只要我真心希冀，就沒有找不到的道路。」

顧玫卿垂在身側的手微微曲起。他和不少獸人對壘過，明白該種族的感應力不是虛構，可是人——即使是龍人——真有可能單憑感應，就能追蹤被重力亂流擄獲的救生艙嗎？

且就算能好了，那還有一個更匪夷所思的大問題。

「殿下的意思是，您真心希冀能找到我？」

顧玫卿雙眉緊蹙，灰眼中有疑惑有驚訝，但更多的是混亂：「為什麼？」

黑格瓦的笑容僵住，望著 Omega 微微張口又倏然閉起，沉默許久後，略微揚起嘴角，聲音低沉、柔和中帶著一絲苦惱道：「因為你是贏過我的人，我不能讓你死。」

CHAPTER.04

第四章

不，
這是成為你主人的面試

In a BDSM VR game, fall in love with an enemy general.

接下來數日，兩人都維持著黑格瓦守夜，顧玫卿開車的工作分配，且夜晚的龍人有多麼精神抖擻，白日就睡得多麼宛若屍體。

在旅伴只會呼吸，舉目不是灰砂就是藍天下，白日駕駛工作本該無聊至極，但幾日下來顧玫卿非但不覺得沉悶，反而屢屢期盼太陽慢點下山。

為什麼？因為黑格瓦那兩句「因為你是贏過我的人，我不能讓你死」，深深烙在顧玫卿腦中。

顧玫卿在機甲戰中贏過非常多人，其中有 Omega 有 Beta 還有眾多 Alpha，其中有果斷認輸握手言和的、大聲抗議系統設定錯誤的、呆坐在模擬艙中久久無法釋懷的、表面上承認落敗但私底下一堆小動作的、單方面將他視為人生對手、纏著他請求指導的……幾乎所有類型的戰敗反應他都親身體驗過。

但其中不包含豁出性命來救自己的。

顧玫卿不明白黑格瓦這麼做的動機，雖然親王好似講了動機，可是這說法和行為根本連不起來。

他唯一能想到的可能，是黑格瓦要留著自己的命，有朝一日洗刷戰敗的汙點——顧玫卿還真遇過這種人。

但若是如此，黑格瓦說那兩句話時的口氣也太溫柔，直逼法夫納稱讚顧玫卿時的口吻。

顧玫卿很習慣應對沒有道理的敵意，但毫不擅長面對無理由的善意，這導致他在與黑格瓦互動時更加緊張無措。

也因此，在這種情況下，黑格瓦天一亮就睡死的生活模式，對顧玫卿而言簡直是天上掉下來的禮物。

他希望黑格瓦能一路睡到自己理出頭緒為止，然而上天很快就告訴顧玫卿，那是不可能的事。

「時速五十公里。」

正午時分，車內卻響起黑格瓦的聲音，顧玫卿嚇一大跳，反射地踩下剎車，先前傾再轉向副駕駛座。

黑格瓦不知何時將座椅調回正常高度，深藍眼瞳中沒有睡意，面對傻住的顧玫卿，他皺眉問：「有必要這麼驚訝嗎？」

「因為、您……您這個時間不是還在睡嗎？」

「連睡好幾天也該睡飽了。」

黑格瓦轉轉肩膀甩甩龍尾，伸手從副駕駛座的置物箱中拿出一個藥罐子，倒了兩顆藥丸在掌心後，塞入口中三兩下咬碎。

這舉動讓顧玫卿立刻脫離驚嚇，警覺地看著藥罐子問：「您生病了嗎？」

「這只是營養品。」

黑格瓦將藥罐子扔回置物箱，靠上椅背，舉手點點儀表板，叫出今日的行駛數據，念誦道：「時速四十八、四十七、四十九、五十公里……嗯，你知道這臺車的時速最高可以開到三百公里嗎？」

「但那樣就超過道路限速了。」

「超過道路限速？」

黑格瓦的話聲拉高幾分，看著顧玫卿的臉發覺對方不是在開玩笑後，微微垂下肩膀好氣又好笑地問：「顧上將，你口中的道路限速是誰制定的？」

「地球聯邦政府。」

「制定原因呢？」

「降低交通事故發生率。」

「何謂交通事故？」

「這……人與車因為種種原因碰撞擦撞，或是因為駕駛技巧不佳自行翻車？」

顧玫卿不大確定地回答，望著黑格瓦蹙眉道：「你問這些做什麼？」

黑格瓦有些哭笑不得，輕嘆一口氣才開口道：「這裡沒有聯邦政府。」

「我知道。」

「路上也沒有其他交通工具、行人和動物。」

「還是有，只是和我們有段距離。」

「然後這輛車有雷達預警功能，能顯示半徑一公里內的障礙物或移動物體。」

「這輛車有雷達？」顧玫卿睜大眼瞳。

黑格瓦點點儀表板叫出投影雷達——方圓一公里內沒有任何移動物體，繼續道：「而你是一名頂尖的后式機甲駕駛員，同時控制二十臺以上的戰甲和敵人進行高速戰鬥，對你來說和吃飯喝水無異。」

「如果對手是殿下，我會陷入苦戰。」

「但此刻我不是你的對手，是你的副駕駛。」

黑格瓦停頓幾秒，直起腰桿挑眉問：「綜合以上，顧上將，你做為一名反應迅捷的頂尖機甲駕駛員，在一個不存在聯邦政府，周圍也沒有其餘人車，所開車輛還有雷達系統下，有必要遵守道路限速嗎？」

顧玫卿愣住，望著黑格瓦緩緩抬起睫羽，再慌亂失措地揮手道：「欸……對不、但是……呃！我沒想到……抱歉！」

「冷靜點，我沒有指責你的意思。」

黑格瓦輕笑，靠回座椅上以手作枕放鬆地道：「我們的糧食、水和能源都算充裕，你想維持限速就維持限度，想飆車就飆車，高興就好。」

「高興就好？」顧玫卿忍不住反問。

這幾個字詞都是常用語彙，組合在一起卻讓他陌生。

「高興就好。」

黑格瓦重複，將椅背放倒，龍尾捲上自己的大腿，翹起腳輕鬆地道：「或者用更直白的話來說——你爽就好。」

顧玫卿看著黑格瓦翹腳搖尾，一派輕鬆絲毫沒有收回發言的模樣，握住方向盤的手微微收緊再恢復原狀，將目光轉回前方，重新啟動懸浮車。

車輛再次向前行駛，一開始時速仍維持四十五到五十公里，但大約十分鐘後車速提升到五十五公里，接著是六十一、六十九、八十二……直至突破兩百公里。

窗外的景色快速流逝，車輛兩側颳起小小的沙浪，快意染上顧玫卿的心頭，令他想也沒想便將車速拉到逼近極限。

同一時間，一個沙丘出現在懸浮車的正前方，顧玫卿心中有個聲音要他減速，然而黑格瓦同時開口。

「輾過去！」黑格瓦笑道。

顧玫卿施力的對象瞬間從煞車轉為油門，儀表板上的時速來到三百，懸浮車順著沙丘衝

上天空，帶著車廂掠過藍天後落地砸出一陣沙嵐，再穿過沙幕繼續奔馳。

顧玫卿在穿越沙塵時聽見笑聲，一開始以為是黑格瓦，直到眼角餘光發現龍人閉著嘴，才猛然意識到是自己在笑。

然後，在顧玫卿脫離「我居然因為飆車而大笑」的錯愕前，雷達系統響起警告音，一列由懸浮車組成的商隊出現在行駛路線上。

他緊急打轉方向盤，幾乎是貼著商隊的貨櫃右轉，在沙地上畫出一個深長的弧線後才停下來。

然後顧玫卿一回頭，就看見因為慣性運動被甩到車門上的黑格瓦，倒抽一口氣轉身道：「對不起，我……」

「哈哈哈哈哈——」

笑聲掩蓋歉意，黑格瓦維持靠著車門的坐姿，輕搖龍尾大笑道：「好久沒被甩得這麼爽了，不管是厄比斯、鉑伏艦還是積木的避震系統都做得太完善，都沒感覺了！」

「殿下……」

「而且，你剛剛終於笑了。」

黑格瓦的發言讓顧玫卿整個愣住，龍人悠哉地坐回椅子上，像吃下一尾鮮魚的貓，瞇著藍瞳放鬆又饜足。

顧玫卿緩緩睜大眼瞳，看著黑格瓦嘴角淺淡卻也真實的笑容，久久無法挪開視線。

黑格瓦把腳翹上擋風玻璃，晃著長尾催促：「繼續吧。」

顧玫卿將視線轉回前方，在莫名的燥熱下握緊方向盤，啟動車輛再次奔馳。

♦♦♦

這份燥熱在顧玫卿胸口繚繞不去，一直延續到日落時分才完全消散。

但消散的理由不是顧玫卿理出頭緒，或憑意志力壓下熱流，而是危險擺在眼前。

在離懸浮車約一公里處是黑格瓦友人居住的地方，那是由方形的建築物、斑爛棚架和幾座高塔組成的小鎮。

然而階段性終點就在眼前，懸浮車卻沒有移動。

為何？因為太陽明明下山了，整個小鎮卻沒有半盞燈亮起。

「殿下，」顧玫卿遠遠注視幽暗無光的城鎮問：「您友人的居所有燈火管制嗎？」

「從來沒有。」

黑格瓦沉聲回答，遙望城鎮片刻，解開安全帶，「你待在車上，我過去探……」

「我去看看發生什麼事。」

顧玫卿截斷黑格瓦的發言，掏出光束槍確認能源匣的存量，打開車門就要下車。

黑格瓦趕緊扣住顧玫卿的手臂，將人按回椅子上道：「我剛說了，我下去探查，你留在車上！」

「容我拒絕，我是聯邦的軍人，有義務保護您。」

「我也有軍職，軍階還比你高，更何況你有義務保護的是聯邦國民，不是我。」

「您雖然不是聯邦國民，卻是斯達莫駐聯邦的大使，如果有三長兩短，會引起國際糾紛。」顧玫卿振振有詞。

「那你出事就不會嗎？」

「我的不可取代性沒有您高……」

顧玫卿話聲漸弱，靈光一閃望著黑格瓦認真道：「如果我有萬一，您回去時就說沒有找到我，我相信不會有人質疑您！」

黑格瓦沉默，腿上的龍尾如弓弦般拉緊，瞪著顧玫卿許久才揉了揉臉，深呼吸數次後沉聲道：「此刻該考慮的不是職業或國際局勢，而是誰下車的風險最低，誰就過去。」

「同意。所以我……」

「我遠比你適合。」

黑格瓦指著遠方的灰色小鎮，「我在鎮裡住過，知道大致的地形，也會說土著的語言；然後我不但是Alpha，還是龍人，龍人比普通獸人強壯，普通獸人又比人類強壯。」

「人類肉體上沒有獸人結實，但我們可以遠端遙控機械，共享機械的掃瞄或感應裝置的資訊。」

顧玫卿在說話同時，控制車廂中的五臺維修機器人來到車窗邊。灰眸直直對向黑格瓦，面無表情道：「然後我在肉搏戰中贏過不少Alpha，在機甲戰中贏過您。」

「……」

「我比您適合。」顧玫卿堅定地強調。

黑格瓦陰鬱地回望，靜默了近乎一分鐘，嘆氣道：「一定得有個人進小鎮探狀況，但我不可能放你一個人過去，然後你也不會讓我一個人下車，是吧？」

「我不是一個人，我有機器人輔助，請安心留在車上。」

「此『人』非彼『人』。」

黑格瓦的聲音中泛著些許無力，將視線轉向遠方的小鎮，思索片刻後問：「你能同時控制機器人和懸浮車嗎？」

「可以。」

「距離呢？」

「在周圍沒有干擾裝置，我也沒有儀器輔助下，半徑五百公尺可以維持一小時。」

「五百公尺、一小時……」

黑格瓦呢喃，目測小鎮的大小、估算搜索時間與安全距離……思索須臾後點頭道：「能行……你跟我一起進小鎮。」

「一起？那誰負責顧車？」

「你和兩臺維修機器人。」

黑格瓦手指顧玫卿，視線掠過Omega，落在窗外的機器人身上，「你帶三臺機器人跟我一起進小鎮，把車子和剩下兩臺留在外面，然後以最低限度的連線控制這三者，以四百五十公尺的間距隨我們移動。」

「這不會撞到人或建築物嗎？」

「這座鎮沒那麼大，至於人……」

黑格瓦頓住，藍瞳籠上暗影，披上斗篷將槍刃——一種結合闊劍和光束槍的武器——掛上腰帶，打開車門，「能撞到再說。」

顧玫卿迅速下車跟上黑格瓦，持槍讓一臺機器人走在兩人前方，另外兩臺則分別待在右後與左後方，開啟熱感應功能監視周圍。

他們很快就來到城鎮邊緣，熱感應器沒有捕捉到任何溫度高於常溫的物體。

帶彈孔的平房、半塌的棚架、焦黑的窗框……一個一個映入眼簾，讓顧玫卿心頭一瑟，

悄悄瞄向黑格瓦。

黑格瓦的表情沒有變化，但一隻手按在腰間的槍刃上，龍尾也從自然下垂轉至尾端翹起，洩露了一絲情緒。

兩人三機繼續前進，經過幾棟兩層、三層樓的方屋後，來到城鎮的主幹道上。

說是主幹道，但其實也不過是一條貫穿小鎮的雙線道，道路兩旁的房舍幾乎全搭有棚架，架子下能看見充當商品展示臺的合金箱，或是供店主休息的折疊椅。

不過此刻無論是合金箱、摺疊椅還是棚架都像被巨蜥輾過般，不是胡亂堆積在角落，就是化為碎片安靜地插在沙地中。

同時，機器人的熱感應儀仍舊一片青藍。

黑格瓦拉平嘴角，倏然以衝刺的速度掠過裂開的合金箱，右轉進入一棟門口沒有棚架，大門平躺在地的平房。

這動作讓顧玫卿的臉色迅速轉白，即使熱感應告訴他屋內沒有活物，但難保沒有陷阱，他只能一面控制機器人翻窗進屋，一面快步追趕黑格瓦。

他穿過擺著長椅大概是客廳的空間，於左手邊半掩的門後找到龍人的背影，鬆一口氣穿過門扉道：「殿下！請不要……呃……」

顧玫卿沒把話說完，因為他的視線穿過黑格瓦的身側，在龍人前方的方窗邊看見一具白骨。白骨有尾椎和牛角，看上去應該是一名獸人。

白骨的頭骨碎裂，從骨頭邊緣的焦痕看起來應該是死於光束類武器；腰間繫著能懸掛彈匣、刀槍和藥品的戰術腰帶，然而本該掛在上頭的武器或急救品卻一個不剩。

黑格瓦俯視白骨足足半分鐘，轉身離開平房，片刻後帶著從隔壁棚架拆下來的防水布回來，將白骨慎重地包起。

顧玫卿直覺白骨是黑格瓦認識的人，甚至就是對方要找的朋友，胸口瞬間緊縮，望著龍人不知道該說什麼，只能控制機器人做好警戒。

黑格瓦將白骨放回窗前，單膝跪地細聲念誦某種經文，再低頭隔著防水布碰觸骨頭，靜默一會後起身走向背後的儲物櫃。

顧玫卿跟著黑格瓦移動，看見龍人打開櫃子敲敲按按兩下，機械音頓時響起，儲物櫃平移到一側，露出隱藏的階梯。

在顧玫卿開口請黑格瓦讓路給機器人下去前，龍人已邁開步伐走下階梯。

「殿下！」

顧玫卿忍不住低喊，見龍人沒有停步的意思，只能將兩臺機器人留在房間與大門口守衛，自己帶著另一臺下樓。

黑格瓦極為熟練地打開照明，光線照亮由銀色合金板組成的倉庫，靠牆而立的貨架上僅餘少量罐頭、一兩管液體燃料、幾個彈藥箱和醫療箱，四分之三的格子都空蕩無物。

龍人在空架子前佇立整整一分鐘，轉身不發一語地循原路離開。

顧玫卿指揮機器人跟黑格瓦上樓，視線掠過燃料、彈藥和醫療箱，抿唇猶豫片刻，終究兩手空空地追上龍人。

◆◆◆

而在從地下室返回主幹道的路上，他注意到一件小事：黑格瓦不搖尾巴了。

離開平房後，黑格瓦又進了四五間房舍，有些屋子中空無一人，有些橫躺著骨骸，但不管是哪一棟房子，倉庫中的物資都所剩無幾。

最後，黑格瓦登上城鎮中心的瞭望塔，俯瞰無聲也無光的小鎮許久後，轉過身告訴顧玫卿該回車上了。

懸浮車停在小鎮入口前，陪伴他們數日的毯子再次鋪上灰沙地，黑格瓦一如過去數日打開合金箱做菜，自然地詢問顧玫卿想吃重口還是清淡的。

「照您的喜好。」

顧玫卿坐在毯子上回答，看著黑格瓦熟練地切菜醃肉，忙碌一陣後將今日的晚餐：烤肉串、燉蔬菜湯和米飯，一一端給自己。

在龍人繞過野營爐時，顧玫卿開口道：「以小鎮的人口來說，屍骨太少了。」

黑格瓦坐下時頓了半秒，笑道：「你確定要在吃飯時談屍體？」

「我不是要談屍體，我是要談……這座小鎮的居民應該有上百人，但屋中或街道上的屍體卻只有三具，就算我們沒有檢查所有房舍，這也太少了。」

「少不好嗎？」

「不一定好或不好。屍體少可能是居民被擄走，但也有可能是提前撤離。」顧玫卿道。

黑格瓦按上地毯的手指微微曲起，沉默幾秒後收起笑容，沉聲問：「顧上將認為是哪種情況？」

「我沒有見過居民被綁架的城鎮，但我目睹過被宇宙海盜洗劫的船隊、拓荒基地和資源衛星。」

顧玫卿垂下眼睫，思緒沉入回憶中破損的貨船，分析道：「這類船艦與基地就算找不到屍體，也一定有大量的戰鬥痕跡與血跡，內部也會相當凌亂，套用我部屬的話來說，就是『每個空間都分配到一枚震撼彈』。而城鎮外圍雖有被火砲攻擊的痕跡，但鎮內只有零星彈孔；房舍的大門與棚架有不少損壞，可是和我見過的景象還是有一段差距。」

顧玫卿略微思考後說：「然後最關鍵的是，儘管儲藏室內的物資所剩無幾，貨架或櫥櫃卻幾乎可說是整齊，少數幾個翻倒的架子還留有踢踹之類的痕跡，這與其說是遭到洗劫，不如說是撲空的搶匪在洩憤。」

黑格瓦一路懸著心聽顧玫卿分析，直到尾句才鬆一口氣，低頭攪拌蔬菜湯道：「這聽起來比較像撤離。」

「我認為撤離的可能性比較高。」

顧玫卿點頭，腦中忽然閃過上次巡航處理過的掠奪事件，想也沒想便開口：「除非，他們遇上極為老練的強盜。」

黑格瓦的尾尖驟然一顫，緊緊握住湯匙。

在光線與距離的影響下，顧玫卿沒注意到黑格瓦的變化，繼續陳述：「我碰過這種強盜兩三次，他們大多會先行混入船團或基地，使用催眠瓦斯或抽乾氧氣等手段癱瘓受害者，這種狀態下，也不會留下太多戰鬥痕跡。」

「……」

「會使用這種手段的強盜很棘手，他們有耐心、有技巧而且經驗豐富，倘若是基於贖金才擄人那還好一些，就怕是把人質當成餌，釣真正的目標。」

「……」

「如果是前者，兇手會盡可能抹去自己的蹤跡。但如果是後者，則會留下蛛絲馬跡引人追上。」

「……」

「這很棘手，因為很難分辨對方是無意間留下線索，還是刻意露出破綻。我們沒把整個鎮搜過，不確定有沒有痕跡……」

「啪！」

細微但清脆的聲響拍上顧玟卿的耳膜，他脫離思緒本能地往聲音源瞧，先看到被黑格瓦掐斷的湯匙，而後才發現龍人的臉色雖未改變，面容和尾巴卻僵固如石雕。

他很快就意識到自己說錯話，緊急放下餐盒揮手道：「前面都只是、只是……經驗分享！不是說小鎮的人被頂尖強盜擄走。」

「……」

「有這種手段的強盜非常稀少，我只有遇上兩次……三次，算上聽說的也不足六次，不是在家裡吃飯睡覺就能遇上。」

「……」

「況且這類強盜也不會輕易出手，看上的獵物不是相當富有，就是擁有珍稀資源，但這座小鎮兩者皆無。」

「……」

「看起來也不像認識有力人士……」

顧玟卿猛然頓住，望著野營爐另一側神色陰鬱的斯達莫攝政王，靜默幾秒後低下頭道：「對不起，我不擅長安慰人。」

回應顧玟卿的是細微的風聲，他雙唇緊抿努力思索挽回局面的辦法。

然而他的大腦雖然能輕易列出至少三種擊退宇宙海盜的戰術，對於讓另一人心情平復的方案卻一片荒蕪。

——我一出機甲艙就是個廢物……

顧玫卿雙手握拳，正想二度道歉時，聽見意想不到的話語。

「我可以坐過去你那邊嗎？」

「對不……什麼？」顧玫卿呆住。

「我可以坐到你那邊嗎？」

黑格瓦重複，表情和身姿都毫無改變，但藍瞳中多了一抹的幽光，彷彿夜空中搖搖欲墜的珠露。

而這讓顧玫卿的心弦一陣緊澀，毫不猶豫地點下頭。

黑格瓦站起來走向顧玫卿，令 Omega 意外的是對方沒有停在他身側，而是繞到正後方，坐下後將背脊輕輕靠上來。

顧玫卿沒有與人背靠背的經驗，在黑格瓦靠過來時身體本能前傾，但他很快就按住自己，靜止不動承受龍人的重量，隔著衣衫感受對方略微偏涼的體溫。

無經驗的不只有顧玫卿，黑格瓦顯然也是，他雖然主動靠上 Omega 的背，但是整個背脊乃至龍尾都刻著緊繃，不像依靠著一個人，而是靠著脆弱的蛋殼。

不過隨兩人相倚的時間增長，顧玫卿隔著衣衫感覺身後的背脊緩緩放鬆，眼角餘光瞄到黑色龍尾轉向自己。

同時，黑格瓦打破沉默。

「我本來想讓你吃吃看可卡可可。」

「可卡可可？」

黑格瓦低落道：「安蒲——我們面前的小鎮的名字——的著名小吃，是把最廉價的合成食物粉，混合大概一口氣就能吹跑的小麥粉，加入合成油、合成糖和成分可疑的獨家祕方後，揉成小球油炸。」

顧玫卿不諳烹飪，但聽著黑格瓦提到的材料，他很快就皺起眉，猶豫道：「殿下，這聽起來……」

「是垃圾食物。」

黑格瓦說出顧玫卿的心底話，低著頭笑道：「垃圾中的垃圾，毫無營養價值，卻又讓人一口接一口停不下來，當年我和小夏一起住在鎮上時，他老把我留給他的飯錢拿去買可卡可可，我發現一次罵一次，最後是靠重傷才讓他停止。」

「重傷？」顧玫卿的聲音拔高。

「我和鎮上的機甲隊一起接活，某次護送商隊時遇上埋伏，雇主雖然全員無傷，但包含我在內的三個駕駛員都被打到半死，其中我最慘，人瀕死機甲半毀。」

黑格瓦偏頭回憶：「我恢復意識時，小夏趴在我床邊說夢話，內容大致是他以後會好好吃飯，再也不偷買可卡可可，請星神不要把我帶走。」

顧玫卿腦中浮現年幼的白龍人趴在床邊，闔著眼泣訴的模樣，垂下眼睫由衷道：「陛下很重視殿下。」

「因為當時我們只剩彼此。」

黑格瓦苦笑，再收起笑容：「在那之後，小夏一夜長大了，不只乖乖吃飯，還會做家務、去隔壁醫生家打工兼學包紮，而我則下定決心砍掉半支角賣錢。」

在全息遊戲遇到敵國O上將
怎麼辦？可是很香
愛呦文創
愛呦文創
©《在全息遊戲遇到敵國O上將怎麼辦？可是很香1》M.貓子

「砍掉角賣錢？」

顧玫卿猛然回頭，「您的角不是在機甲爆炸中，意外被削掉的嗎？」

「那是傳言，畢竟實情聽起來毫無英氣，只有銅臭味。」

黑格瓦聳肩，「外界對龍人的角有諸多傳說，例如，帶龍人的角進賭場每把必贏、掛在拓荒船的雷達下方可以保證找到資源行星、製作成項鍊戒指戴在身上可以擋災、磨碎吞下可以多活五十年……功效之多夠說上一整晚，因此龍角在黑市很值錢。」

「您的角這麼厲害？」顧玫卿瞪大眼。

黑格瓦挑眉瞥向顧玫卿問：「如果我說是，你打算砍一些帶回去嗎？」

顧玫卿挺直背脊，認真更堅定地道：「我會盡全力護衛您與您的角。」

黑格瓦嘴角微顫，笑出來：「那都是胡編的，龍角和山羊人、牛人的角沒有多大區別，都是骨質再加一點點血管神經罷了。」

「都是假的嗎？」

「都是假的，不過雖然是假的，卻不妨礙龍角在黑市的行情。」

黑格瓦搖晃腦袋，「我找人鋸掉半根角，託信賴的仲介賣出去，拿到的錢在付完醫藥費、機甲維修費、房租、生活費後，還夠付我的學費。」

「學費？您當時還是學生？」

「不是學校的學生。這座鎮上有一名非常厲害的機甲駕駛員，我想請他教我想很久了，但就是拉不下臉又捨不得花錢。」

黑格瓦笑了笑，收起笑容抬頭仰望星辰，平靜地道：「但那次瀕死讓我認知到，我很弱，區區普通強盜就能把我打到瀕死，而我若是死了，小夏也活不久，單單衝著這點，我就

必須想辦法變強。」

顧玫卿微微蹙眉，他從黑格瓦平穩的話聲中捕捉到一絲痛苦，想關心又不知道如何開口，苦思片刻後只能順著話題：「我有點難以想像您有老師。」

黑格瓦肩頭一顫抖，笑出聲：「我不只有老師，還是從嬰兒長成的呢。」

「殿下……」

「不用道歉，我知道你的意思是『您看起來太全能了，不需要老師』。我的確刻意營造這種形象，你會這麼想代表我成功了。」

「非常成功。」

顧玫卿老實回答，停頓一會，他作為軍隊指揮官的部分忽然警醒，灰瞳一凜問：「殿下的師父今年幾歲？」

「大概八十快九十吧。」

「他是人類、獸人還是其他種族？」

「獸人中的豹人。」

「他除了您以外，還有其他徒弟或屬下嗎？」

「我想想……在我離開前，師兄弟加部屬至少有二十人吧。」

「這些人重視安蒲嗎？會為了鎮上的人拚命，還是將這裡當成單純的落腳處？」

「相當重視，他的家族世代都住在安蒲。你問這些做什麼？」

「能被殿下選為導師的機甲駕駛員肯定身手不凡，一般強盜不會襲擊擁有戰力的城鎮，除非他們有自信擊倒守衛者，或是……」

顧玫卿目光轉沉，認真思索：「您的師父與其部屬因為某些原因死亡、殘廢，進而失去保衛安蒲的能力。」

顧玫卿話一說完，身後的背脊就微微一顫，驚覺自己二度將話題帶進死巷，趕緊回頭道：「對不起！我又……那只是我的臆測！都是臆測，沒有根據！」

「……」

「總之，天亮後我們把鎮上好好搜一次，應該能找到能反駁我的證據！」

「……」

「只要沒見到屍體就還有希望！所以……」

「噗哈哈哈哈！」

顧玫卿的話聲和黑格瓦的笑聲疊在一起，他睜大眼睛望著笑到整個上半身都在打顫的龍人，滿臉的茫然困惑不知所措。

黑格瓦笑了將近半分鐘才停下來，側頭瞄向Omega道：「你真的……一點也不擅長安慰人呢。」

「殿下，我……」

「無須道歉，不擅長安慰就別安慰，反正我也不習慣被安慰。」黑格瓦輕笑。

「不習慣……是很少被安慰的意思嗎？」

「與其說很少被安慰，不如說我盡可能不讓自己被安慰。」

黑格瓦在顧玫卿眼中捕捉到驚訝，笑了笑問：「你覺得，人在什麼狀態下，會讓另一個人想安慰他？」

顧玫卿微微仰首思索道：「悲傷、痛苦、失落、失望……很多狀態都會。」

「但無論是哪種，都是不好的狀態吧？」

「是能這麼說……啊！」

顧玫卿眼睫一顫，忽然明白黑格瓦的顧慮。

人只有在狀態不好時才會讓旁人開口安撫，然而對於像黑格瓦這種肩負一個國家，備受期待也樹敵眾多的大人物來說，被己方發現自己狀態不佳會動搖信賴，遭敵方察覺輕則蠢蠢欲動，最嚴重的是會引來戰爭。

因此黑格瓦無論對外還是對內都不能示弱，他必須披上神武英明、無堅不摧的假面，藏住血淚、脆弱、不安與動搖。

顧玫卿拉平嘴角，望著黑格瓦的側臉誠心道：「您辛苦了。」

「不苦，習慣了。」

黑格瓦笑了笑，挑起單眉道：「再說你的處境也沒比我好到哪裡去，不是嗎？」

「我——」

顧玫卿拉長尾音，他不像黑格瓦站在一人之下億萬人之上的高位，但作為目前聯邦軍階最高的Omega，社會上崇拜自己的人不少，但是仇恨自己、渴望看見自己墜落的族群也同樣龐大。

他的家族中就有不少仇恨者，軍中也有，只是願意幫助自己的人更多。

這些好人願意賭上自身前途、名聲甚至性命支援他，但也因為如此，顧玫卿更不想讓他們失望。

這麼一想，他的確與黑格瓦一樣，不能向人尋求安慰……

——給我的花姬。

銀白色的手寫字忽然闖進顧玫卿的思緒中，像冬夜裡的暖爐般驅散寒氣，只留下環繞胸口乃至頭殼的暖意。

「我有一個可以盡情尋求安慰的對象。」

顧玫卿回想起法夫納高大、挺拔的身影，話聲脫去淡漠，不禁染上一絲燙熱：「雖然我們偶爾才能見面，每次還僅能相處一兩個小時，可是那短短六十到一百二十分鐘，是我人生中最放鬆、自在、充滿安全感的時刻。」

黑格瓦的雙唇緩緩抿起，沉默五六秒後忽然站起來道：「今天晚上比較冷，你回車上吃飯吧。」

「有嗎？我不覺得氣溫有變化……」

「回車上。」

黑格瓦沉聲重複，他走回自己的毯子前，調大野營爐的火後坐下。

顧玫卿眨了眨眼，即使是對情感遲鈍如他，也明確感受到黑格瓦的情緒一瞬間落入低谷，張口想問對方怎麼了，又怕說錯話把場面搞得更難看。

更別提黑格瓦心情不佳的原因十之八九是自己，只是對於他是哪一句話或哪個舉動惹怒龍人，顧玫卿一點線索也沒有。

好不容易和緩拉近的距離，被自己的笨拙給毀了。

顧玫卿雙唇抿起，失去另一人體溫的後背泛著涼意，讓他不自覺地縮起肩膀。

黑格瓦的視線悄悄掠過顧玫卿，目光由深幽轉為苦澀，端起鋁箔盒嘆氣地道：「別胡思亂想，我只是想獨自待一會。」

「不是因為我亂講話或做錯事？」

「你何時亂講話、做錯事過？」

黑格瓦挑眉，垂下肩膀露出一絲疲色，「我只是忽然想起公務，覺得鬱悶，想一個人靜一靜罷了。」

「真的？」

顧玫卿斂起瞳眸細看黑格瓦。

這舉動讓黑格瓦哭笑不得，將略微失溫的烤肉串舉到野營爐前，望著焰火，「騙你做什麼？快點回車上，別著涼了。」

顧玫卿對自己搞砸氣氛的能力從不懷疑，因此對黑格瓦的回答抱持懷疑，沒有立刻上懸浮車，而是在營火邊待了五六分鐘，確認龍人呼吸心跳神情都堪稱平緩後，才端著肉湯米飯回到車上。

他坐上駕駛座，命令車子收起方向盤伸出小桌子，在將食物放上桌面時瞄到儀表板上的日期顯示，整個人瞬間凍結，盯著冰藍色的數字好一會才扭頭大喊：「殿下，您知道今天是幾號嗎！」

「今天……」

黑格瓦微微晃動龍尾，計算道：「終戰紀念日是四月二號，我們在魯苦待了五天……今天應該是七號。」

「七號是週六嗎？」

「這要查月曆，懸浮車上可以看。你問這些做什麼？」黑格瓦皺眉。

「我……」

顧玫卿盯著日期顯示，感覺自己的眼眶迅速發熱發酸，累積超過兩個月的期待於眨眼間變化成失落。

在與法夫納結為主奴關係後的第二年，他第一次失約了。

「你怎麼了？」黑格瓦的聲音微微拉高。

顧玫卿揪著掌心壓抑哭泣的衝動，張口閉口數次才擠出聲音：「沒事。我只是錯過一個重要的約會了。」

黑格瓦的尾尖微微一抖，但馬上就穩住情緒：「放心，對方看新聞就會知道原因。」

「他不會知道。」

「他不看新聞？」

「他……他就是不會知道。」

顧玫卿聽見自己的聲音帶著哭腔，接著面頰就滾下燙熱的淚珠，上身一顫抖，抹掉淚水道：「抱歉，我……」

「置物櫃中有面紙。」

「不、不是！我……嗚嗚！」

「想哭就哭吧，這裡沒有媒體，只有看不見你的我。」

「殿下……我……」

「如果那人看新聞也不知道理由，那就回聯邦後親自向他解釋。」

「不是新、新……我沒辦……沒辦法……」

顧玫卿張口再閉口，他不知道該如何向黑格瓦說明，更不曉得要怎麼向法夫納解釋自己的失約，失落與恐懼襲上心頭，令他的心臟像是被鐵鉗銜住般疼痛。

黑格瓦拉平嘴角，仰首遙望星空低聲道：「對方若是不諒解，我可以陪你一起去解釋。放心，我一定會送你回去，現在就先哭一哭，好好發洩。」

沉厚的話聲讓顧玫卿瞬間想起法夫納，忽然有種心愛的主人一如過往端坐在沙發坐上，支著頭強勢也溫柔地說，在他面前不准壓抑情緒。

顧玫卿再也克制不住淚水，坐在駕駛座上放聲大哭。

◆◆◆

顧玫卿與法夫納的相遇在兩年前，但相遇的契機卻是三年前的邊境巡航。

那時的顧玫卿剛從三軍的副司令升任總司令，官階是中將，第一個任務就是帶領第三軍前往西南邊境巡邏。

這本該是一次沒什麼大事的例行任務，但不知該說李覓觀察力過人，又或是顧玫卿的事故體質正常運作，他們在返航前和被宇宙海盜挾持的船隊偶遇，識破海盜的謊言後，救下船隊並一路打到海盜老家。

而在海盜頭子的根據地內，顧玫卿遇上了改變他一生的影像。

為了確保沒有漏網之魚或未救出的俘虜，顧玫卿帶著第三軍在根據地做了數次地毯式搜索，翻出數間不在平面圖上的密室，其中最隱密也最後發現的，是海盜頭子寢室內的密室。

那是一個配置極高的遊戲室，包含顧玫卿在內的人看見時，第一時間的反應都是「我們花了半天的時間破解的暗門，後面就藏這個？」

白焱甚至差點痛毆連線人偶洩憤。

然而當技術人員破解密碼，叫出遊戲室的使用錄影時，所有人都沉默了。

在立體投影紀錄中，狡詐多疑的海盜頭子戴著半臉面具，兩手著地赤裸裸地跪在地上，承受身後的蒙面女性鞭打、辱罵與踐踏，飽受蹂躪後才換得舔拭對方腳尖的獎勵。

「這是哪門子獎勵？那傢伙還笑得這麼開心！腦袋有洞啊！」白猋嫌惡地道。

「就醫學上來說，人腦是真的有洞。」

李覓一臉嚴肅、不帶感情地道：「此外，只要不犯法或對他人造成傷害，每個人的癖好都應該被尊重。」

顧玫卿聽著屬下的交談聲，雙眼直直盯著海盜頭子的投影，明明處於鞭撻中，但那張蓄著大鬍子的臉上卻極為放鬆，甚至能稱為愉快。

而這份愉快觸動顧玫卿的心弦，讓他明知不該直視他人的裸體，卻又挪不開眼瞳。

這份凝視一直維持到李覓伸手碰他的肩膀，顧玫卿上身一顫，轉過頭問：「什麼事？」

「什麼『什麼事？』，喊你好幾次你都沒反應，在發呆？」

「我沒有，我只是……」

顧玫卿將目光擺回海盜頭子身上，右手手指微微曲起，沉默五六秒才組織出言語道：「沒有看過這種……行為？」

「你說 BDSM？」

「這種行為叫 BDSM？」

「精確來說是 SM。BDSM……算是某種特殊癖號或遊戲吧！這個詞是三組行為的簡稱，BD 代表綁縛與調教、DS 是臣服與支配，SM 則是施虐與受虐。」

李覓在顧玫卿臉上看見全然的驚奇，詫異問：「你完全沒聽過？我以為像你們這種壓力山大的名門大家，多少會有一兩個家族成員喜歡這味。」

「我在進入軍校後就很少與親戚聯絡，不知道他們喜不喜歡。」

「所以我的推測有可能是對的？」

「有可能，我不清楚。你為何這麼了解？」

「我大學室友在 BDSM 俱樂部打工，每天下班都強行跟我分享工作內容。」

「BDSM 還有俱樂部？」

「有喔，分成線上制和實體制，實體制的是有實體店面，會員們前往店內使用遊戲室和真人進行角色扮演遊戲，我室友打工的是這種；線上制則是各自在自家的遊戲室和主人、奴隸連線，這種比較考驗財力，比實體制的高級。」

李覓搖晃頭顱，「但無論是實體還是線上，都是會員制，部分俱樂部進入時還需要介紹人，然後所有人都必須使用假名。」

「這是要……防止媒體和閒雜人等進入？」

「沒錯，畢竟 BDSM 不犯法，卻也不是鋼琴、籃球、烹飪這種能掛在嘴上的興趣。」

李覓從眼角餘光瞄到連線人偶腳下卡了一張黑色紙片，彎腰拾起紙片念誦：「『假面舞會，38119024』這八成是他所屬俱樂部的入場券之類，就不知道是正經的還是做黑的。」

「雖然可以交給情報部處理，不過……黑店倒還好，若是正經而且有眾多顯赫客人的店，那就麻煩了，單是『軍方在打聽俱樂部的事』就足夠讓我們被砍預算了。」

顧玫卿看著李覓指尖的黑卡片，右手手指由曲起轉為握拳，最後伸手抽走卡片道：「我來處理。」

「你要處理？」李覓挑眉。

「我用自己的人脈查，這樣若是有人不滿，也不會直接查到軍方。」

顧玫卿在說話同時將卡片收入口袋中，轉身不給部屬追問的機會，以介於奔跑和快走之間的步伐離開遊戲室。

接下來的時間顧玫卿一面處理從海盜根據地搜出的情資，一面時不時擔心李覓要求自己交出小卡片。

然而李覓像是忘了這件事般，直至兩人結束任務在首都星的宇宙港分別時，都沒再提起卡片或俱樂部的事。

顧玫卿帶著卡片返回居所，趁著休假日聯繫先前被自己救過的情報商，將卡片的照片傳給對方調查。

接下來一個月，顧玫卿時常夢見滿天紛飛的黑卡片，或是被皮鞭抽打的海盜頭子，但無論是哪一種夢境，甦醒時環繞他的都是不安與空虛。

他試圖增加訓練強度來抹去夢境，但無論在模擬艙、健身房或道場待到多晚，卡片與海盜頭子仍舊會在闔眼後降臨。

終結夢境的是情報商的回覆，他在信中告訴顧玫卿，這張黑卡片是聯邦中最高檔的線上BDSM俱樂部「假面舞會」的會員證，上頭的號碼是會員編號，至於俱樂部的入口連結則藏在卡片背面，肉眼無法辨識，電腦可以掃描。

……假面舞會的客人全是政商名流，俱樂部本身有登記立案，也沒傳出任何糾紛或洩密紀錄，中將或中將的朋友有興趣的話可以放心加入——雖然會費不便宜，對遊戲室的配制（見附件）要求還高得要命。

顧玫卿坐在餐桌前讀著情報商的郵件，他的理智、從小到大的教養都告訴自己，這封信件就是結局，不該再前進一步；可是情感以及海盜頭子的笑容，都在引誘Omega向前。

這份拉扯持續整整一週，期間理性一點一滴壓過感性，眼看就要將卡片從抽屜移居垃圾桶之刻，顧玫卿收到父親的信。

信件內容非常簡潔，大致是顧玫卿的異母弟弟要過生日了，為了替將來的軍旅生涯鋪路，這次生日宴會邀請很多人，要顧玫卿回來露臉，外加把年終獎金匯過來當宴會經費。

顧玫卿瞪著乘載信件的投影視窗，腦中閃過一陣白光，待回神時他已經將年終獎金與一部份積蓄砸去升級遊戲室。

然後回給父親一千塊與三句話：沒空回去，只剩這些，其他花光了。

拜此之賜，接下來數周顧玫卿在物理與電子意義上都過得很熱鬧——遊戲室的升級工程緊鑼密鼓地展開，而父親則每天至少發三則郵件譴責或哀求他。

好在顧玫卿的父親是沒有恆心的人，遊戲室的升級工程也提早結束，讓他得以在週五下班後拿出黑色小卡，坐在地上期待又忐忑地命令電腦掃描。

「獲得連結……連線正常……虎克先生，歡迎回到假面舞會。」

遊戲室迴盪著溫潤的合成女子音，蒼白的空間同時轉為懸掛匕首、船錨、十字圓窗的木質船艙。

顧玫卿睜大眼睛環顧四周，還沒從驚奇中脫離，便又聽見女子的聲音：「虎克先生，您今天想進行什麼遊戲？」

顧玫卿僵住，望著十字窗外游動的鯊魚群，垂在地上的手握起再鬆開，反覆數次才低聲回答：「我不是虎克先生。」

遊戲室先陷入寂靜，再響起女子音：「實際聲紋與登錄聲紋不符，請使用登錄聲紋發出指令，否則將聯繫管理員處理。」

「我不是虎克先生。」

「實際聲紋與登錄聲紋不符，將轉接至管理員……轉接完成。我是編號六七九號的管理員，虎克先生，請遵守登入規定。」

「我不是虎克先生。」

「虎克先生……」

「我不是虎克先生！」

顧玫卿重複第四次，一把無名火忽然燒上胸膛，朝虛空甩出黑卡片咆哮：「我是逮捕虎克先生，抄了他的家再摸走他的登入卡片的人，你們可以馬上把我踢出去再砍掉這個帳號，要報警也無所謂，我不在乎！」

回應顧玫卿的是第二回寂靜，他仰著頭等待系統將自己踢出去，然而在近五分鐘後，一個與先前截然不同，屬於真實女性而非電子音的聲音傳出：「請問該如何稱呼？」

顧玫卿張口再閉口，來來回回好幾次後，垂下頭沙啞地道：「我不知道。」

「我能用先生稱呼您嗎？」

「可以。」

「好的，那麼這位先生，方便請教您為何要拿走虎克先生的卡片嗎？」

「因為他看起來很快樂……我是說，他在遊戲室中……不對，是在遊戲室的錄影紀錄中，應該是貴會的遊戲中，看起來很快樂，所以我、我……」

顧玫卿無法將心念組織成言語，雙唇對著空氣開開合合數次，最後垂下頭掩面道：「抱歉，我……我會自己離開。」

「我誠摯希望您能成為本俱樂部的會員。」

「我馬上就登……妳剛剛說什麼？」顧玫卿放下手抬頭。

「我代表假面舞會，誠摯希望您成為本會的新會員。」

「……妳確定？」

「確定。恕我冒犯，但我剛剛藉由連線掃描了先生的身體，您的體態、聲音還有性格都是最優級。」

「最優級……你說我？」

「是的，您若是願意加入，會費可以打三折。您意下如何？」

「我——」

顧玫卿拉長尾音，內心有個聲音要他想想自己的身分與義務，然而海盜頭子的笑臉同時浮現，那幸福又陶醉的笑容是如此迷人，彷彿沙漠中獨行的旅人終於找到綠洲。

「我想加入。」

顧玫卿推開了內心制止的聲音，雙手緊握道：「不過我沒接觸過 BDSM，我只有看過影像……一小段影像。」

「不用擔心，本會有詳盡的新手教學。」

女子停頓片刻道：「接下來我將為您設立新帳號，登入密碼是您的聲紋，登入帳號可以隨您的喜好設置，而這也將成為您在俱樂部的預設暱稱——您可以設置多組暱稱。您要用什麼暱稱？」

顧玫卿本想回答「再讓我想想」，但腦中忽然出現老家的玫瑰園，在母親因車禍成為植物人前，那一直是他心中最美的花園。

「蘿絲。」

顧玫卿聽見自己如此回答，閉上眼既是強調也是宣示：「我是蘿絲。」

「好的，蘿絲先生，您的帳號已建立完成，新手教學與新人推薦商品都已準備好，您隨時可以閱覽。」

「謝謝。」

「不客氣，如有任何需要，請呼喚俱樂部的ＡＩ管家。我是編號十三號的管理員，很高興為您服務，祝您有一個愉快的夜晚。」

語畢，顧玫卿面前彈出兩個視窗，一個中央掛著「BDSM 介紹．入門篇」，一個則是涵蓋服裝、道具、家具、連線人偶……諸多品項的商品頁面。

入門介紹與商品頁面中的內容超乎顧玫卿的想像，他時而臉紅心跳時而瞠目結舌，研究了將近兩個禮拜才決定要購買哪些配件，以及自己在俱樂部中的身分。

為了方便配對，假面舞會提供上百種身分標籤供會員選擇，顧玫卿選擇了新手、男性Omega 和Ｍ。

前兩個標籤很好理解，代表他對 BDSM 圈的經驗和生理性別，最後一個則代表受虐者。對顧玫卿而言，痛苦就是痛苦，他很擅長忍耐痛楚，但不曾從中得到快樂，可是在海盜基地的遊戲室中，讓海盜頭子滿臉甜蜜的是女主人的皮鞭。

——也許我只是沒體驗過正確的痛？

顧玫卿抱著這個念頭，穿上商品頁面中貼有「最熱賣」標籤的鏤空皮衣，登入俱樂部開始自己的初體驗。

然後他很快就發現，管理員看走眼了。

一開始，顧玫卿每次上線都會收到二位數的遊戲邀請，但這些邀請大多沒有下一次，且隨著登入次數增加，邀請數也漸漸下降，終至完全無人邀約。

這讓顧玫卿感到困惑，試著改變穿著、增加標籤、主動接觸其他會員，在討論區發自我介紹文，也笨拙地聯繫先前的邀請者，耗費了大量的金錢與時間，換來的卻只有拒絕。

而在已讀不回的訊息累積到近百則後，唯一一名和顧玫卿進行過三次遊戲的會員回了一封長信。

蘿絲，你有沒有考慮過轉做S或主人？

信件開頭的第一行就是讓顧玫卿傻住的建議，他盯著文字五六秒，才僵硬地往下讀。

我這麼說不是因為你欠缺服從性或耐不住痛，而是……該怎麼說呢？當我在使用刑架、繩縛或皮鞭對你施虐時，你雖然毫無反抗，幾乎能說是一個口令一個動作，但我始終覺得自己在面對一頭收著爪子靜待反擊機會的獵豹。

這讓我想到一些知名主人，你有著不輸他們的氣勢，一些舉止動作甚至更加俐落凶狠，讓我一瞬間覺得該被銬住接受鞭打的人不該是你，是我。

如果你願意當主人，那肯定會迷倒很多奴，連一些主人也逃不過你的魅力。

你若是有這個打算，再聯絡我，我願意為你當奴。

顧玫卿壓在雙人床上的手握起，凝視最後一行字許久，才把信件扔進垃圾桶中。

他不願放棄追尋那日見到的笑容，但是也不知該如何讓自己受其他主人的喜愛，俱樂部的推薦商品幫不了顧玫卿，討論區也沒人討論如何收斂氣勢，反倒是第三軍有人偷偷討論起總司令最近似乎更嚇人了。

——也許不是我沒體驗過正確的痛，而是我就是個錯誤的人。

顧玫卿忍不住如此質疑，而就在他要接受這個推測時，轉機降臨了。

那是發生在某個週五夜晚的事，他一如往常清潔身體後進入遊戲室，換上面具、假髮、丁字褲和皮製束帶，帶著九分恐懼一分希望，在公開頻道掛出「等待遊戲邀約」的訊息，在經過整整半小時的寂靜後，他總算聽見代表邀請訊息的叮咚聲。

顧玫卿立刻抬頭，看見寫著邀約人訊息的投影視窗，心情瞬間從驚喜轉為驚恐。

為什麼？因為送出邀請的人是假面舞會中擁有上百篇討論文、近千名仰慕者，卻從未在討論區或公開頻道發言的傳奇主人法夫納。

顧玫卿瞪著投影視窗，直到對方使用震動功能提醒回應，才脫離震驚，抖著手指按下「同意」鍵。

片刻後，沙發椅上的人偶泛起白光，從沒有五官略顯浮腫的人型，一吋一吋變化成連線者的樣貌。

那是一名戴著黑色半臉面具，身高超過兩百公分的短髮男性，身上僅穿著黑襯衫和黑長褲，但憑藉寬闊的肩膀、飽滿的胸膛、緊實的腰桿和長得有些嚇人的雙腿，硬是將單調的衣物穿出國王的風采。

顧玫卿清楚感覺到自己的心跳往上飆，他看過許多關於法夫納的討論，也曾在腦內幻想過對方的樣貌，但作夢都沒想過能看見本人。

而本人和他想像中一樣高大，卻更加英俊。

男性——法夫納——睜開眼瞳，緩緩將遊戲室掃過一輪後，將視線投向顧玫卿，以低沉到讓Omega頭殼微麻的聲音道：「你臉上刻著問號呢。」

「是……不是！呃……我只是，怎麼說……」

「冷靜，我不會吃人，有問題就問。」

「……我可以發問？」

顧玫卿睜大眼，他第一次遇見會主動允許他提問的主人。

「有何不可？」法夫納偏頭反問。

「那——」

顧玫卿拉長語尾，猶豫許久才鼓起勇氣問：「您真的是那位法夫納嗎？」

「哪位法夫納？」

「擁有非常多仰慕者，在討論區時常被提及，但從未回文過的法夫納。」

「我不大逛討論區，也不清楚有誰仰慕我，不過我確定自己沒發過文。」

「所以您真的是那位傳奇的……」

「是不是，你用身體體會就知道了。」

法夫納從沙發右側的置物箱抽出圓棍問：「你的安全詞？」

「花園。」

「花園……挺不錯的安全詞，我記住了」

法夫納輕甩右手，讓棍子化為馬鞭，起身走向顧玫卿道：「跪下，兩手貼地。」

顧玫卿立刻擺出法夫納指定的姿勢，看著地板預期自己的後背或臀部馬上就會迎來鞭撻，然而半分鐘過去，接觸身體的卻只有空氣。

這讓他感到迷惑，想發問又怕觸怒法夫納，只能硬著頭皮等待對方的下一步。而在將近一分鐘後，他見法夫納的腳尖移動到自己面前，高大的主人蹲下身，望著Omega道：「你選擇的標籤中有M，但其實你不喜歡被虐打吧？」

顧玫卿先愣住，再直覺自己讓法夫納失望了，心頭一縮急切地道：「不、沒有！我能承受任何毆打或虐待！」

「承受和享受不一樣。」

法夫納低下頭也垂下手，握著皮鞭輕輕掃過顧玫卿的肩頭、後背乃至臀部道：「此時此刻，你的身體告訴我，它做好了承受毆打的準備，但並不享受。」

「我可以享受！」

顧玫卿的聲音驟然拔高，不想讓自己像歇斯底里的人，卻完全控制不住音量。

累積四個月的失落化為巨石，壓在顧玫卿的背上，雙手因為重量而打顫，話聲破碎地道：「我只是、只是還在學習，我會好好學習，努力學習，很快就會學會！」

「……」

「我會盡全力……盡一切努力，所以……所以……」

顧玫卿組織不出語言，只有淚水盈滿眼眶，模糊眼前的景色。不過在淚珠掉落前，一雙手闖進顧玫卿的視線中，法夫納握住他的手臂，溫柔也強勢地將Omega拉起來，帶到雙人床邊坐下。

顧玫卿仰頭想把眼淚收回去，沒注意周圍的動靜，直到床墊往下沉，才驚覺法夫納坐在自己旁邊，他低下頭結巴問：「你、您……怎麼、怎麼……」

「怎麼還沒離開？」法夫納替顧玫卿把話說完，放下馬鞭苦笑道：「在你眼中，我是會拋下哭泣的奴走人的主？」

「不不不是，我、我……」

「我逗你的。」

法夫納伸手從床頭抓來衛生紙盒，遞給顧玫卿道：「擦一擦，等你能好好說話時，我們再繼續。」

「我現在、現在就能……能……」

「你不能，再勉強自己我就離房了。」

「我沒……」

「最後一次警告。」法夫納沉聲道。

深藍眼瞳中映著顧玫卿的容顏，表情與眼神都沒有變化，卻給人媲美巨岩的壓迫感。這讓顧玫卿想起自己在軍校時遇上長官巡查的記憶，反射動作地閉上嘴，低頭乖乖抽衛生紙拭淚。

經過數分鐘的情緒整理後，顧玫卿深吸一口氣，望向法夫納細聲道：「我……我可以好好說話了。」

「確定？」

「確定。」顧玫卿點頭。

法夫納面具下的眼瞳微微斂起，凝視顧玫卿片刻才開口道：「我有幾個問題要問你，你可以拒絕回答，但不能說謊，一旦說謊，我就會登出房間。能接受嗎？」

「可以。您想問什麼？」

「當你在公開頻道貼出『等待遊戲邀約』的訊息時，你想得到什麼？」

「得到一個遊戲邀約。」顧玟卿答得有些心虛，他直覺這不是法夫納想聽的解答，可又想不到其他答案。

果然，法夫納的回應是短暫且尷尬的沉默，不過在沉默之後他並沒有如顧玟卿所猜想，嘲諷、憤怒或扭頭離開，反而用比先前溫和不少的口氣問：「然後呢？你想從遊戲邀約中獲得什麼？」

「我想從遊戲邀約中得到……」

顧玟卿雙眉緊蹙。

取得遊戲邀約後，迎接他的是一個安全詞、甩動的皮鞭或馬鞭、禁錮手腳的銬鐐、叫人窒息的刑具和眾多的言語羞辱，但這些就是他想獲得的嗎？

「蘿絲，」法夫納的聲音將顧玟卿拉回現實，他直視 Omega 的雙眼，輕柔但也清晰地問：「你是為了什麼，才加入假面舞會？」

「我是……」

顧玟卿的聲音卡在喉中，過去數個月他先是將閒暇時間全拿來研究 BDSM，而後又為了留住邀約者做出各種努力，而驅使自己費時費力砸出積蓄的原因是……

——這是哪門子獎勵？那傢伙還笑得這麼開心！

——只要不犯法或對他人造成傷害，每個人的癖好都應該被尊重。

白猋和李覓的話聲倏然浮現，將顧玟卿帶回到數千光年外的海盜根據地，站在最高規格的遊戲室內，看著海盜頭子在踩踏中露出甜蜜的笑靨。

「是什麼？」法夫納輕聲追問。

「是因為那個人在做M時，看起來很快樂。」

顧玫卿回答，凝視不存在於此的影像，乾澀且渴望地道：「那個人在遊戲室……在假面舞會中的模樣與現實中截然不同，現實中的他無論掠奪成功還是戰敗被俘時，臉上都只有厭煩。但當他進入舞會後……他看起來是那麼放鬆，雙眼、嘴唇、整個身體都刻著喜悅。」

「你想和他一樣快樂？」

「是。」

顧玫卿點下頭，手中的衛生紙盒已被捏到變形，他低頭看著扭曲的盒子，沙啞、失落、痛苦而不甘地道：「但我不能，我試過，試了半年，但還是不行，我……不管面對哪個主人，使用那些道具，我都不快樂。」

法夫納緩緩拉平嘴角，注視弓著背脊搖搖欲墜的Omega，沉聲道：「也許，那個人的喜悅不是源自做M，是源自做喜歡的事。」

「我不大懂……」

「他之所以能在折磨與虐打中露出笑容，是因為他喜歡受虐。但每個人的喜好不同，能讓他愉快的事，不見得適合你。」

法夫納將顧玫卿手中的衛生紙盒抽出，撫平對方的雙手，「你應該去尋找能讓你喜悅、填滿內心空洞的活動，而不是模仿他。」

「讓我喜悅、填滿空洞的活動……」顧玫卿呢喃。

他腦中第一個浮現的是機甲，在駕駛機甲馳騁銀河時的快意、突破自身極限時的驚喜、戰勝敵方時的成就感、與戰友們互補互足的安心……以上種種全都讓他癡迷不已。

「想不到嗎？」法夫納問。

「有想到，但是……」顧玫卿張口沒有繼續說下去。

「但如果那項活動足以滿足你，你就不會被他人的笑容所吸引了。」

「是……」

顧玫卿垮下肩膀，縮起身體細聲道：「我該怎麼辦？一直這麼下去？一直這麼……空洞、焦躁、飢渴地活下去？」

法夫納沒有馬上回答，凝視顧玫卿蜷縮的身軀，垂在身側的手抬起數吋再放下，張口懇切地道：「你需要去做心理諮商。」

「軍……我工作的單位每半年會做一次心理評估，我每次都有通過。」

「心理諮商和心理評估是兩回事……」

法夫納話聲漸弱，望著顧玫卿蒼白的臉龐、絞在一起的手指，嘆氣：「罷了，遠水救不了近火，先幫你止痛再說。」

「止痛？」

「你想要快樂，我可以給你，不過是純官能向的，能接受嗎？」

「純官能向是……」

顧玫卿猛然明白法夫納的意思，面色瞬間轉紅：「我、我……性交，性行為還是……」

「我沒打算插入。我跟任何人都不會做到那步，只會用手和嘴。」

「我沒有幫人用手或口弄過。」

「不是要你幫我，是我幫你。」

「原來是您……咦咦咦！」顧玫卿從床上彈起來。

法夫納微微睜大眼，愣住半秒後莞爾道：「你也太驚訝了。」

「不是、因為……您不是主人嗎？」

「是啊。」

法夫納點頭，望著滿臉不可思議的顧玟卿笑道：「怎麼了？難道在你心中，主人是只動口不動手的存在？」

「不是！主人當然也會動手，只是……呃，為什麼要這麼犧牲？」

「我不認為讓你快樂叫犧牲。真要說的話……這算面試。」

「面試？面試什麼？」顧玟卿眨眨眼。

「你的主人啊。」

法夫納答得毫無滯礙，瞄了顧玟卿一眼笑道：「你的下巴要掉地上了。」

「我、呃不是……我不懂。」

「是不懂主人為什麼需要面試，還是不懂我為什麼想應徵你的主人？」

「都不懂。」

顧玟卿垂著肩膀，打從法夫納進入自己的房間後，他的情緒就一直在驚喜和驚嚇反覆橫跳，但此刻則是既驚喜也驚嚇。

「首先，主人是支配者，但不是理所當然的支配者，他必須向奴證明，自己有能力讓奴獲得快樂、值得奴的信賴，然後才有資格支配奴的身心。因此，主人當然需要『面試』，且面試官還是奴。至於我想做你的主人的原因……」

法夫納將顧玟卿從頭到腳掃過一輪，勾起嘴唇，「你無論容貌、體格、聲音還是性格都很合我的胃口，可愛死了。」

顧玟卿兩眼圓睜，他不是第一次被人讚美外貌，但從未有人用「可愛」形容自己，更別

提這還包含性格，在性格這塊，自己聽過最好的形容也是「剛毅寡言」、「沉默忠厚」這類與嬌俏迷人無關的描述。

法夫納瞧見顧玫卿的驚訝，臉上的笑意擴大，瞇起藍瞳仰望 Omega 道：「我很好奇，當你完全放鬆，露出甜美而忘我的笑時，會多麼美麗。」

顧玫卿的胸口一陣燙熱，他又想起海盜頭子饜足的笑臉，不過一同浮現的還有過去數月直線下降的邀約數，期盼、渴望與不安拉扯心弦，他下意識避開法夫納的目光，盯著地板道：「我可能會讓你失望。」

「那不是你要負責的事。」

法夫納朝顧玫卿伸出手，「你願意給我面試機會嗎？」

顧玫卿看著法夫納的手，忽然感覺在他眼前的不是手掌，是一扇可能通往天堂，也有機會打開煉獄的門。

「不願意就拒絕，別有壓力。」法夫納輕聲道。

顧玫卿心弦一顫，某種他無法辨識的衝動湧向手臂，他抬手放上法夫納的掌心，「我沒有跟別人做的經驗，自己做的次數也很少，所以……大概幫不上什麼忙。」

「你不用幫忙，你只需要享受。」法夫納微笑，放開顧玫卿的手環顧左右問：「你這裡有乳液、潤滑液或按摩油之類的嗎？」

「有潤滑液和按摩油。」

顧玫卿快步走到床邊矮櫃，拉開第一個抽屜拿出未開封的軟管式潤滑液，與一瓶半滿的按摩油遞給法夫納。

法夫納接下潤滑液與油，再用另一隻手拍拍雙人床，「抱住枕頭，伏躺在我背後。」

顧玫卿爬上床鋪，抓著枕頭趴臥在法夫納拍打的位置，不確定地問：「這樣嗎？」

「過去一點。」

「這樣？」顧玫卿把身體往前挪。

「可以了。」

在法夫納回應後沒多久，顧玫卿就感覺腰部兩側的床墊往下陷，另一人的手掌貼上後背，陌生的感受與「另一人即將碰觸自己的私密處」的現實，讓他本能地繃緊身體。

法夫納捕捉到顧玫卿的變化，抽回手問：「你很少被人從背後碰觸？」

「非常少。」

——而且我習慣把從背後靠近的人過肩摔。

顧玫卿將後半句話留在喉中，同時意識到法夫納發問的原因，帶著幾分不好意思道：

「抱歉，我會盡力放……」

「你不用做任何事。」

法夫納打斷顧玫卿，伸手將顧玫卿的假髮撥到一側，「你知道嗎？其實我不在這裡。」

「不在這裡？」

「與你共處一室的，是你買的連線人偶，不是我。」法夫納將手掌放上顧玫卿的肩膀，

「所以不要把我當人，而是當成自動按摩棒之類。」

「自、自動按摩棒？那也太失禮了。」

「沒關係，我不在乎。」

法夫納伏下身，靠在顧玫卿的耳畔用氣音道：「我只在乎你快不快樂。」

顧玫卿的眼瞳倏然睜大，耳邊的低語宛若手術刀，一刀劃破心底某個疏於照顧、化膿腐

敗的地方，令他的胸膛一陣灼熱再一陣抽痛，抓著枕頭才勉強忍住淚水。

法夫納看見顧玫卿肩頭的抽顫，但他沒有戳破，只是默默扭開按摩油的蓋子，把油倒上掌心揉熱後，張開手指貼上Omega的肩膀。

顧玫卿再次本能地緊繃肌肉，但片刻後，他相當意外地發現，法夫納的碰觸不帶挑逗或性意味。

對方像個老練的按摩師，由輕至重地揉開僵硬的肩頸與手臂，再向下紓解同樣糾結的背脊、腰部、大腿，過程中甚至避開了諸如臀部、大腿根部等性感帶。

這使顧玫卿先詫異，再隨指掌流轉漸漸放鬆，最後甚至湧現睡意。

幾乎在顧玫卿開始打瞌睡的下一秒，法夫納再次伏下身，雙唇貼上Omega的頸側，撒下羽毛般細碎的吻。

拜此之賜，顧玫卿懸在清醒和睡著之間，矇矓中捕捉到法夫納的手滑過腰側鑽到胸下，配合肩上的吻啄輕緩按揉。

顧玫卿的呼吸一點一滴轉沉，垂著眼睫感到法夫納的吐息與溫度繚繞皮膚，將睡意一點一滴釀成酥麻。

法夫納用耳朵與身體捕捉顧玫卿的狀態，在掌下的身軀徹底酥軟後，才動手解開對方身上的綁帶。

解放感覆蓋顧玫卿的神經，他忍不住嘆一口氣，感到法夫納的嘴唇與手掌向下移動，一吋一吋靠近臀部與胯下。

而當法夫納提起顧玫卿的腰把人擺成跪姿，再將右手蓋上對方的褲檔時，Omega的身軀驟然一抖，身體肌肉重新拉緊。

「記住我們的安全詞。」

法夫納挪開自己的手，抬起頭沉聲道：「任何時機、任何姿勢，只要你使用安全詞，我都會馬上停下來。」

顧玫卿抬起眼睫，眼眶微微發熱，揪著枕頭，「請……繼續。」

「別勉強自己。」

「沒有勉強。」

顧玫卿側過頭，雙頰因為羞澀而染上嫣色，睜著濕潤的灰瞳回望法夫納，「沒有勉強，但是請……請輕一點，我沒有經驗。」

法夫納沒有答話，盯著顧玫卿五六秒後，倏然低頭親吻對方的尾椎。

同時，他的右手隔著丁字褲握住顧玫卿的性器，左手撫上對方的大腿，一開始兩手的手勁都有些大，但片刻後就放輕放緩，配合吻吮愛撫Omega。

對顧玫卿來說，無論是法夫納的吻、碰觸，或自唇舌指掌下迸發的騷熱，都是極度陌生的感受，不安與陶醉同時湧現，讓他本能地往前躲。

法夫納沒有攔阻，只是默默追上，耐心地撫揉、吻吮顧玫卿的身軀，聽著前方再次粗沉的呼吸聲，在對方停止逃躲甚至蹭向自己的那刻，拉下丁字褲直接握住半勃的陰莖，五指做圈上下套弄。

比先前強烈數倍的快意席捲顧玫卿，他的雙腿隨著撫弄細顫，反射動作咬上枕頭，堵住自己的嘴。

法夫納瞧見顧玫卿的舉動，眉頭微微皺起，左手上移滑到Omega的臀上，揉捏圓翹的雙臀片刻，低頭舔上股間的肉縫。

顧玫卿瞬間瞪大眼，還沒從法夫納竟然願意舔自己的臀的震驚中脫離，臀縫就被對方的舌頭頂開。

法夫納一面用舌頭抽插、勾舔顧玫卿的臀口，一面加快右手撫慰的速度，左手也放肆地揉弄 Omega 的臀瓣。

電流般的快感打上顧玫卿的腦殼，他兩眼圓睜先鬆開下顎，再回神咬緊枕頭，極力將呻吟壓在喉頭。

法夫納的回應是伸長紅舌，在舔吮之餘快速戳揉顧玫卿莖身和冠狀溝，並用左手把玩脹大的囊袋。

這讓顧玫卿渾身打顫，龜頂很快就滲出白濁，後穴也被舔出水聲，理智與矜持在歡愉的大浪中搖搖欲墜。

——好舒服……

——好可怕！

——還想要更多……

——不行會上癮！

惶恐與喜悅一同撞擊顧玫卿，讓他時而前傾逃避法夫納的舔吮，時而翹起臀部迎向對方，恍惚間聽見浪蕩的喘息，先是一愣然後才意識到那是自己。

「唔、呃……哈啊！怎麼、怎……不是……喔喔——」

顧玫卿想閉上嘴巴，可是三處性感帶一同被進攻的快感過於強烈，他非但沒能忍住聲音，還越叫越大聲。

法夫納在叫聲中抽出舌頭，併攏食指和中指插進顧玫卿的後穴，長指彎曲兩下準確地壓上Omega的腺體。

顧玫卿眼前閃過白光，腿間的性器一抽，在按壓下高潮射精。

當顧玫卿恢復思考能力時，人已經被挪到沙發椅上，肌膚上沒有一滴精水，反而帶著被清理過的清爽感。

而法夫納則站在沙發邊，手裡拿著擰乾的毛巾。

這畫面過於魔幻，導致顧玫卿的腦袋又空白了兩三秒，這才彈起來喊道：「您、您您您擦、擦……」

「我大致幫你清潔過了，但最好還是沖過澡再休息。」

法夫納將毛巾交給靠近自己的家務機器人，望向顧玫卿問：「感覺如何？」

「感覺……咦？」

顧玫卿愣住，他的身體有些乏力，但卻前所未有地輕盈，彷彿在經歷過一場暢快淋漓的機甲模擬戰後，獨自坐在露天冷水池中仰望星空。

「只要頻率適當，性愛是不錯的紓壓方式。」法夫納主動替顧玫卿解惑，在Omega眼中捕捉到驚喜，勾起嘴角道：「我通過面試了？」

「通過了。」

顧玫卿點點頭，視線因此掃過法夫納的胯下，發現該處明顯隆起，猛然意識到方才對方是在什麼狀態下幫自己手淫，面頰瞬間轉紅，僵硬又羞恥地問：「法夫納先生，您那裡……那裡需不需要我……」

「我回去後自己處理。」

「可是……」

「在你把幫我口交或手淫視為獎賞，而非補償或報答前，我不會讓你碰我。」

「要當成獎賞……」

「覺得不可能嗎？」

法夫納輕笑，抽出放在沙發旁的圓棍，勾起顧玫卿的下巴沉聲道：「所以才有挑戰的價值啊。」

顧玫卿的心弦猛然緊縮，忽然覺得眼前站著的不是人類，而是以寶鑽與糖霜打造的惡龍，抵在自己喉前的利爪既是赤裸裸的危險，也是奢華的甘蜜。

「我送出好友申請了。」

法夫納放下圓棍，輕鬆道：「你下次登入時若是發現我在線上，就發邀請給我，我有空就會過來。」

顧玫卿抬起睫羽詫異問：「您真的要做我的主人？」

「你不是說，我通過面試了嗎？雖然接下來還有試用期……」

法夫納眼角餘光掃向床邊堆疊的束帶和黑色丁字褲，微微蹙眉問：「你今天的穿著，應該不符你的喜好吧？」

「那是商店中的熱銷品。」

「所以不是你的喜好？」

「不是。」

顧玫卿停頓幾秒，下意識躲避法夫納的注目道：「我的喜好……不是很符合大眾胃口，也不大適合我。」

「下次穿你喜歡的。」

「那會嚇……」

「穿你喜歡的。」

法夫納沉聲重複，將圓棍歸位道：「我不管大眾，但會不會嚇到我不是由你決定，是由我，懂嗎？」

「可是……」

「照你的喜好打扮自己……別讓我講第三次。」

法夫納沉聲強調，聲音與表情的變化都不大，卻讓顧玫卿的背脊泛起戰慄，忽然有種被巨龍的爪子壓住胸口的錯覺。

這讓他不自覺地點頭，看著連線人偶泛起光芒恢復原形，而後才意識到自己承諾了什麼，強烈的恐懼和一絲期待湧上心頭，並且駐留至兩人下次見面。

CHAPTER.05

第五章

不行！我沒有養過寵物，也沒當過寵物，不知道要怎麼扮演寵物

In a BDSM VR game, fall in love with an enemy general.

經過一夜痛哭之後，顧玫卿帶著紅腫的雙眼迎接早晨。

他隔著車窗看見黑格瓦站在野營爐邊，漆黑龍尾時不時就拍動兩下，給人一種煩躁也暴躁的感覺。

顧玫卿想起昨晚黑格瓦趕自己上車時的口氣，繃緊神經開門下車，進車廂刷牙洗臉時滿腦子都在思考要「保持沉默假裝沒事」，還是「大膽出擊詢問原因」。

到頭來顧玫卿兩個選項都沒用上，因為當他回到野營爐邊時，兩塊餡餅先闖進他的視線範圍。

「早餐。」

黑格瓦端著裝烤餅的盤子，看著爐子上即將沸騰的開水，吩咐道：「咖啡還要等一會，你先吃餅。」

顧玫卿接下盤子，坐到一旁的毯子上拿起餡餅張嘴咬下，酥脆的餅皮、帶著些許辛辣的肉餡和肉汁席捲口腔，美味得讓他呆滯兩秒，再張嘴快速咬第二口。

「喜歡嗎？」黑格瓦問。

顧玫卿鼓著腮幫子連續點頭，瞧見黑格瓦的嘴角微微上揚，先前從尾尖蔓延到眉梢的惱火同時消散。

顧玫卿不明白黑格瓦心情變好的原因，但開心的旅伴遠比生氣的旅伴好，暗自鬆一口氣，放心享受多汁餡餅。

黑格瓦在顧玫卿清空盤子時送上熱咖啡與第三塊餡餅，自己則端著餅與飲料坐到另一側，吹了吹鋼杯，「接下來我打算去魯苦星上第三大的城鎮『貝綠』蒐集情報，路上你休息，我負責開車。」

「休息……我才剛睡醒！」

「你昨天哭成那樣，晚上不可能睡好吧？」

「我沒那麼嬌貴。況且就算我沒睡好，也不可能讓守夜的人繼續勞動。」

「以龍人的體能，就算三天沒睡也不礙事。」

「殿下先前好幾天都睡得不省人事。」

「那是特殊情況，不是我的常態。」

「什麼特殊情況？」

「就是——」

黑格瓦拉長語尾，沉默五六秒後別開頭，「那不是我們此刻要關注的事。換我駕駛不僅是要讓你休息，還是基於安全考量。」

顧玫卿抬起眼睫，接著錯愕、失落和好勝心……種種情緒同時湧上心頭，板起臉問：「殿下不信任我的駕駛技術？」

黑格瓦嘆口氣：「信任，但你的車技配上這張臉，旁人一看就能猜到你是地球聯邦宇宙軍的上將顧玫卿。」

「我本來就是。」

「所以才要換人開。」

黑格瓦抬起手阻止顧玫卿說話，再垂下手道：「我先前提過，魯苦是個三不管地段，更直白地描述，這裡是法外之地，整顆星球上最多的是沙子，其次就是宵小和亡命之徒。」

「這和換人駕駛有什麼關係？」

「你做為聯邦軍官，率軍剿滅了不少宇宙海盜吧？」

黑格瓦看見顧玫卿毫不猶豫地點頭，灰眼中有堅定有自豪有理所當然，就是沒有了然，嘆一口氣道：「他們的殘黨、親友、合作夥伴、同行很有可能在貝綠活動，這些人若是認出你，你九成九會被追殺，或當成人質要脅聯邦。」

顧玫卿很想說「沒有這回事」，但他很清楚以自己的名聲和事蹟，匪徒們絕對不會放過剷除或羞辱他的機會，只是……

「如果是這層考量，殿下更加危險，不是嗎？」

顧玫卿蹙眉，「我雖然被聯邦當成募兵招牌，但也只是一介國民，必要時完全可以捨棄，但殿下既是斯達莫的攝政王，皇帝僅存的親人，是足以要脅斯達莫全國的重要人物。」

「這你不用擔心，偽裝和演戲是我的強項。」

黑格瓦在說話時起身，走進車廂翻找片刻後，拎著手提箱、黑斗篷和一對綿羊角回到毯子上。

說著他用綿羊角套住龍角，再披上斗篷，喬了喬肩線，盤腿坐下咧嘴笑道：「我看上去怎麼樣？」

「殿下看上去——」

顧玫卿拉長尾音，面前的黑格瓦明明只是用羊角遮住龍角，再披上長斗篷遮住尾巴，然後改變微笑和坐下的姿勢，整個人的氣質卻從沉穩又不失幽默的攝政王，變成帶著痞氣、血味與幾分危險感的沙漠傭兵。

「你知道偽裝的精髓是什麼嗎？」

黑格瓦張嘴扯下一口餡餅，撕扯、咀嚼的動作俐落而狠辣，全然不見過去幾日的優雅，「不是化妝或變裝，是徹底改變肢體語言、表情和口氣，這樣即使是爸爸媽媽迎面走過來，也只會回頭傳訊息跟你說『嘿阿玫，我剛剛看見一個長得跟你好像的人』。」

「我已經有這種感覺了。」

顧玫卿直直盯著黑格瓦，張大眼眸問：「殿下很常變裝嗎？」

「相當常，先前帶小夏逃亡時不用說，而現在我是斯達莫派駐地球聯邦的情報頭子，變裝出門是常態。」

「您是大使，不是情報人員。」

「駐外官員都是情報員，只是薪水是從外交部，而不是情治單位出罷了。」

黑格瓦聳肩，再咬一口餅嚥下，「總之，為防你我的身分曝光，在離開貝綠前，都由我開車，你待在副駕駛座什麼都不要幹。」

「什麼都不做？這未免太……」

「這才符合你的設定。」

黑格瓦將最後一口餅塞進口中，望著顧玫卿挑起嘴角，「你是我買回來的人類寵物。」

顧玫卿眨了眨眼，腦袋空白兩秒才聽懂黑格瓦的話，瞬間站起來，「寵、寵物？為什麼是寵物！」

「因為這才能解釋你為什麼會頂著聯邦英雄的臉。」

黑格瓦仰望顧玫卿道：「我想你大概不知道吧，『把緋紅暴君壓在床上這樣那樣嘿嘿嘿』，是成人網站的熱門話題。」

「我完全不知道。」

顧玫卿僵硬地搖頭。

「那就維持無知，這題材的作品絕大多數都是凌辱甚至凌虐向。」

黑格瓦臉上閃過嫌惡，不過很快就收斂情緒，不帶感情地道：「總之，訂做和你相似的人類當玩物這種行為，在裡世界並不罕見，所以只要對外宣稱你是我的寵物，就算有人拿比對儀，質疑你和聯邦英雄的臉九成九重疊，我也能用『廢話！就是長得像我才砸大錢買』堵回去。」

「的確，這樣就不用擔心……」

顧玫卿頓住，接著臉色驟變，快速搖手，「不行不行！我沒有養過寵物，也沒當過寵物，不知道要怎麼扮演寵物！一下子就會被拆穿！」

黑格瓦收在斗篷中的龍尾細顫兩下，嘴角小幅上揚再迅速拉回原位，「放心，你當成護衛任務就行。」

「寵物和護衛的差距很大！」

「旁人要是問起，我會說『我的寵物也是我的護衛』。」

「這裡的人有那麼好唬弄嗎？」

「是沒那麼容易騙，所以你除了要換掉軍裝，還必須化妝。」

顧玫卿臉色略微轉白，下意識別開頭，「換軍裝沒問題，但我不會化妝。」

「沒關係，我會。」

「雖然聯邦 Omega 的必修課程中有美妝，但……殿下剛剛說什麼？」

「我會化妝。」

黑格瓦平靜地重複，打開剛剛從車廂中翻出來的雙層手提箱，亮出裡頭的瓶瓶罐罐、刷子、夾子、粉餅……眾多專業等級的美妝用品，斂起藍瞳愉快地道：「美妝在斯達莫不是 Alpha 的必修課，但我基於個人興趣學過。」

◆◆◆

如果告訴一個月前的顧玫卿，斯達莫的攝政王是個能給藝人化妝的優秀彩妝師，他肯定會認真建議說這句話的人去看醫生。

然而，在經過整整兩個小時從清潔、護膚、修眉到上妝的全套處理後，他從時常被誤認成Alpha的Omega，變成眉目含情、膚潤唇紅的端麗美人。

顧玫卿對此除了驚愕還是驚愕，抓著手持鏡久久都吐不出一句話。

黑格瓦則是搖著尾巴注視Omega，再猛然收起笑容轉身進車廂，抓了一件帶兜帽的斗篷披到顧玫卿身上，拉起帽子蓋住對方的頭。

「不要在外人面前摘帽子。」

黑格瓦嚴肅地要求，在得到顧玫卿的承諾後，才轉身走向懸浮車。

顧玫卿跟著黑格瓦上車，看著照後鏡中陌生的青年，本來以為要花一段時間適應，然而在懸浮車開動後不到五分鐘，他就忘了鏡中的自己。

為什麼？因為黑格瓦開的實在太快了。

根據黑格瓦的說法，懸浮車的時速是三百公里，然而龍人在起步後不到三分多鐘，就讓儀表板上的數字跳到三百零七公里。

這直接刺激到顧玫卿作為駕駛員的好勝心——特別是當他發現對方利用沙丘起飛時也飛得比較遠，注意力迅速從照後鏡挪到黑格瓦身上，用分析對手、教官與學長姐駕駛技巧的專注度盯著龍人。

這讓黑格瓦握方向盤的手指微微曲起，但下一秒就恢復原態，在顧玫卿看不見的暗處輕搖龍尾，同時把車速拉得更高。

拜此之賜，當兩人隔著起伏的沙漠看見貝綠時，太陽的下緣才剛觸上地平線。

不同於已成為空城、一片灰暗的安蒲，貝綠不愧是魯苦的第三大城，沿著月牙型湖泊展開的城牆尚未入夜就打開照明，城牆內眾多建築物的招牌、窗戶或立體投影燈，斑斕耀眼，遠遠看過去宛如打翻的珠寶盒。

「以我上次來貝綠的記憶，進城不需要查驗身分，但要交入城費和戴辨識手環。」

黑格瓦邊說明邊放慢車速，轉動方向盤駛向城門口的車隊道：「入城費不成問題，我有準備。辨識手環也很好解決，上面只會登記姓名、種族和職業，我們在排隊時編好假資料，報給入城官就行。」

「我的種族是人類，職業是你的寵物，姓名……」

顧玟卿蹙眉想不到要取什麼假名。

黑格瓦看出顧玟卿在苦惱，握著方向盤建議：「盡量挑和你的名字沒有多少相關，但一聽到就會有反應的，這才不容易穿幫。」

「我一聽到就有反應……」

顧玟卿靈光一閃，轉向黑格瓦，「紅拂姬！我的機甲的名字。」

「那麼你就叫紅拂。」

黑格瓦將懸浮車設定成自動追隨前車，舉手按牢頭上的綿羊角，「而我是法夫尼爾，職業是獵人和傭兵，種族是蜥蜴人。」

「蜥蜴人？殿下假扮的不是綿羊人嗎？」

「綿羊人的尾巴可不是長這樣。」

黑格瓦舉起龍尾晃了晃，從置物櫃中摸出一罐黑色液體，將液體倒上掌心塗抹長尾道：「龍人的尾巴和蜥蜴人很像，差別只有我們的稍微粗一些，而且帶有金屬光澤；而蜥蜴人頭上沒有角，但也因為如此，蜥蜴人很喜歡在頭上掛假角作裝飾。」

顧玫卿看著黑格瓦的龍尾在液體的遮蓋下失去光澤，失落感驟然湧上心頭，忍不住問：「不能假扮成假扮龍人的蜥蜴人嗎？」

「假扮什麼的什麼？」黑格瓦停止塗抹工作。

「假扮龍人的蜥蜴人。」

顧玫卿重複，視線從黑格瓦的尾巴走向頭頂，圓潤的綿羊角將龍角完全遮蔽，他不自覺地垂下肩膀，「這樣殿下也不用戴假角，活動上沒有負擔，也不用擔心角被撞掉。」

黑格瓦從顧玫卿的神情和口氣中捕捉到濃濃的失望，先是一愣再察覺到當事人都不知不覺的心情，忍不住笑道：「這是個好主意，但不可行。」

「為什麼？」

「因為第一，龍人在獸人中本就稀少，黑龍人更是少，然後缺了半隻角的……就我所知只有我；第二，我們龍人出門時除非有護衛或家族成員同行，否則一定會偽裝成別種獸人，以防有宵小把我們捆去賣；第三……」

黑格瓦停頓片刻，將龍尾抹上液體，收起罐子，「基於上述，雖然不少蜥蜴人都想假裝成龍人，但真的假裝成龍人的數量很少，且全部都是蠢蛋，這麼說你能明白嗎？」

「能……」

顧玫卿語尾下沉，盯著黑格瓦的龍尾數秒才慢慢挪開視線。

黑格瓦沒有漏看Omega的目光流轉．嘴角悄悄一揚，握住方向盤看著前方的車陣道：

「另外，進城後別喊我殿下、親王或黑格瓦，叫我主人。」

「主、主人？」顧玫卿猛然轉頭看向黑格瓦。

「你對外是我的寵物，自然應該喊我主人。」

黑格瓦透過眼角餘光瞧見顧玫卿的臉色一陣青一陣白，挑眉帶著幾分壞心眼笑問：「要不要在車上練習幾次？」

「練習什……」

「紅拂，」黑格瓦輕喚，斜眼注視顧玫卿，以低沉到讓人胸口緊縮的聲調問：「我是你的什麼人？」

顧玫卿整個人僵住，腦中一瞬間浮現法夫納的容顏，頭殼頓時泛起酥麻，脫口回答：「主人。」

「答得好。」

黑格瓦微笑，把視線拉回前方，隨前車一起慢慢駛向貝綠的城門。

◆◆◆

貝綠的入城手續和黑格瓦記憶中相同，差別是登錄資訊新增指紋和長相。

兩人坐在懸浮車內從入城官手中接過登記用的平板，三兩下便拍好照、輸入虛假資料。

黑格瓦在交入城費時多遞出一枚金幣，問入城官貝綠最好的酒館在哪裡，拿到地址後便驅車前往城市西側。

入城官推薦的是一間附有停車場的兩層樓酒館，黑格瓦將懸浮車交給停車場的管理機器人，帶著顧玫卿走進燈光昏暗、酒氣繚繞的空間。

顧玫卿沒受過情報員的訓練，但他與情報部有過幾次合作，知道黑格瓦來酒館的目的不是用餐，是透過酒客的閒聊蒐集情資，因此他一入座就把注意力放到左右鄰居的嘴巴上。只是酒館不但吵雜，客人們還不全使用星際、聯邦或斯達莫通用語，各種族的官方語、家鄉話、黑話在合金屋梁下碰撞，導致顧玫卿就算專心一致，還用上個人處理器的翻譯功能，也頂多聽懂六成。

而在Omega專注於從酒話中撈情報時，點餐機器人已經將酒水菜餚送到桌邊，黑格瓦將啤酒留給自己，果汁推向顧玫卿，見對方毫無反應，沉默片刻後忽然朗聲道：「對了，你是地球聯邦出身的吧？」

「是。」

顧玫卿點頭，剛對黑格瓦的明知故問感到困惑，接著就看見對方屈指有一下沒一下地輕敲桌面，定神一瞧馬上認出那是當年圍剿無蹤者女王時，斯達莫與聯邦為防通訊系統故障所訂的密碼。

——呆坐著不說話會讓人起疑，配合我，隨便聊聊。

黑格瓦右手敲暗號，右手端起啤酒杯灌一口酒，瞇起藍瞳宛如發現罐頭的貓兒道：「那可以跟你打聽聯邦的八卦吧？」

「我不大關注八卦。」

「我會問你比較熟的領域，例如……」

黑格瓦停頓幾秒，前傾上身略微壓低音量問：「我聽說，聯邦中央軍第三軍團的總司令顧玫卿，和第二軍團的總司令蘭開夏是一對，是真的嗎？」

顧玫卿嘴裡沒有液體，但他一瞬間有了噴茶水的衝動，呆滯片刻才微微扭曲臉龐問道：「為什麼他們兩人是一對？」

「有很多理由啊！」

黑格瓦拿起一串合成肉烤肉，用肉串比劃道：「例如……這兩人軍校時是學弟及學長，入伍後待過同一個部隊，進入二軍和三軍後也合作過好幾次，會日久生情完全合情合理。然後他們分別是聯邦最強的 Omega 與 Alpha 機甲駕駛員，有共同的追求，技術上也能互相切磋，作戰風格上甚至算互補，惺惺相惜後心嚮往之很正常。」

黑格瓦咬一口烤肉，繼續說：「最後兩人家世上也相配，蘭開夏的家族不是號稱那個……『鐵打的蘭皇，流水的聯邦主席』。顧氏則是每代必出一個元帥的將門，雙方的長輩都不排斥他們倆在一起吧？」

顧玫卿瞪直了眼，面頰隨黑格瓦的分析逐漸轉紅。龍人說的都是實情，但他從未想過這些條件會構成「第二軍團總司令和第三軍團總司令是一對」的推論。

「除此之外，我聽說兩人的信息素匹配度也很高。」

黑格瓦一口咬掉鐵籤上的肉塊，將籤子當成麥克風伸向顧玫卿問：「所以，這位聯邦出身又對軍事領域有點熟的客人，你覺得緋紅暴君和傀儡王子間，有任何愛慕、婚嫁或標記的可能嗎？」

「我覺得——」

顧玫卿拉長尾音，停滯了許久才接續道：「他們只是很有默契，感情不錯的戰友。」

「很多情侶、夫妻的起點都是好戰友。」

「他們不是這種好戰友，他們……」

顧玫卿再次停頓，猶豫好一會才低聲道：「喜歡的類型是相反的。」

黑格瓦訝異道：「你是說，蘭開夏喜歡表面孤高實則木訥老實又可愛，顧玫卿喜歡長袖善舞、文質彬彬的？」

「不是不是，開夏喜歡嬌小可愛、個性認真又凶暴的，顧玫卿比較喜歡對外強勢，但骨子裡體貼溫柔觀察入微的。」

「扣除嬌小，兩人都符合對方的擇偶標準吧？」

「一點也不符合，開夏的沉穩只是表面，他本人用李……用他學長的話描述，是『該死的斯文敗類，唯一值得慶幸的是他是我軍的斯文敗類』。」

顧玫卿腦中浮現自家副司令堆滿嫌惡的臉。若不是蘭開夏實力夠強、家世過硬、日常介於不會做人和極度會做人之間，且需要對外時絕不對內，大概在軍校時期就會被學長姐們蓋布袋蓋到死了。

黑格瓦看得出顧玫卿在回憶過去，但不曉得對方回想的內容，為防誤解確認道：「所以你認為，蘭開夏和顧玫卿沒有結婚或交往的可能？」

「沒有，他們是好戰友，但若要結婚……雙方都會挺痛苦。」顧玫卿苦笑。

黑格瓦斂起眼瞳細看顧玫卿的臉龐，直到服務生機器人來到桌邊送菜，才轉開眼向機器人加點菜餚。

顧玫卿端起果汁潤喉，在正前方的展示櫃中看見擺成對峙姿態的機甲模型，握杯的手指微微一顫，放下飲料問：「殿……主人是從斯達莫來的吧？」

「是啊。」

黑格瓦點頭，挑起單眉問：「怎麼了？你也有想打聽的八卦？」

「可以嗎？」

「隨便你，反正不能答的我會拒答。想問什麼？」

「我想問，為什麼斯達莫的攝政王會插手坦達疑案。」

顧玫卿看見黑格瓦明顯愣住，為防對方生氣趕緊解釋：「聯邦有不少人認為，攝政王殿下是想藉機挑起戰爭，然後搶奪聯邦的領土，但是我不這麼認為，卻又想不出其他理由，所以想問問斯達莫人的看法。」

黑格瓦的眼瞳在顧玫卿說明時緩緩放大，望著 Omega 那真心困惑但也真心不認同的面容，偏頭笑問：「為何不認為？」

「因為我不覺得攝政王殿下渴望戰爭。」

「他是領軍殺到聯邦首都星系外圍的男人。」

「但在聯邦要求停火談判時，他立刻就同意了。」

顧玫卿看向黑格瓦，灰眼中鑲著龍人幽暗的藍眸，認真也困惑地道：「我覺得，殿下不是好戰者，所以我很想知道，他為什麼會這麼強勢地介入坦達疑案。」

黑格瓦，沉默了半首歌的時間後才開口：「以下的話，你當成我朋友作夢夢到的夢話，聽聽就好，別放心上。」

顧玫卿點頭，「好的，我不會告訴第三者。」

「這裡有一整個樓面的『第三者』呢。」

黑格瓦輕笑，晃動啤酒杯中的冰塊，「斯達莫攝政王之所以插手坦達疑案，和政治、野心或算計沒有半點關係，只是單純的私情。」

「私情？」

「坦達疑案中，殺死數名聯邦軍人的女獸人的父親，是攝政王逃亡時認識的朋友，他救過攝政王好幾次，攝政王還幫他帶過女兒——就是前面說的女獸人。」

黑格瓦目光轉沉道：「一開始攝政王並不知道他照顧過的小女孩是事件當事人，直到朋友飛過半個斯達莫找上他，這昔日一個人可以吃掉半隻牛的 Alpha 獅人瘦得像條鬆狗，抓著攝政王的衣領又哭又吼。」

「他哭著說：『阿格，你是看著我的女孩長大的，你知道她雖然跟我一樣腦子不好，但絕對不是那票聯邦無毛猴口中的嗜血瘋子！她上個月才跟我說，她要跟一個漂亮的兔子 Omega 成家了，怎麼會做出那種事！阿格，幫幫我，幫幫我的女孩！別讓她死了還要給人羞辱！』」

顧玫卿抬起睫羽，迅速貼上桌沿問：「坦達疑案的兇手可能不是那名女性獸人？」

「我不知道。」

「怎麼會不知道！」

「當時距離案發已經快三個禮拜，且女獸人是被當場擊斃，案件的第一現場又在聯邦的控制下，攝政王方能獲得的資訊只有這不符合萊菈——那名女獸人——的性格，以及萊菈的 Omega 未婚夫下落不明這兩件事，這根本摸不清真相。」

「下落不明……」顧玫卿忽然想起，坦達疑案之所以讓人驚愕，一部分原因是女獸人扯掉數名軍人的生殖器。

一個可怕的假設隨之浮現，顧玫卿的眼瞳染上怒色問：「萊菈小姐闖進聯邦軍營的動機，是因為未婚夫被聯邦軍人性侵嗎？」

「我不知道。」

黑格瓦重複相同回答，聲音中摻著苦澀與疲倦：「以萊菈的性格，她完全有可能因為伴侶被殺害，就失去理智不顧一切闖進軍營要兇手付出代價。不過這無法當成證據，無法拿來翻案。」

「那就去找證據……」

「能輕易找到的證據，應該都已經處理掉了。」

黑格瓦轉頭看向窗外灰暗的天空，眼眸中映著霓虹燈的燈火，看上去卻深幽如潭水，「聯邦的官方也拒絕重啟調查，在沒有新事證下，聯邦的決定並無問題，可是不管是攝政王、攝政王的朋友或是皇帝陛下都無法接受這個結局。」

「所以殿下才前往坦達，想要施壓聯邦重啟調查？」

「明面上的目的是，但真正的目標是尋找足以翻案的證據。」

「找證據？但當時殿下的艦隊一直停在衛星軌道上，並沒有下到資源星，這要怎麼找？」顧玫卿蹙眉。

「艦隊只是轉移注意力的，實際上搜查部隊在攝政王到達前，就已經秘密潛入資源星了。」黑格瓦眼神轉為犀利道：「攝政王認為，想在案發後一個月找到能翻盤的證據，是幾乎不可能的事，不過如果能讓兇手陷入恐慌，以為自己的犯行曝光了，那麼就有可能露出馬腳。而對於聯邦軍人來說，沒有比攝政王本人更恐怖的存在，所以他才會親自前往坦達，用行動暗示知情者『我知道你們才是兇手』。」

「這個戰術有成功嗎？」

「搜查隊發現幾名聯邦軍人有可疑舉動，但在進一步確認前，無蹤者來了。」

黑格瓦將視線轉回酒館內，看著斑駁的桌面，輕聲道：「嫌疑者與其親友全數死亡，案發現場成為無蹤者女王的巢穴，搜查隊死傷過半，情報也丟失不少，通往真相的道路完全封死了。」

顧玫卿心頭一沉問：「那萊菈的父親……」

「他在那場大戰重傷不治，但死前就知道欺負他女兒的人已經下去蹲了。」

「那就好……不，這稱不上好。」顧玫卿低語。

黑格瓦望著顧玫卿籠在陰影中的面容，沉默片刻後忽然笑出來。

「殿……主人您怎麼了？」

「我剛剛不是說了，這是我朋友的朋友夢到的事，你怎麼當真了？」

黑格瓦盯著顧玫卿輕笑，舉起啤酒杯一口氣灌掉半杯酒，用手擦拭嘴角道：「這麼好騙可不行，看來我得多費心了。」

顧玫卿皺眉，不明白黑格瓦是認真還是演戲，不過見對方從臉龐到肢體都堪稱放鬆，龍尾還左右輕搖，判斷此刻龍人心情不差，於是鼓起勇氣問：「我可以再打聽一件事嗎？」

「別太複雜就行。」

「不複雜，我想知道攝政王殿下是怎麼看地球聯邦軍的顧玫卿上將。」

顧玫卿問題一說完，就發現黑格瓦停止搖尾，表情也瞬間轉為僵硬，心弦一顫抬起手道：「我只是好奇，如果不方便回答……」

「他很欣賞顧上將。」

黑格瓦將頭轉向窗外，白皙臉龐映著對街商店的霓虹燈，面頰染上紅暈，下顎的陰影也隨之加深，喃喃道：「他覺得顧上將是勇猛、高潔、可敬又美麗的戰士，他希望這種人能長命百歲。」

這回答過於美好，完全出乎顧玫卿的意料，他忍不住盯著黑格瓦的側臉，那張臉照映著對街射來的虹光，看起去彷彿戴上半臉面具，令他的胸口漫上熱潮。

然後，前方就傳來重物與杯碗碰撞的巨響。

聲響使顧玫卿瞬間清醒，反射地把手伸向腰間的光束槍。

「別拔。」

黑格瓦以聲音壓住顧玫卿的手，朝發出聲響的方向瞥一眼，拿起烤肉串平靜地道：「別緊張，只是常見的醉漢鬥毆。」

「要撤離嗎？」

「他們幹架的地方是樓梯口，現在想走只能跳窗。」

黑格瓦伸手招來服務生機器人，加點一杯啤酒後，倚靠座椅悠哉道：「放心，只要我們不動手，就不會被捲進去。」

顧玫卿把手從槍托上挪開，但仍關注遠處的喧鬧，看著獸人、人類、多肢人、蟲人等異形人打成一團，在腦中暗自規劃逃脫路線與反擊戰術。

而在他思考時，一名人類少女抱著手提包倒退至桌邊，滿臉驚恐地看著鬥毆的酒客，一個不留神踩到空酒瓶，瞬間重心不穩往後摔。

顧玫卿立刻伸長手臂接住少女，眼角餘光瞄到有人影快速逼近，想也沒想就側身、折臂、肘擊人影。

吃下肘擊的是打群架的人之一，他被其他人推了一把踉踉蹌蹌地來到少女面前，剛穩住重心就被顧玫卿一肘捅進心窩，連悶哼都來不及發出，就摀著胸口倒地不起。

顧玫卿瞥了倒地的男酒客一眼，確認對方還有呼吸後就轉向少女問：「沒受傷吧？」

「沒有，但是……」

「但是有哪邊麻了？」

「不是，但是……」

少女顫顫巍巍地抬起手，指著男酒客走過來的方向，原本你一拳我一腳、扔酒瓶揮椅子的酒客們通通靜止不動，三十多雙眼睛全鎖在顧玫卿身上。

顧玫卿先是愣住，再猛然意識到自己的事故體質再次發作，觸發群架中極為罕見的特殊事態：一剎那的萬籟俱寂。

同時，他也想起黑格瓦先前的告誡：只要我們不跟著動手，就不會被捲進去。

「你對老王幹了什麼！」

咆哮劃破寂靜，鄰桌的壯漢抓起圓凳衝向顧玫卿。

顧玫卿緊急將少女推到身後，盯著對方的手臂正想借力使力把人摔出去時，一抹黑影閃過眼前，壯漢雙腳騰空摔上隔壁桌的桌面。

黑格瓦甩著黑尾站起來，轉身面對二度靜止的鬥毆者們，深深吸氣緩緩吐息，動了動肩膀與脖子後，朝所有人比出銀河系共通挑釁手勢。

這舉動讓酒館二樓先安靜三秒，再爆出劇烈的吼叫聲，眾多喝昏頭又殺紅眼的酒客掄起拳頭或手邊的武器，怒吼著奔向黑格瓦。

「躲進去！」

顧玫卿將少女塞到桌子底下，再回首時黑格瓦已經和第一波酒客對上。

合金棍、椅子、盤子、酒瓶酒杯……從各方砸向黑格瓦的要害，但在命中前就被他攔下，接著一個甩尾、推拉或踢踹令攻擊者連人帶凶器摔到數丈外。

而這一連串動作不但迅捷，還流暢得不可思議，絲毫沒有被十多人圍攻的狼狽，狼狽的反倒是那十多人。

「好……好強。」少女驚嘆，眼中的情緒從恐慌轉為崇敬。

顧玫卿沒被少女的驚喜所感染，相反的，他深深皺起眉頭。

以黑格瓦的速度，要避開醉漢的進攻並不難，但他卻只架擋不閃躲，即使龍人的身體強度是獸人的頂峰，這麼做也太不要命。

在顧玫卿疑惑時，如夏夜晚風般涼爽中帶著一絲清香的氣息忽然出現，一舉驅散湧向雙人桌的酒臭味。

這股氣息太過自然，導致顧玫卿第一時間沒意識到那是黑格瓦的信息素，直到他發現龍人附近的酒客面色轉白，不是動作遲緩就是直接陷入僵直，才明白自己聞到什麼。

而這也讓他瞬間明白黑格瓦為什麼不躲避。

Alpha 和 Omega 的信息素根據成分與效果可成三種——威迫素、撫慰素和催情素，頂級的 Alpha 和 Omega 可以同時釋放兩種信息素。

此刻黑格瓦便是對酒客放出威迫素，再以撫慰素包圍顧玫卿和少女，但如果他躲開酒客的攻擊，就有可能讓這些人闖到 Omega 面前。

雖然顧玫卿覺得以黑格瓦的身手，那僅有百分之一的可能，不過龍人顯然連這一點可能性都不願意賭。

如果顧玫卿是一般人，會感動甚至心動，然而他是軍人，所以面對黑格瓦將自身安危放到最後一位的舉動，他只有擔憂與惱火。

「在外面安靜前，別從桌下出來！」

顧玫卿看著少女的雙眼要求，待對方點頭後才離開雙人桌，沒有直接加入混戰，而是伸展精神力入侵整間酒館的電子設備。

黑格瓦不知道顧玫卿的行動，他剛打掉一名織女星人觸手上的合金棍，長尾一抖在半空中將棍子掃到自己的右手旁，握住棍身正要痛擊另一名織女星人時，角落的清掃機器人先一步擒抱對方，一個衝刺把人從窗口扔出去。

以此為起始，樓面上的機器人紛紛動手痛擊客人，而酒客們的個人處理器也各自放電、震動、連續閃光、高聲尖叫……極盡所能地干擾主人。

同時，顧玫卿抓住伸向黑格瓦的手臂，一個過肩摔將襲擊者砸到另一人身上。

黑格瓦微微一愣，再露出笑容問：「你入侵了酒館的系統和客人的處理器？」

「是，他們有防火牆，但不是軍用的，強度有限。」

顧玫卿補上一腳，完全打碎襲擊者的意識，看著遠處機器人服務生被醉漢扯下機械臂，皺眉道：「機器人也是……在損毀前撤離吧。」

「全部打倒。」

「我負責開路，殿下……殿下剛剛說什麼？」顧玫卿轉向黑格瓦。

「我有想讓酒館老闆擴散的事，所以……把鬧事的傢伙全部揍暈。」

黑格瓦側頭望著顧玫卿，將合金棍遞出問：「能辦到嗎？我的紅拂。」

——我的花姬。

顧玫卿眼睫一顫，基於安全他應該搖頭，然後阻止黑格瓦，可是那與記憶中近乎一致的呼喚如糖似蜜，輕易融解一切顧慮。

「……沒問題，主人。」

顧玫卿聽見自己的聲音，抽出黑格瓦掌中的棍子，掂了掂重量後猛然踩椅子上桌子，蹬桌躍向醉漢。

打群架時最忌諱被包圍，然而顧玫卿卻毫不在乎地降落在混亂中心，先壓倒一名狼人，接著揮棍打暈對方的同伴，再反手敲倒第三人。

一名獅人由後撲向顧玫卿，但他剛舉起拳頭就被服務生機器人撞上，抱著機器人摔上椅子後，慘遭保安機器人由後方電擊。

其他意圖偷襲的酒客也落入相同的下場，機器人從他們的視線死角撞擊、拉扯、拋擲托盤或抹布，再由Omega一棍一拳把人敲進混沌中。

之所以會如此，是因為顧玫卿不但掌握了酒館與眾機器人的監視鏡頭，還具備駭人的整合與反應力。

能控制十多臺機器人的聯邦軍官並不罕見，可是無須機器輔助就能處理機器人的視覺資訊，並且根據情況給予足以和活人對戰指令的，整個聯邦軍中不到二十人。

而顧玫卿立於二十人的頂點，由他遠程操作的后式子機戰力媲美Alpha駕駛的戰式甲，團體戰的戰力更遠勝Alpha部隊。

這也是顧玫卿「暴君」之名的來源，他一人就足以蹂躪整個戰場——如果供他驅使的是軍用機器人。

顧玫卿橫舉合金棍擋下一名犬人的短刀，透過酒館的監視鏡頭看見有人提著椅子自左後方奔來，控制在兩人之間的酒保機器人上前攔截，打算爭取兩秒的時間解決面前的刀子，再回頭敲暈對方。

然而酒保機器人的關節不堪一連串戰鬥，移動沒兩步就膝關節碎裂倒地，成為酒客的踏腳墊。

同一時間，與顧玫卿僵持不下的犬人放出信息素與精神力，身後的夥伴也擺脫服務生機器人，同步攻向 Omega。

顧玫卿的頭殼與胸口泛起痛感，咬牙改變作戰計劃，想要犧牲一隻手承受背後的打擊時，從鏡頭看見酒客猛然僵直。

「……看足夠了。」

黑格瓦的聲音和手同時碰上酒客的後腦杓，輕輕一敲讓人如石膏像般倒地，釋放信息素與精神力穿過汙濁的空氣，將顧玫卿牢牢護住。

籠罩顧玫卿的痛楚瞬間消失，他彈開犬人短刀，接著重踹犬人的胯下，最後衝刺擊破對方的夥伴。

黑格瓦則守住顧玫卿的背後，近乎完美地支援對方，不僅掃去所有偷襲，還在 Omega 的合金棍脫手時即時撿起甩棍扔過去。

顧玫卿接住甩棍，翻過樓梯護欄直接踩在一名人類男性背上，再踢倒另一名蟲人。

酒館一樓與二樓一樣陷入混戰，不過酒客更多，場面更混亂，可是顧玫卿痛毆醉漢的腳步絲毫沒有停頓。

黑格瓦用撫慰素和精神力給顧玫卿架了一個結界，令 Omega 非但不受其餘 Alpha 或獸人影響，手腳還前所未有地輕盈。

在物理層面上，黑格瓦也是個絕佳的輔助，他補上毀壞機器人的空缺，死守顧玫卿的後背和視線死角，只要 Omega 一個眼神或小動作，就知道要上前合擊或露出破綻誘敵。

而對顧玫卿而言，過去有能力配合他到這種程度的，只有自己掌控的子機，先是驚訝得失手敲掉一名酒客的牙齒，再猛然想起對方加入戰局前，說的那句「看足夠了」。

當時他專注於打鬥，雖然有聽見卻壓根沒細想，直到此刻才意識到黑格瓦之前是在「看」什麼。

黑格瓦看的是顧玫卿的戰鬥方式，而在短短不到三分鐘的觀察後，龍人記住Omega出招的習慣與速度，並且琢磨出與之配合的戰法。

這讓顧玫卿的背脊竄起顫慄，即使兩人不是第一次並肩作戰，但這份觀察力與應變速度也太驚人，使他既恐懼，又無法克制地興奮起來。

——多麼優秀的戰友。

「哇、哇啊啊——」

——多麼駭人的對手。

「該死！區區只有兩……嗚啊！」

——多麼……輕鬆、愉快、暢快淋漓的戰鬥！

「我沒動手！真的沒……呃……」

顧玫卿一棍敲暈十秒前還在揮拳的男子，感覺有氣息由左側靠近，反射動作向左揮棍。合金棍敲上黑格瓦的掌心，龍人穩穩抓住棍子道：「結束了，敵人已經全滅。」

顧玫卿眨了眨眼，高漲的戰意與腎上腺素退去，肩頭一顫放開棍子道：「殿、殿下！你的手……」

「沒事，我皮厚血多。」

黑格瓦鬆手讓合金棍落地，放下毫無紅印的手掌，環顧桌椅翻倒、酒客從樓梯口一路橫躺至門口的樓面，正要張口說話時，後方先傳來尖叫聲。

「我、我的店啊啊啊——」

酒館老闆站在一樓的後門前，手裡提著剛買回來的甜點，看著彷彿龍捲風過境的店面，張著嘴吐不出下一句話。

這讓顧玫卿從「差點打傷黑格瓦」的驚嚇，轉至「該如何解釋這一切」的驚恐，以往這類工作都是由李覓或白靜擔當，然而此刻兩人都在千萬光年外。

「交給我。」

黑格瓦輕拍顧玫卿的手臂，接著跨過昏迷的醉漢走向酒館老闆，掛起笑容朗聲道：「老闆！抱歉吶，我和我的人類寵物只想阻止鄰桌和鄰桌打起來，結果一不小心就……看來我還挺強的嘛！」

「挺強……」

酒館老闆僵硬地重複這兩個字，腦中忽然竄過電光，三步做兩步衝到黑格瓦面前，揪起對方的衣領大喊：「就是你砸了我的店嗎！」

「誤會誤會，我和我的寵物只是阻止別人幹架，只是一個不留神把所有人都幹倒了，對不起啦。」

「你、你……」

酒館老闆雙唇顫抖，手使力想將黑格瓦提起來，但他努力到面色脹紅五官扭曲，卻連對方的腳跟都無法挪動一公分，只能甩手指著龍人吼道：「別以為這樣就算了！貝綠的市長是我的拜把兄弟，我絕對會要你付出代價！」

「別這麼氣嘛，我又不是不賠。」

「別想活著……啊？」酒館老闆愣住。

「我會賠你。」

黑格瓦微笑，單手扠腰環顧左右的斷椅、翻桌、昏迷者，「雖然我和我的寵物沒有砸店的意思，但的確做過頭了，然後我們也還想好好在貝綠走動。」

酒館老闆緊繃的臉稍稍舒緩，但馬上就恢復戒備，掃視黑格瓦道：「你拿什麼賠？你砸掉的東西的價值是你整個人的十倍不止！蜥蜴……」

「蜥蜴人不值錢，那巨蜥呢？」

黑格瓦打斷酒館老闆，望著二度呆滯的男人，抬手指了指停車場的方向，「我的車上有七十公斤的巨蜥肉，還有一顆蜥心。」

酒館老闆兩眼圓瞪，盯著黑格瓦好一會才緩過神，克制不住地看向停車場，「雖然蜥心的價值是足夠賠償，但……但這東西的假貨也很多，誰知道你的是真貨還是假貨。」

「放心，蜥心沒你的份。」

「我就勉為其難……你說什麼！」酒館老闆的聲音拔高八度。

黑格瓦搖著手，「我雖然是外地人，但對於巨蜥的行情還是有個底的，店面的損傷、清潔費和醫藥費，加一加最多二十五斤巨蜥肉就夠付了。」

「不不不，近年貝綠物價漲很多，別說二十五斤，七十斤也不夠！」

「這你不用擔心。我留十斤肉當擔保，換到錢後再來拿。」

「擔保至少要二十斤！而且這是很大的金額，沒有一間肉鋪負擔得起。」

「誰說我要賣肉鋪？我的買家是黃金輪盤。」

黑格瓦瞧見酒館老闆兩眼圓睜，一臉不耐地道：「這是理所當然的吧！拿巨蜥肉和蜥心去黃金輪盤換籌碼，再下場賭兩把讓籌碼翻倍，接著就能爽躺好幾年。」

酒館老闆眼中的訝異淡去，取而代之的是算計，雙手扠腰，「黃金輪盤可不是隨隨便便的人就能進去的賭場，像你這種外地人最多進去玩玩鋼珠機或吃角子老虎。」

「能讓我進去換籌碼就沒問題。」

「能是能，但能大賺的機臺和賭桌都放在貴賓層。」

「那是我的問題，不關你的事。」

「如果我能幫你解決問題呢？」

酒館老闆瞧見黑格瓦眼睫微微抬高，直覺對方上鉤了，故作冷漠地轉開頭，「不過不是無償的，貴賓證加上店內損壞的賠償金，給我蜥心和十斤巨蜥肉，我就幫你辦妥。」

「我賣掉蜥心後拿錢打點照樣能搞到貴賓證。」

「你不能，貴賓證不只要錢，還要靠臉。」

「貝絲能靠的臉不只你一張。」

「但不會有比我划算的。」酒館老闆挺胸。

黑格瓦拉平嘴角，沉默片刻後道：「我只給你蜥心，不能更多。」

「可以。」酒館老闆露出笑容，向黑格瓦伸手。

黑格瓦瞪著老闆的手，沒有握住對方，而是轉身走向酒館門口。

顧玫卿快步跟上黑格瓦，本想低聲關心對方，卻在開口前看見龍人揚起嘴角。

「鉤子備妥了。」

黑格瓦輕聲道，眼角餘光捕捉到顧玫卿的困惑，一把攬住Omega的肩膀，跨過門檻走向停車場，「到旅館再跟你解釋。」

顧玫卿沒有回應，因為在黑格瓦伸手瞬間，他的注意力就轉到肩頸上，感受著龍人的重量與體溫，以及稀薄但確實存在的清涼信息素。

而他猛然意識到，這是自終戰紀念日會場以來，兩人距離最近的一次。

◆◆◆

在顧玫卿從震驚中回神前，酒館老闆先一步大叫著「等一下！別走」，急忙跑過來，黑格瓦自然而然地抽回手，轉身一臉不耐地望向老闆。

老闆來到龍人面前，顧玫卿看著黑格瓦背對自己與老闆交談，突然有張嘴喊對方的衝動，但卻組織不出言語，只能默默注視龍人的背影。

酒館老闆是來拿蜥心的，他似乎很擔心黑格瓦反悔，挺著肚子，戴著防凍手套，跑到懸浮車邊等待龍人卸貨。

他從黑格瓦手中接下蜥心，左瞧右看滿意得不得了，不止立刻將貴賓證的電子碼傳給黑格瓦，還推薦兩人落腳的旅店，說報自己的名字可以打折。

而黑格瓦嘴上說好，當著老闆的面把旅店地址輸入懸浮車的導航系統，但上車拐過街角後，便調轉車頭往反方向開。

顧玫卿看著車輛大幅偏離導航，蹙眉問：「殿下，這是要開去哪裡？」

「我朋友的店，」黑格瓦看著前方道：「上次通信時他的店還沒倒，如果倒了，再另外找落腳處。」

「所以不去老闆推薦的旅店了？」

「不去，我不認為他會推薦殺人越貨的黑店，可是店內肯定有他的眼線。」

「的確。」

顧玫卿點頭，隱約覺得有哪裡不對勁，凝神細看又找不出異樣感的來源，最後只能按下不耐感，盡護衛的職責留意周圍動靜。

約二十分鐘後，懸浮車來到一間三層樓的服裝店門前，黑格瓦瞄了招牌一眼後直接將車子停進店旁的停車格，開車門領著顧玫卿走進店內。

服裝店格局狹長，兩側立著數排衣架不說，地上還有好幾個整理櫃，兩人只能排成一直線行走。

而在顧玫卿眼中，這是設置伏擊的絕佳地點，他一進店就把手放槍柄上，本想要黑格瓦讓自己走前頭，但龍人二話不說就往店內前進。

「殿……主人！」

顧玫卿低喊，見黑格瓦完全沒有止步的打算，只能提槍快速追上對方。

黑格瓦大步走到盡頭處的櫃臺，裡面坐著一名用投影螢幕看連續劇的綿羊人老婦人。他彎腰敲響老婦人前方的服務鈴，在對方抬頭時道：「這裡有餅乾嗎？」

「你認為服裝店會賣餅乾？」

「服裝店不賣，但妳的小櫃子裡有。」

黑格瓦朝老婦人伸出右手，攤平手掌道：「給我一片，我給妳一個世界。」

老婦人盯著黑格瓦的手掌，沉默了將近半分鐘後，倏然站起來抱住黑格瓦，燦爛地笑道：「阿格！你這傻小子什麼時候來魯苦星的！」

「差不多一週前。」

黑格瓦環住老婦人的腰，將人從櫃臺中提起來，「棉姨妳也太過分了，都認出我了，還繼續跟我對口令。」

「誰知道你是我的傻小子，還是披著傻小子皮的蜥蜴人？」老婦人——綿姨——用力摟住黑格瓦。

顧玫卿鬆一口氣將槍插回槍套中，抬頭環顧店面，視線掃過斑駁的天花板、衣衫衣架和正後方的大門，在轉回正面時和綿姨四目相對。

棉姨睜大方形的瞳孔，拍拍黑格瓦的後背問：「阿格，這位漂亮的人類是哪位？」

「他是……」黑格瓦停頓兩三秒才像是放棄了一般，垂下龍尾道：「地球聯邦的顧玫卿顧上將。」

「您好。」顧玫卿認真點頭。

他從黑格瓦的口氣中聽到無力，再加上眼前的老婦人明顯是獸人，讓他直覺認為對方可能是獸人中厭惡人類的那派，深呼吸準備迎接怒罵。

然而棉姨的反應出乎顧玫卿的意料。

她雙眼一亮推開黑格瓦，繞過櫃臺來到顧玫卿面前，將人從頭到腳從左到右細細看過一輪後，握住對方的手，「歡迎來到小店！阿格的命……」

「咳咳咳！」

黑格瓦大聲咳嗽，先對綿姨嚴肅、小幅度地搖頭，而後才開口：「棉姨，鬚普在嗎？我有事想問他。」

「那孩子在樓上。你們今晚住這裡？」

「我希望能。有空房嗎？」

「有有有，我給你們整理一間雙人……」

「兩間單人房。」

黑格瓦打斷綿姨，不等對方回應便接續道：「沒有的話一間單人房也行，給我睡袋或被子，我在走廊打地鋪。」

綿姨眨了眨眼，看看黑格瓦再瞧瞧顧玫卿，垂下肩膀拍拍龍人，「直接上去吧，鬚普在三樓，要他去整理兩間單人房，再陪你好好喝一晚。」

黑格瓦的臉微微扭曲，張口似乎想說什麼，但最後只是輕輕嘆一口氣，轉向顧玫卿道：「上樓吧。」

顧玫卿跟著黑格瓦穿過櫃臺後的小門，龍人在闔上門後伸手推動牆上的畫作，左側本該空無一物的白牆頓時泛起白光，露出一臺電梯。

顧玫卿腦中晃過方才黑格瓦和綿姨的口令，不禁抬起眼睫，輕聲問：「殿下，這間店到底是……」

「你可以想像成反抗組織的安全屋兼情報蒐集處。」

黑格瓦按開電梯門，進入電梯廂後看著樓層鍵對顧玫卿招招手，示意對方進來。

顧玫卿踏進電梯內，看著黑格瓦如彈鋼琴般快速敲打樓層鍵，先前在懸浮車內感受過一回的異樣再次湧現，但不同的是這回感覺更強烈，甚至使他的胸口略感堵塞。

黑格瓦按樓層鍵的手停頓半秒，再迅速敲下最後一個按鍵，依舊看著不像僅有三樓，而是三十樓的按鍵，「待會我先帶你到房間，我跟鬚普——他是情報販子——問到必要情報後，再回房間找你。」

「我不能跟殿下一起去嗎？」

「這裡很安全，可以一個人行動，而且……」

黑格瓦微微一頓，把頭轉到反方向，「你好幾天沒睡床上了，該好好休息。」

「我不覺得累。」

「我覺得。」

電梯門於黑格瓦說話時開啟，龍人不等顧玫卿回應就大步跨出電梯廂。

電梯廂外不知該說是客廳還是工作室，淺藍色的方形空間既有沙發、茶几、零食櫃，又擺著合金長桌、兩臺無連線功能的筆記型電腦、幾堆用途不明的金屬和皮革零件。

一名綿羊人青年盤腿坐在零件前，全然沒察覺黑格瓦靠近，直到被對方提著後頸拉起來，才翹起尾巴驚訝道：「阿、阿格叔！你怎麼會……」

「我跟我朋友遇難墜機了。」

黑格瓦偏頭指指顧玫卿，將綿羊人青年放回地上道：「鬚普，可以先給我一個房間嗎？要能讓 Omega 好好休息的。」

「你帶 Omega 過來？」

鬚普——綿羊人青年——話聲拔尖，瞪大眼瞳誇張地左右轉頭問：「誰？在哪裡？小夏他知道嗎？他會不會自殺！」

「與小夏無關，不要咒我的孩子。然後人就在你面前，瞎啦！」

「我面前是……」

鬚普往前看，視線落在比自己高上半顆頭的顧玫卿身上，靜默三四秒後深吸一口氣躬身道：「對不起，我不知道聯邦的 Omega 都和 Alp……」

黑格瓦一拳敲上鬚普的頭殼，把人打出眼淚後雙手抱胸厲聲道：「給我一個舒服的單人房，然後我有事要問你。」

鬢普雙手抱頭，垂首注視零件堆，「可是我還有工……」

「十五分鐘內完成的話，我可以幫你抽卡。」

「我這就去給您準備！」

鬢普立正對黑格瓦行軍禮，掉頭跨過零件堆，領著三具清潔機器人奔向後方的長廊，打開長廊末端的門衝進去。

顧玫卿眨了眨眼，靠近黑格瓦輕聲問：「『抽卡』是什麼意思？」

「線上遊戲中的抽牌，鬢普堅信龍人的手指能讓他十抽三五星。」

「殿下能嗎？」

「只抽過幾次雙五星。」黑格瓦望著敞開的房門回答。

◆◆◆

十多分鐘，鬢普氣喘吁吁地回到黑格瓦和顧玫卿面前，把兩人帶到門外堆滿雜物，但門內乾淨整潔並附有獨立衛浴，一床一桌一椅一立櫃的單人房。

顧玫卿走進房中，看著黑格瓦一面對鬢普說話一面帶上門，頓時湧起奔向對方，推開門扉的衝動。

不過他在最後一刻按住自己，抿唇看著門板完全合攏，佇立片刻才走入淋浴間。

顧玫卿站在微燙的水柱下，皮膚因水溫而稍稍泛紅，可腦中浮現的卻是當黑格瓦攬住自己時比人類略低的體溫，以及涼爽如晚風的信息素。

當時的親近對照此刻的距離，讓他在水花中拉平嘴角，匆匆洗去身上的汗水及泥沙後，便關上蓮蓬頭走出淋浴間，換上寬鬆的短袖圓領衫和短褲回到房間。

單人房內不見黑格瓦的身影，考量到顧玫卿只洗了不到五分鐘，龍人不在是正常的，可是當他看著空蕩的房間時，感覺自己的胸口也空了一塊。

而這並不正常，顧玫卿雖然是第三軍總司令，備受屬下尊敬，但扣除李覓這個老學長、粗線條又熱情的白森、溫柔親切和誰都合得來的白靜，或是和顧家為世交的公孫禮，其餘士兵軍官都不大敢親近自己。

在家族中更不用說，自從十五歲時母親車禍昏迷後，顧玫卿就失去精神上的至親，周圍剩下有血緣關係的陌生人。

他是習慣孤獨之人，不該因獨處而空虛、慌亂、思念另一人，然而此時此刻，顧玫卿確確實實感到寂寞。

為什麼？是因為這一週來他都與黑格瓦共同行動慣了，還是……

「顧上將，是我，我可以進來嗎？」

黑格瓦的聲音打斷顧玫卿的思考，他三兩步奔到門口，直接開門以動作代替回答。

黑格瓦沒料到顧玫卿會在眨眼間開門，愣了幾秒才拍拍身邊擺放燉菜與麵包的雙層推車道：「綿姨給我們準備了晚餐，邊吃邊討論下一步？」

顧玫卿點頭，側身讓出空間給黑格瓦，在對方進房後立刻關上門。

黑格瓦聽見關門聲，腳步微微一頓才繼續前進，將推車擺到桌子和床舖之間，把餐點擺上桌再拉開椅子坐下。

顧玫卿坐在床上，伸手拿起麵包正要送入口中時，發現黑格瓦一臉驚愕地盯著自己，停下手警覺問：「怎麼了？」

黑格瓦沒有答話，面色由驚訝轉成惱火，最後咬牙用斯達莫的通用語罵了句髒話，起身奔出單人房。

顧玫卿維持抓麵包的姿勢，呆滯三四秒才迅速站起來，跑向門口想找黑格瓦，卻一跨出房間就和龍人撞上。

黑格瓦左手拎著醫藥箱，右手前伸接住顧玫卿的身軀，不等對方站穩就把人往床鋪的方向帶。

顧玫卿坐回幾秒前離開的位置，看著黑格瓦打開醫藥箱拿出健康檢查儀，啟動儀器掃描自己的頭、胸、雙臂……這才明白先前龍人臉色大變的原因。

「我沒受傷，殿下不用緊張。」

顧玫卿注視跪地掃描自己的黑格瓦，抬起手臂動了動道：「真的，我沒有哪裡痛。」

「我知道，如果你覺得痛，我不至於現在才注意到！」

「什麼意思？」顧玫卿眨眼。

「我現在……」

黑格瓦沒說下去，停滯片刻後將檢查儀扔回醫藥箱中，拿出藥膏，「你的骨頭沒問題，但手臂和腿有瘀青，需要擦藥。」

「這種程度睡一覺就好了。」

「你需要擦藥。」

黑格瓦以近乎冰冷的聲音重複，轉開藥膏的蓋子，「先把右手給我。」

顧玫卿伸出右手，看著黑格瓦挖起藥膏抹上自己的皮膚，冰涼、輕柔的撫觸令他陌生之餘，也使後腦杓泛起淺淡的酥麻。

黑格瓦很快就傷處抹好藥膏，擔心自己有遺漏，握著顧玫卿的手上下左右檢查兩輪，才放手道：「右手好了，換左手。」

顧玫卿遞出左手，發覺黑格瓦的臉色越來越凝重，忍不住開口：「軍醫在健康檢查時說過，我比一般Omega強壯，殿下不用擔心。」

「再強壯的人也會受傷，再說你比別人堅強，不代表你就活該當肉盾，或是受創時不用處理。」

「這稱不上受創，只是一點皮肉……」

「我討厭看到我的人受傷。」

黑格瓦打斷顧玫卿，抬起頭仰望Omega，藍瞳深幽中既有對方的容顏，也有壓抑的恐懼：「我相信你也是，對吧？」

顧玫卿先是愣住，接著萬分清晰地明白黑格瓦的意思。

在戰場上，顧玫卿不害怕敵方的炮火，但他會恐懼瞄準白靜、白焱、公孫禮、李覓……其餘部下的炮彈，這讓他很長一段時間都有著明明是總司令，卻老是往前線跑的毛病。

這讓李覓一次、兩次、三次……無數次對顧玫卿咆哮「你得信任我們！而不是把我們當寶寶」，才讓自家指揮官改掉一看見敵影就衝出去的毛病。

但即使顧玫卿改了，每當屬下受傷時，他的心臟仍會緊縮。

此刻黑格瓦的心情，與當時的他一致。

「……我也是。」

顧玫卿低下頭誠心道：「對不起，我之後會更小心。」

黑格瓦望著顧玫卿滿是愧疚的面容，沉默兩三秒後笑出來：「你也太老實了。」

「這和老實有什麼關係？」顧玫卿抬頭。

「你大可回答『我也是，但殿下也以身犯險，沒有資格責備我』。來堵我的嘴吧？」

黑格瓦挑眉，見顧玫卿驚訝地睜大眼，臉上的笑容擴大，垂首替Omega的雙腿上藥道：「另外你還應該說『我是地球聯邦的軍人，不是殿下的人，殿下無權干涉』。」

「呃、我……是沒錯，可是、可是……」

「可是你是個口拙的老實人。」

黑格瓦柔聲接續，把藥膏放回醫藥箱內，站起來坐回椅子上，「差不多該來談正事了。我想你應該很困惑，我為什麼要在酒館裡挑事。」

「我相信殿下自有考量。」顧玫卿正坐回答。

「你一個聯邦軍官，怎麼比我的大臣還信任我？」

黑格瓦苦笑，彎腰從推車第二層拿出冰涼的果茶，給自己與顧玫卿各自倒上一杯，端著玻璃杯收起笑容道：「我是有，我在製造合理使用跨星系通訊的理由。」

「這需要理由？」顧玫卿蹙眉。

「相當需要。貝綠的跨星系通訊衛星和我離開時一樣，歸貝綠最大的賭場『黃金輪盤』控制。雖說只要付錢就能使用衛星，但根據鬚普的情報，黃金輪盤的現任主事者既會偷看訊息，還相當見錢眼開。」

黑格瓦目光轉沉：「因此儘管我們可以直接走進賭場，拿錢要櫃臺小姐替我們發訊息給聯邦宇宙軍或斯達莫帝國，請他們派船來魯苦把我們撈回去，但在鍵入收件人的瞬間，賭場的主事者就會攔截信件，然後把我們兩個綁起來了。」

「綁是……」

顧玫卿頓住，神色嚴峻：「殿下的意思是，賭場主事者可能把我們當成人質，向聯邦或帝國要求贖金嗎？」

「或是要求我們承諾他某些不該他拿的。所以，為了避免驚動賭場主事者，必須達成兩個條件。第一，我們發信的對象不能是聯邦或斯達莫政府，訊息內容也必須經過加密。」

黑格瓦喝了口茶潤喉，接續道：「這部份很好解決，我跟我的屬下約定過相關暗語，也有幾個可信賴，又絕對看不出與斯達莫政府相關的聯絡人，只要你再給我一兩條只有你和你的部屬知道的事，就能擬出不會驚動賭場主事者的求救信。」

「只有我和我的部屬知道……」

顧玫卿呢喃，靈光一閃：「我先前結束邊境巡航返回首都星時，是坐我副司令的車去母親墓園，這個可以嗎？」

「你有告訴其他人嗎？」

「沒有，雖然有在墓園中被路人認出來，但對方不知道我是搭誰的車過去。」

「那麼可以。你的副司令應該還是李覓少將吧？」

「是。」

顧玫卿停頓片刻補充道：「另外，我在和他獨處時不是叫他副司令或李少將，是學長。這有幫助嗎？」

「幫助非常大，我會充分利用。」

黑格瓦微笑，伸出兩根手指，「接下來是第二個條件，我們需要製造使用跨星系衛星的藉口，這個藉口既要合情合理，又必須和我們的真實動機無關。」

「我不擅長想藉口……」顧玫卿垂下肩膀。

「我知道，所以這部份我負責，你動手就行。」

「我需要做什麼？」

「你已經做了。」

「我什麼都沒……啊。」

顧玫卿忽然想起黑格瓦與酒館老闆的對話，當時龍人的發言、神情乃至身姿都像極了地下社會中要錢不要命的賭徒。

若將時間再往前推，黑格瓦在介入鬥毆前說過，他有想讓老闆傳播的事，如果這事情是「貝綠來了極有自信的瘋狂賭徒」，那麼……

「……如你所想。」

黑格瓦給自己灌一口茶，靠上椅背輕搖龍尾，「此時此刻，黃金輪盤那邊應該已經接到消息，有個攜帶大量巨蜥肉的男人準備過去豪賭一番，他們會把心力花在削凱子，而不是思考這個凱子為什麼要進賭場。」

「但我們的目的不是進賭場，是使用賭場的跨星系衛星。」顧玫卿皺眉。

「當然，不過大多數賭徒在連贏幾十把，獲得可以把過往債務乃至下輩子的花費都付清的賭金後，都會想向朋友炫耀吧？」

「是沒錯，但是那也要能贏十把……殿下很擅長賭博嗎？」

「普通，學過出老千的方法，但騙不過老手。」

黑格瓦看到顧玫卿的臉色瞬間轉青，笑出來道：「放心，我的賭技雖然只是中上水平，但在某些遊戲中不使用常規意義上的老千，連贏幾十把是沒問題的。」

「常規意義上的老千？老千還有非常規的？」

「商業機密。」

黑格瓦淺笑，仰頭將果茶飲盡，抓起一個麵包，「黃金輪盤午後才開張，你今晚好好休息，吃飽睡飽後再去演最後一齣戲。」

顧玫卿點頭，瞧見黑格瓦起身往門口走，心弦一顫站起來問：「殿下要去哪裡？」

「外面，今晚我睡走廊。」

黑格瓦一手拉開門扉，一手指著門外展開的睡袋。

顧玫卿看著灰色睡袋，知道自己此刻應該道晚安然後坐回去，卻無法發聲或彎折膝蓋。為什麼？因為他一瞬間回到離開淋浴間看見黑格瓦還沒回來時，強烈的失望、寂寞，不知自己為何會有此種心情的混亂再度降臨，凍結了言語和肢體。

黑格瓦握住門把的手指微微一顫，繃緊嘴角佇足片刻後，挫敗地將額頭靠上門板細聲道：「別這樣。」

「什麼？」

「就是別這麼……呃啊啊！」

黑格瓦忽然嚎叫，轉過身微微脹紅著臉：「我們之間的精神鍵結還沒解開！」

「精神鍵結是……」

「你們人類為了避免 Omega 在戰鬥中遭受精神攻擊，不是會利用機械將 Beta 或 Alpha 的意識和 Omega 相連嗎？」

「殿下是說衛式機甲和后式機甲間的抵抗力共享系統？那在斯達莫稱為精神鍵結？」

「精神鍵結類似那個系統，但獸人不需要機械輔助，直接用精神力覆蓋想保護的對象就能達成差不多的效果。」

黑格瓦停頓幾秒，下意識別開視線：「我在酒館鬥毆時，擅自與你鍵結了。」

顧玫卿抬起睫羽，總算明白為什麼自己在酒館中明明面對數十名 Alpha 獸人，卻沒有被精神攻擊的感覺，甚至越打手腳越輕盈。

黑格瓦以身為盾，替自己承受了整間酒館的圍攻，而他竟然直到對方坦白才發覺，這令顧玫卿深感愧疚，深深低下頭：「勞您費神了，謝謝。」

黑格瓦的五官微微扭曲，嘆氣道：「這不是該說謝謝的事。」

「殿下保護了我，我應該道謝。」

「精神鍵結不是單純的保護，還能感知對方的情緒、將自身心情傳給另一方。」

「所以？」顧玫卿蹙眉。

黑格瓦的肩膀下垂幾分，無力也無奈地說明：「在情緒的傳送與接收上，精神力較強的那方握有主導權。人類雖然不是毫無精神力的種族，但你們的精神力是作用於電子儀器，不是其他生物，所以在精神鍵結上，你們不管遇上哪個獸人都是較弱的那方，沒有主導權也無法感受另一方的情緒。」

「殿下不管面對誰，應該都是較強的那方吧？」

「九成九都是，這不是重點，重點是我在酒館時擅自讀取了你的情緒，這不管放聯邦還是斯達莫都是冒犯。」

「殿下是為了配合我才這麼做吧？沒關係，我也常常未徵得戰友的許可，就擅自開砲或出擊。」顧玫卿搖著手強調，希望能揮去黑格瓦臉上的陰鬱。

可惜，黑格瓦的鬱悶不減反增，深吸一口氣低聲道：「我本打算離開酒館後就解開精神鍵結，結果……不知道是哪邊出錯，鍵結到現在還存在，而且我完全擋不住你的情緒。」

「擋不住是……呃！」

顧玫卿終於明白黑格瓦鬱結的原因，對方在酒館鬥毆後就一直能感受到自己的情緒變化，不管是在懸浮車與電梯箱中的不安，還是面對空房時湧現的空虛思念，全都如實傳到龍人心底。

而這是多麼讓人尷尬的狀況。

「對……對不起！」

顧玫卿耳尖發紅，先掐爛了掌中的麵包，再嚇一跳急急將食物塞進口中，結巴更急切地道：「對對不起！我竟然、竟然讓殿下感受……經歷那麼糟糕的情緒，非、非非常抱歉！」

「我不是那個意思。」

「我馬上、立刻、立即讓自己平靜下來，絕對不會再打擾殿下！」

「我不是那個意思……」

「對不起，在鍵結解開前，我會盡量遠離殿……」

「我不是那個意思！」

黑格瓦的聲音突然拔高，望著被自己的聲音震住的顧玫卿，垮下臉關門上鎖，走到Omega面前的椅子坐下，「首先，你不是自願把情緒扔給我，這是我不告而取，你壓根不用向我道歉。」

「可是我讓殿下困擾了。」

「我沒有困擾，是欣喜若狂。」

「那就好……咦咦？」

「我很高興。」

黑格瓦雙頰脹紅，把頭轉向另一側僵硬地道：「這是理所當然的吧？哪個人在發現愛慕對象強烈思念自己時會不高興？」

顧玫卿盯著黑格瓦紅到快滴血的面頰，沉默了五六秒才舉手問：「殿下，在斯達莫人心中，『愛慕對象』的定義是……」

「一想到就心暖，見不著就空虛，喜怒哀樂都會被牽引，然後午夜夢迴時夢到對方會引發生理反應的存在。」

「生理反應……」

顧玫卿低語，肩頭一震總算聽懂黑格瓦的明示，瞪大眼瞳混亂地道：「殿、殿殿殿下，我們才、才……掉下來半個月啊！」

「我不是在這兩週對你心動，是初見面就喜歡上你了。」

「初見面……初見面就心動也太快了！」

「獸人是直覺大過理性的種族，越高階的越是如此，我們不走日久生情路線，都是一見鍾情。」

「這我有聽說過，可是……可是我當時一心只想擊墜您啊！」

「我知道。」

黑格瓦將臉轉得更開，蜷曲龍尾自暴自棄地吼道：「反正我就是喜歡能把自己按在地上暴打的人，而且揍越凶越喜歡！」

顧玫卿緩緩抬起眼睫。

他在紀念日的儀式上看見凜冽迫人的斯達莫攝政王，於星空和沙漠間看過沉著冷靜或強壓哀慟的龍人，也在酒館內窺見對方勇猛和故作輕浮的一面，以為黑格瓦已有些了解，直到此刻才驚覺自己有多淺薄。

眼前的龍人從臉頰到耳尖都籠罩緋色，深藍眼瞳中晃著火光，雙唇拉緊如弓弦，帶有金屬光澤的龍尾捲成圓圈，絲毫不見過去兩週的穩重、自信或老謀深算，只有當事人極力掩蓋，但仍溢滿整個房間的羞澀。

而顧玫卿覺得這樣的黑格瓦好可愛。

黑格瓦尾尖猛顫，僵硬地轉向顧玫卿，滿臉的不敢置信道：「你怎麼……你不該是這種反應吧！」

「我應該是什麼反應？」

「覺得噁心、對我的印象崩壞深感失望、要我立刻滾出房間。」

「我不覺得噁心，雖然沒想過殿下有這一面，但並沒有失望，只是很驚訝。」

顧玫卿猶豫片刻，直視黑格瓦誠實地道：「然後我還是不希望殿下離開。」

黑格瓦沉默，和顧玫卿對視須臾後垂下尾巴，低頭按著自己的眉心道：「你這人……你明白自己在向誰、說什麼嗎？」

「向可靠的戰友傳達同房的請求？」

黑格瓦快速道：「是向一個在精神與肉體層面上都會對你發情的 Alpha 說『我想跟你在同一個房間過夜』。」

「……殿下的易感期到了？」

「還有至少三個月！」

黑格瓦焦躁地低吼，看著顧玫卿堆滿關切的臉龐，雙手掩面甩動龍尾，「我是一個對你這個 Omega 抱有好感、慾念、非分之想的 Alpha，別對我這麼不設防啊！」

顧玫卿望著快用尾巴把地板拍出凹痕的黑格瓦，雖然還是不希望對方離去，但也深切感受到龍人的煎熬，低頭誠懇道：「抱歉，我第一次被 Alpha 示愛，不清楚該如何應對。」

「你沒被 Alpha 示愛過？」黑格瓦猛然放下手。

「Alpha 的話沒有，但 Omega 和 Beta 都對我求婚或告白過。」

顧玫卿發現黑格瓦的臉色由鮮紅轉為鐵青，立刻傾身問：「怎麼了？身體不舒服？」

黑格瓦沒有回答，以混雜震驚與憤怒的眼神盯著顧玫卿，沉默好一會才開口：「聯邦的 Alpha 是沒長眼還是沒長腦袋？」

「殿下這麼說太過……」

「一點也不過分！」

黑格瓦的聲音拉高將近一倍，手指顧玫卿，惱怒地甩動龍尾道：「對你這種集美貌、品德、高雅和強悍於一身的 Omega 無動於衷，這毫無疑問不是沒腦就是瞎眼！」

如果說有什麼事比「斯達莫攝政王對自己抱持愛意」更讓顧玫卿驚訝，那麼毫無疑問會是「斯達莫的攝政王覺得自己美麗又高雅」，他先是懷疑黑格瓦口誤，但等了片刻沒等到任何更正，這才驚覺對方是認真的。

顧玫卿的雙唇一開一合，反覆數次才擠出聲音道：「美、美……美貌和高雅什麼……殿下謬讚了。」

「不是謬讚，只是陳述事實，你如果生在斯達莫，向你求愛的 Alpha 早就繞魯苦三圈了。我也……」

黑格瓦頓住，眼底的怒火驟然轉為苦澀，靜默兩三秒後別開目光：「扯遠了。總之，不管你對自己的體能、精神力還是對信息素的抵抗力多有信心，都不能對Alpha掉以輕心，特別是對你抱有慾念的Alpha，明白嗎？」

「明白。」

顧玫卿點下頭，在黑格瓦鬆一口氣時，說出讓龍人將那口氣吞回去的發言：「但我覺得，殿下無論作為戰士還是Alpha，都是我能完全信賴的對象。」

黑格瓦回過頭，睜大眼瞳：「你！我剛剛的話你……」

「我不認為殿下會傷害我——即使您處於易感期。」

顧玫卿平靜更篤定地打斷黑格瓦，隔著桌案凝視龍人的藍瞳問：「殿下會嗎？」

黑格瓦拉平嘴角，與顧玫卿對視足足半分鐘後，垂下雙肩低聲道：「在我傷害你前，我會先傷害自己。」

「請不要這麼做。」

「那就別考驗我的自制力。」

黑格瓦沉聲強調，垂在身側的龍尾略微弓起，目光轉為凌厲：「而且我要聲明，我無意和任何人締結婚姻關係，所以如果我控制不住慾望對你做了什麼，我完全不會負責。」

顧玫卿放在腿邊的手指輕輕一顫，黑格瓦的視線、言語，以及不知何時充斥空氣的寒氣全寫著威嚇，稍有常識與理智的人都該拉開距離，但是……

「我還是想和殿下待在一起。」

顧玫卿的聲音堅定如磐石，迎向露出無形獠牙的龍人，在對方開口前接續道：「但如果這會讓殿下痛苦，那麼我願意獨處。」

黑格瓦愣住，望著顧玫卿久久都吐不出一句話。

「和我待在同一個空間，會令殿下痛苦嗎？」顧玫卿問。

黑格瓦雙唇微啟再閉上，反覆幾回後垂下頭也垂下龍尾，「你這問題太犯規了。」

「殿下……」

「把光束槍擺在手邊。」

黑格瓦站起來，轉身走向浴室，「我先洗個澡，再把睡袋拿到房裡。」

顧玫卿遲了幾秒才理解黑格瓦的意思，站起來驚喜地道：「謝謝！」

「別跟我道謝，你根本不清楚自己邀了什麼變態進門！」

「殿下怎麼會是變態？」

「我當然是，我為了排解得不到你的煎熬，在網路上養了一個容貌、性格、聲音都和你九成相似的性奴！」

黑格瓦在說話時甩開浴室的門，回過頭指著顧玫卿枕邊的光束槍厲聲道：「所以，絕對不要讓槍離手，懂嗎！」

「我會。需要幫您把睡袋拿進來嗎？」

「……」

「殿下？」顧玫卿偏頭呼喚。

「我自己拿。」

黑格瓦踏進浴室，垂著龍尾關上門扉。

顧玫卿看著門板合攏，坐回床上給自己盛一碗燉肉，看著碗中燉得碎爛的蔬菜與肉塊，腦中忽然閃過連線人偶的白色碎片，想起其實自己不是第一次被 Alpha 告白。

而那也是他成年後第一次砸毀物品、在他人面前失控痛哭，並且獻出初吻的時刻。

◆◆◆

那是發生在顧玫卿以蘿絲的身分與法夫納相遇約半年後的事。

雖然顧玫卿與法夫納交換聯絡方式，但礙於年底考核與一年一度的軍團對抗賽接踵而至，等到他有空進入遊戲間時，已是將近兩個月後。

他在內心交戰許久，終究硬著頭皮換上了自己喜歡，但從未在外人面前展現過的衣裝。那是一套由淺粉色的蕾絲束胸、綁帶內褲與吊帶襪組成的性感內衣，平心而論，這身衣服穿在Omega身上並不驚世駭俗，但顧玫卿不是一般Omega。

顧玫卿是將門之家顧氏的長孫，從小到大受的是比Alpha還Alpha的鐵血教育，在身材、外貌和氣質比起Omega更接近Alph。

這讓顧玫卿不需要他人意見，就明白自己和薄紗、蕾絲、緞帶、絲襪、花朵……種種柔美夢幻的衣裝無緣。

但即使知道自己不適合，他還是被這些美麗的衣物吸引，時不時在網路下單，在浴室中對著鏡子穿上再脫下。

顧玫卿惶惶不安地向法夫納發出邀請，片刻後對方進入連線人偶，盯著Omega一動也不動地看了整整半分鐘。

然後，他對不安到極點的顧玫卿露出笑容，吐出Omega想都沒想過的評語：「我不認為你這身打扮會嚇到人，但你值得更美的。」

顧玫卿瞪大眼瞳，還在消化法夫納的反應，便聽見另一句超乎他意料的話語。

「你會跳社交舞嗎？」法夫納問。

「會一點。」

「會倫巴嗎？」

「不會，我比較熟的是華爾滋，而且大多是領……」

「我教你。」

法夫納站起來，從椅邊抽出圓棍化為馬鞭，「從基礎開始。」

以這句話為始，顧玫卿迎來了長達四個月的一對一倫巴教學，並且很快就發現學倫巴比承受鞭打更難。

如果說華爾滋是端莊優雅的千金，那麼倫巴就是冶豔撩人的舞孃，要求舞者用眼神、步伐乃至身上每一寸肌肉挑逗舞伴。

對顧玫卿而言，這不僅陌生，甚至會令他感到羞恥，拜此之賜，他屢屢被法夫納喊停修正姿勢，在反覆的練習中記住所有舞步，卻跳不出一絲魅惑。

失落、挫折、羞恥、愧疚……種種情緒在顧玫卿心中堆積，眼看就要壓垮心弦時，現實先一步重擊。

顧玫卿的母親長年在首都星的療養院中靠機械維生，礙於職務他無法常伴母親左右，但只要人在首都星，一週至少會前往療養院兩次。

那日，顧玫卿剛從鄰近行星歸來，一出宇宙港就帶著該行星特有的玫瑰直奔療養院，想讓睜不開眼的母親用嗅覺感受昔日最愛的花朵。

然而當他推開病房的房門時，看見的只有空蕩的空間與病床。

顧玫卿第一時間以為自己走錯房間，退後兩步確認房號，再重新開門注視無人的病房。

一名和顧玫卿熟識的護理師遠遠看見他的舉動，快步上前在顧玫卿二度退後、關門時喊

道：「顧上將，你的母親已經走了。」

「走了？」

顧玫卿握著門把看著護理師問：「走去哪裡？」

「去……你的父親沒通知您嗎？」

「通知什麼？」

顧玫卿皺眉，瞧見護理師的面色變得頗為難看，心中警鈴大作，前進一步問：「父親做了什麼？」

護理師被顧玫卿嚇到，停頓兩三秒才回答：「他上週辦理出院，將你的母親帶走了。」

顧玫卿雙眼睜至極限，盯著護理師直到對方問他需不需要找個地方坐下休息，才驟然掉頭往療養院外走。

他邊走邊連點個人處理器，找到顧德宙的名字後，用彷彿要戳穿對方頭蓋骨的力道按下通話鍵。

片刻後，顧德宙的聲音和嘻笑聲一同響起：「玫卿？你這時候……」

「你把媽媽送到哪裡了？」

顧玫卿打斷父親，掛著個人處理器的手腕細細顫抖，聲音也不自覺拉高：「把她送去了哪家療養院？」

「……」

「父親！」

「她不在醫院或療養院，在殯儀館。」

顧德宙吐出顧玫卿最懼怕的回答，在杯盤的撞擊聲中不耐地道：「她躺了十五年，連眼皮都沒動過一下，再拖下去也只是浪費錢。」

「醫生上個月說過，有新的治療……」

「他們每年都這麼說，結果還不是一樣！」

顧德宙那方傳來某人摔倒的聲音，頓了幾秒道：「我還有事，沒空跟你吵，喪禮定在月底，時間地點我之後讓秘書傳給你。」

「喪禮？你已經把媽……」

「都說了我沒空了！」顧德宙怒吼，不等顧玫卿回應就結束通話。

顧玫卿不大清楚自己是怎麼離開療養院的，只依稀記得看到奔流的車潮、在玻璃窗內歡笑用餐的家庭、公寓樓下的路燈以及自己的衣櫃。

他在規律的鈍響中慢慢恢復理智，起初還沒意識到響聲的來源，直到瞧見拳頭上沾著凝膠狀的白色物體——構成連線人偶外皮的可變式軟合金，才驚覺聲音是自己捶出來的。

而顧玫卿捶打的對象，是和法夫納連線的連線人偶。

法夫納躺在顧玫卿的雙腿之間，臉上的面具還在原位，但明顯凹了一角，髮絲也凌亂不堪；黑色襯衫被整個扯開，敞開的衣衫下是從左腹一路走過右胸接近鎖骨的猙獰傷疤。

「啊、啊啊……呃啊啊！」

顧玫卿跌跌撞撞地離開法夫納的身軀，望著 Alpha 從腹部到胸部的疤痕，腦中閃過空無一人的病房，以及過去數個月在遊戲室中反覆迴盪的「停，再來一次」。

他既沒有保護母親，不曾達成法夫納的要求，作為兒子、男奴或是軍人，他一事無成，只擅長破壞。

而誰會喜歡一個破壞狂呢？

無形的力量掐住顧玫卿的咽喉與心臟，窒息與劇痛覆蓋神經，讓他雙腿一軟跪倒在地上。不過在顧玫卿被痛楚完全吞噬前，法夫納從地上爬起來，將 Omega 拉入自己的懷中。

這舉動讓顧玫卿雙眼圓睜，近距離看著法夫納破損的襯衫，張口想要道歉，卻吐出一連串哭叫。

法夫納一手環在顧玫卿的腰上，一手輕拍對方的背脊，承受著懷中人的眼淚和重量，在對方由嚎哭轉為斷斷續續的抽泣後，才將人放開，「手有受傷嗎？」

「我、您……您的胸、胸上……」

「那是舊傷，別在意。手有受傷嗎？」

「我把、把人偶都敲……敲……」

「是有點故障，不過壞了也好，可以換連線速度和敏感度都更高的機種，我剛好看上一臺，你同意的話，我過兩天就寄過來。」

法夫納在回答同時拉起顧玫卿的手，仔細檢查掌心、手背與指頭，蹙眉道：「瘀青了……你的家務機器人有醫療功能嗎？」

「沒有。」

顧玫卿搖頭，望著法夫納堆滿憂慮的臉龐，不可思議地問：「您……不生氣嗎？」

「我很生氣。」

法夫納看見顧玫卿的手驟然往後縮，握住對方的手腕，抬起頭冷聲補充：「對於把你逼成這樣的人事物，我非常生氣。」

顧玫卿愣住，在法夫納的眼底找到熾熱而壓抑的怒火，心頭跟著發燙，覺得自己似乎應該表示什麼，可是張嘴閉嘴數次還是擠不出言語。

「沒話說就別說，不要勉強自己。」

法夫納將顧玫卿攬回懷中，再次拍撫對方的後背，「也不用跟我解釋原因，我知道你過了糟糕的一天，這就足夠了。」

顧玫卿肩頭一抖，不想繼續失態，但眼淚就像拔掉開關的水龍頭，無視主人的意願倘流而下。

「你很了不起。」

法夫納撫上顧玫卿頭顱，引導 Omega 枕上自己的肩膀，「在經歷一堆糟糕事後，還是好好回到家中，來到我面前，這非常、非常、非常的了不起。」

「可是……可是我揍了您。」

「你的拳頭是很夠力，還都打在要害上。」

法夫納感覺肩上的人猛然緊繃，揚起嘴角笑道：「不過雖然你在 Omega 中算特別能打的，但我的身體強度放在 Alpha 中，也是頂尖中的頂尖，所以不礙事。」

「怎麼可能不礙事！我都……都把人偶敲壞了！」

「就是不礙事。」

法夫納拍撫顧玫卿，「你見過我胸口的傷吧？雖然不是多光彩的經驗，但我體驗過比你的拳頭致命百倍的攻擊，不要小看自己的主人。」

顧玫卿想起法夫納胸上的傷痕，即使以戰場上的傷兵為標準，那也是相當嚴重的傷勢，心頭一緊問：「很疼嗎？」

「你問我胸上的？當時忙著活下來，沒空疼。」

「您傷得這麼重……」

「再重，也挺過來了。」

法夫納冷淡地回應，在顧玫卿接話前，將人放開道：「回憶往昔到此為止，該來處理此刻的事了。」

「什麼事？」

「我就不繞圈子了，你願意做我一個人的蕩婦嗎？」

「……啊？」

「我想收你當我的固奴。」

法夫納抬起手，指腹輕輕掠過顧玫卿的面頰，深藍眼瞳幽暗又明亮，「我受夠了不定期、不定時的相遇，我要每週至少和你見面一次，每次至少一個小時。」

顧玫卿整個傻住，看著法夫納的眼瞳，反覆確定對方沒有半點玩笑意味後，倒抽一口氣顫聲道：「為、為為為什麼？我一次、半次都沒有達……達成您的要求啊！」

「你哪裡沒有？」

「我跳不出倫巴的感覺。」

「我的職業是舞蹈老師嗎？」法夫納挑眉。

「不是，不是但是……呃！」

顧玫卿雙眉緊蹙，低下頭混亂地道：「我不懂，如果舞蹈不是目的，那……我不明白，您到底想做什麼？」

「我要你正視自己的需求。」

法夫納捧起顧玫卿的臉，近距離直視 Omega 的灰眸：「你不是無慾無求、清冷剛硬之人，你渴望有人寵愛，有七情六慾，想要被人看見並且承接你的脆弱之處。」

顧玫卿的眼瞳緩緩放大，望著咫尺之外沉靜卻也銳利如刃的藍眼，沉默許久才細聲道：「我不能……我沒有那個……資格。」

「誰說的？」法夫納質問，見顧玫卿抿著嘴唇目光飄忽不定，斂起眼瞳，厲聲道：「回答我！誰說的？」

顧玫卿張口又閉口，重複數次才用氣音道：「爺爺、父親、老師、長官……很多很多人都這麼說，我是大家的希望與表率，我必須堅強、獨立對得起家族和部隊，不能露出破綻，更不能想要……被寵愛。」

「而你也信了？」

「是……」

顧玫卿垂下眼睫，又一次看見法夫納碎裂的領口，視線頓時被淚光所模糊，抖著嘴唇道：「畢竟我……我是個高大、不可愛、不漂亮還很凶暴的 Omega。」

法夫納拉下嘴角，望著深陷自卑的顧玫卿，鬆開手輕輕嘆一口氣問：「你覺得，我是個隨便的主人嗎？」

「不是。」顧玫卿垂著頭回答。

「我的確不是，我很挑剔，只有最有價值，或極度惹人憐愛的人，才能作我的固奴。」法夫納挑起顧玫卿的下巴，再次直視對方的瞳眸：「你屬於後者，你無法想像過去四個月我耗費多少力氣，才阻止自己把你拆吃入腹。」

顧玫卿直覺法夫納只是在安慰自己，可是當他與 Alpha 四目相交時，在深邃如潭的藍瞳中看見毫無虛假的渴求。

不，不只是眼瞳，而是全身上下每一寸肌肉、每一個吐息都指向 Omega。

顧玫卿不知道法夫納是怎麼做到的，但眼前的男人明明透過連線人偶在千里之外與自己互動，卻讓他有種與易感期的頂級 Alpha 共處一室，下一秒就要被對方撩撥發情的錯覺。

「回應我吧，我美麗、獨一無二的花姬。」

法夫納低語，遊戲室中響起過去四個月迴盪無數次的倫巴舞曲，他撫摸顧玫卿的面頰，「讓你的主人看看，你是多麼誘人的 Omega。」

顧玫卿喉頭滾動，在樂聲中緩緩站起來，後退幾步。望著法夫納舉起雙手，應節拍扭動腰肢。

扭擺、滑步、伸展與擺動雙手、轉圈再以腳尖畫圓……顧玫卿重複過去數月學習的舞步，但不同的是這次他沒將心力放在重現正確的舞姿，而是全心關注法夫納。

而法夫納也看著顧玫卿，Omega 在對方的瞳眸中找到自己的身影，顫慄與喜悅一同竄上背脊，讓他拋開矜持、羞恥與從小到大所受的教育，放開手腳面向 Alpha。

——請只注視我一人。

——請只寵愛我一人。

——請只渴望我一人。

——請只屬於我一人！

顧玫卿無聲地吶喊，垂下雙臂張開十指，由下而上撫過自己的大腿、腹部與胸脯，扭盪臀部劃出八字。

瞧見法夫納的視線跟著自己的身軀走，他的腹部微微發熱，扭轉的動作隨之加大。

然後，在他隨節拍後退時，法夫納從地上站起來追上顧玫卿，攬住 Omega 引導對方與自己一同轉圈。

顧玫卿嚇一跳，不過驚嚇很快消散，他讓法夫納牽著自己的右手，將重心與身體全交給Alpha，時而傾倒在對方的臂膀上，時而在對方的掌下旋轉。

而這帶給他前所未有的滿足，特別是當法夫納收臂將 Omega 拉向自己時，蜜糖般的快樂會由兩人身體相疊處迸發。

然後，法夫納在樂曲尾聲時，低頭吻上顧玫卿的唇瓣。

而那是個甜蜜得無以復加的吻，顧玫卿閉著眼攀握住法夫納的手臂，心中忽然浮現一個貪婪的念頭。

他好希望此刻親吻自己的不是連線人偶，是法夫納本人。

CHAPTER.06

第六章

你對匪徒來說是瘟神，
但於我而言是勝利之神

In a BDSM VR game, fall in love with an enemy general.

儘管黑格瓦拒絕顧玫卿替自己拿睡袋，但吃飽喝足沒事幹的Omega，基於三分好意，七分防止反悔，還是把灰色睡袋搬進房間，解開綁繩鋪平在單人床邊。

這導致當黑格瓦頂著毛巾，一走出浴室就看見睡袋，停止腳步睜大眼睛足足五秒，才垮下肩膀將睡袋挪到房間另一端。

這反應讓顧玫卿有些擔心黑格瓦是不是生氣了，但這份憂慮很快就消散，因為他發現龍人悄悄搖晃龍尾。

他甚至在空氣中嗅到Alpha無意間釋放的信息素，涼爽似夜風的氣味既不帶威嚇，也沒有半點挑逗，只有純粹的喜悅與愛憐，讓顧玫卿拉起棉被入睡時，有種躺在雲朵上的錯覺。

拜此之賜，顧玫卿不僅一夜無夢，還睡到接近中午時分才甦醒。

顧玫卿睜眼時黑格瓦和睡袋都消失了，不過他一打開房門就聞到熟悉的肉香菜香，循香味來到客廳兼工作室的空間，看見綿姨、鬚普和幾名陌生獸人坐在沙發椅或地板上，開開心心地啃餡餅。

黑格瓦站在合金長桌旁，用攜帶式電子爐熟練地烙餅，在瞧見顧玫卿後將剛出爐的餅和一碗色彩繽紛的涼拌菜遞給Omega，告訴對方用完午餐換好衣服後就出發去黃金輪盤。

「還要換衣服？」顧玫卿端著裝盛食物的托盤問。

「要，魯苦人相信穿著可以帶來好運，所以進賭場前會精心打扮一番。」

黑格瓦將餡餅翻面，眼角餘光捕捉到顧玫卿臉色大變，揚起嘴角，「放心，綿姨願意贊助我們衣服——還附裁縫，吃完後她會帶你下樓挑衣服。」

顧玫卿鬆一口氣，不過立刻就感受到一道熾熱目光的注視，轉頭便瞧見綿姨笑容燦爛地盯著自己。

綿姨的凝視一直延續到顧玫卿吃完午餐，他剛放下餐盤，就被老婦人半推半拉地帶到二樓的裁縫工作室，面對幾乎占據整個樓面的衣物，睜大眼瞳不知該從何下手。

綿姨輕拍 Omega 的手臂笑道：「慢慢挑、慢慢選，不管你想穿哪件，綿姨都能讓你穿得服服貼貼、豔冠群芳。」

顧玫卿點點頭，但佇立了近一分鐘才走向衣架，於上百件衣衫、長短褲、長短裙、長短襪、馬甲……眾多見過或沒見過的衣服配件中行走，在酷似軍禮服的雪色套裝，和一件白底繡紅玫的斯達莫風格的長袍中猶豫許久後，狠下心拿起後者。

他拿著長袍準備回去找綿姨，然而一轉身視線就掃過前方的襪子架，被掛在架子最高處的商品釘在原地。

在沉默了比先前長上三倍的時間後，顧玫卿小心翼翼地伸手將商品取下。

顧玫卿把商品藏在上衣內，只將長袍長褲交給綿姨，直至老婦人修改完畢，要他帶著衣物進入試衣間前，Omega 的心都懸在喉頭。

半小時候，顧玫卿穿著長袍隨綿姨來到一樓，在櫃檯前看見鬚普以及黑格瓦。

黑格瓦戴上綿羊角，身穿內裡繡銀紋的黑藍色系燕尾服，戴皮手套的手正對鬚普比劃，耳朵捕捉到腳步聲，斜眼朝顧玫卿的方向看，眼瞳瞬間放大，雙手和嘴巴同時停下。

鬚普等了一會等不到後續，抬手在黑格瓦面前揮了揮，「阿格叔？」

黑格瓦肩頭一抖回過神，拍鬚普的肩膀扔給對方一句「剩下的你自由發揮」後，就轉身快步走向顧玫卿。

這讓顧玫卿直覺是自己選錯服裝了，不等黑格瓦走到面前，就立即開口道：「對不起，我去換掉。」

「你美極了。」

黑格瓦的聲音和顧玫卿的道歉撞在一起，Omega 愣住，隔了片刻才懷疑地問：「不會奇怪嗎？」

「一點也不奇怪，很美。你……」

黑格瓦掃視顧玫卿，Omega 選擇的長袍輕薄柔軟，沒有腰帶之類的束縛，也無法靠布料撐起或墊厚身材，但也因此能完全展現穿著者的身體線條。

而顧玫卿既有 Alpha 的挺拔高䠷，又兼具 Omega 的優美精緻。

龍人抬起手，指尖隔著空氣掠過顧玫卿綻放玫瑰的肩膀、被金色鈕扣束起的胸膛，以及由雪色布料自然勒出的腰線，喉結微顫重複道：「很美。」

「不奇怪就好。」

顧玫卿安下心，望向黑格瓦身上的三件式燕尾服。

龍人本來就是堪稱衣架子的好身材，配上做工精美的禮服，高大的身軀少了幾分野性，多了讓人轉不開眼的優雅與貴氣。

顧玫卿忍不住脫口道：「殿下像童話故事中的王子一樣。」

「不是童話中的惡龍？」黑格瓦挑眉。

「是惡龍的王子。」

顧玫卿說完才驚覺失言，連忙抬起手解釋：「不是！我的意思是……殿下看起來比王有殺傷力……呃！也不是，我是說……」

「你喜歡嗎？」

「喜歡。」顧玫卿一秒回答，再迅速紅起臉，張嘴想為過度快速的回答做解釋，卻擠不出半個字。

黑格瓦的嘴角上揚幾分，搖著龍尾轉身走向店門口道：「那麼就出發吧，早點進賭場，人比較少。」

◆◆◆

顧玫卿跟著黑格瓦乘上懸浮車，在經過約二十分鐘的車程後，來到貝絲占地最廣、樓層數最多、並且是唯一球形的建築物，賭場「黃金輪盤」前。

黑格瓦：「我們之間的精神鍵結經過一晚的拆解，已經鬆動不少，要解除只是一個念頭的工夫。」

黑格瓦轉動方向盤駛向賭場的地下停車場，放緩速度空出一隻手從置物櫃拿出藥罐，倒出幾顆藥丸吞下：「但賭場的出入份子複雜，為防萬一，我會維持最低限度的聯繫。我目前無法感知你的情緒，不過如果你陷入強烈的驚恐、失去意識，或是在心中大聲呼喚我，我都會有感覺，會立刻趕到你身邊。」

「殿下也能透過鍵結呼喚我嗎？」

「能是能，但對人類來說不大舒服，感覺上會很接近精神攻擊。」

「如有危險，請呼喚我。」

「那對人類不……」

「請呼喚我。」

顧玫卿重複，望著黑格瓦沉聲道：「我堅持。」

黑格瓦拉平嘴角，和顧玟卿對視幾秒後，把頭轉向前方嘆氣：「如有需要，我會叫你，但我會極力避免。」

「殿下認為我無法承受？」顧玟卿微微蹙眉。

「和你能不能承受無關。」

「除此之外，還能和什麼有關？」

「……」

「殿下？」顧玟卿偏頭注視龍人。

黑格瓦張口再閉口，反覆幾回後突然咂口，踩下油門粗暴地道：「有哪個人會喜歡讓愛慕的人受苦啦！」

顧玟卿抬起睫羽，望著黑格瓦泛紅的耳尖，直至龍人將車輛開到賭場停車場的檢查哨才回神。

黃金輪盤地上地下相加總計七十層，整棟建築物分成停車場、餐廳、旅館、賭場、行政與倉儲層五個區塊，僅有貴賓能出入的賭場位於三十五層，此樓層不僅是整棟樓中占地最廣的一層，裝潢上更是「金碧輝煌」四字的具現化。

「先生，您交付的巨蜥肉已全數轉為籌碼，如果您對換算比例滿意，請在板上簽名。」服務生遞上電子簽名板，身旁的半身高搬運機器人則端著裝有銀、銅、鐵……不同材質的圓形籌碼的托盤。

黑格瓦於簽名板上簽下「法夫尼爾」。隨後拿起兩個銅籌碼放到服務生掌上，「機器人留下，你可以走了。」

「不需要為您介紹嗎？」

「不用，我知道自己要去哪裡。」

黑格瓦停頓一會，伸手攬住顧玫卿的腰，下巴微抬放肆地笑道：「我有我的幸運女神相陪就夠了。」

服務生看著兩人，恍然大悟躬身道：「如有需要，請透過機器人召喚我，我很樂意隨時為您服務。」

黑格瓦點了下頭，摟著顧玫卿轉身，感受到Omega的僵硬，放鬆手臂以僅夠兩人聽聞的音量道：「忍著點，很快就結束。」

顧玫卿先小幅點頭，再迅速搖頭，緊繃著肌肉細聲道：「我的運氣很差，巡邏時走哪裡，哪裡就有宇宙海盜，沒辦法當幸運女神！」

黑格瓦微微一愣，再笑出來道：「我以為你要說：『我不是女性』。放心，你對匪徒來說是瘟神，但於我而言，是百分百的勝利之神。」

「殿下下注時，還是不要碰我比較安全。」

「是主人，不是殿下。」

黑格瓦低聲提醒，帶著顧玫卿筆直前進，穿過數個賭桌來到樓層正中央的輪盤桌。

而這張桌子也是黃金輪盤的象徵，賭桌右側的輪盤比普通輪盤大上兩倍，以黃金、紅黑寶石、水晶以及魯苦這顆沙漠星球中最珍稀的資源——實木手工打造，而主持賭局的則是賭場中任職超過十五年的老練荷官。

當黑格瓦走到輪盤桌旁時，一名賭客剛剛輸光所有籌碼，瞪著中年荷官許久，才不甘心地甩頭離開。

龍人極其自然地坐上剛空出的椅子，掃了桌面一眼後，抓起所有籌碼放到編號「二十二」的格子上。

中年荷官等待黑格瓦下一步動作，然而整整兩分鐘過去，龍人僅是翹著腳看自己，他只能出聲問：「先生要單押？」

「不行嗎？」

「當然可以，只是……」

中年荷官瞄了機器人手中空蕩蕩的籌碼盤，淺笑道：「單押中獎率不高，一般不推薦第一次玩的客人單押。」

「可是單押的賠率是最高的。」

黑格瓦靠上椅背，輕敲座椅的扶手催促道：「我不是來跟你聊天的，快點轉，別浪費我的時間。」

「抱歉。」

中年荷官欠身道，先轉動輪盤本體，再將白色小球扔入盤中。

小白球在輪盤的格子間彈跳，顧玫卿的心跳也隨之拉高。

經過兩週的相處，他充分認知到黑格瓦十分擅長以囂張跋扈的行為，掩蓋深思熟慮後的行動，但即使如此，他還是心驚膽顫。

在漫長也短暫的等待後，白球總算耗盡動能，停在刻著數字「二十一」的紅色格子中。

「恭喜。」

中年荷官平靜地收回小白球，輕敲手邊的投影面板，一旁的籌碼機器人立刻拿出一枚金籌碼、三枚銀籌碼準備放到黑格瓦面前。

「直接擺到十六號上。」

黑格瓦打斷機器人的動作，將二十一號上的籌碼也推到該格，再靠回椅背。

「本回還是單押？」中年荷官問。

「當然，你好心讓我一局，我豈能贏了就跑，害你被賭場開除？」

「客人太高估我了，一切都是機率。」中年荷官微笑，再次撥動轉盤打出小白球。

白球在黑紅格子上跳躍，片刻後先落進編號十五的格子，再向前滾動一圈停在十六號格。這讓中年荷官的眉毛微微抬起，但他馬上就控制住表情，讓機器人拿出相應的籌碼。

黑格瓦比照前一回，要機器人直接將籌碼擺到下一個號碼上，單手支頭，用眼神催促荷官趕快扔球。

中年荷官將小白球拋向轉盤，這次白球飛過黑格瓦所押的號碼，但在落入格子時地面忽然震動，將球珠彈回前一格。

接下來第四、五、六、七連續四局，小白球都像是裝了磁鐵一般，無論荷官是輕拋還是重擲，最終都是落入黑格瓦選擇的號碼中。

中年荷官額上冒出細汗，看著機器人將最高額度的水晶籌碼成疊交出，略帶僵硬地向黑格瓦笑道：「客人是被幸運女神眷顧之人呢。」

「我不是被幸運女神眷顧，」黑格瓦將顧玫卿輕輕勾向自己，望著荷官囂張地笑道：「我是獨占幸運女神的人。」

「那真是太讓人羨慕了。」

中年荷官苦笑，轉頭按著無線耳機片刻，再面向黑格瓦問：「客人，接下來會由另外一位荷官接手本桌，您要繼續遊戲，還是……」

「我在這裡等他。」

黑格瓦悠哉地伸展雙手，再撫上顧玫卿的腰側，將人帶向自己道：「然後給我和我的幸運之花一杯『沙漠月想』，我的正常版，我的花朵無酒精版。」

「我這就為您準備。」

中年荷官點頭，在投影面板完成點單後，強撐著笑容離開賭桌。

◆◆◆

莫約五分鐘後，有著四隻手、五隻眼睛的人馬座星人荷官、女兔人服務生，以及檢修機器人來到輪盤旁。

女兔人替黑格瓦、顧玫卿送上調酒與招待的水果，檢修機器人和人馬座荷官則仔細檢查賭桌。

於此同時，顧玫卿察覺到周圍賭客正朝輪盤桌聚攏，其中大多是好奇的圍觀者，但也有幾人的目光、身材或肢體動作明顯不是普通人。

顧玫卿判斷這是賭場的保鑣甚至殺手，正苦惱要如何警告黑格瓦時，龍人先一步輕拍他的腰。

「瞧你緊張的。」黑格瓦輕笑，舉起雞尾酒杯啜飲一口，用輕如吐息的氣音道：「放輕鬆，『桂冠已在眼前』。」

顧玫卿揚起眼睫，「桂冠已在眼前」是對無蹤者女王決戰中盟軍的暗號，意思是「一切都照計劃進行中」，放在此處應該是想告訴自己，目前的變化都在預料中。

「全押八號。」

黑格瓦瞥了自己面前幾乎要組成城牆的金、銀、水晶籌碼，擺著手帶著幾分厭煩對機器人道：「放不下的話，擺一枚代表就行，我不會賴帳。」

機器人拿起一枚水晶籌碼放上押注格，人馬座星人的荷官同時轉動輪盤，甩手將小白球扔進盤中。

所有人的視線都隨小白球跳動，數十秒後輪盤先慢下來，接著球體跳躍的幅度也放緩，一格一格逼近黑格瓦指定的數字，最後落進格子正中央。

而接下來兩局的結果也相同，這讓賭桌周圍陷入寂靜，並在黑格瓦第三次押中數字時爆出驚呼。

叫喊聲驚動整個樓面的賭客，他們循聲音聚集到輪盤桌邊好奇圍觀，將整張桌子圍至密不透風的程度。

黑格瓦無視聚攏的人群，單手把玩著水晶籌碼，望著押注區慵懶地道：「接下來……接下來到此為止吧。」

「客人不繼續了？」人馬座荷官問。

「我再繼續，你們就沒籌碼給其他人了。更何況人要懂得見好就收。」

黑格瓦將水晶籌碼拋給人馬座荷官，再隨手抓起一把金籌碼塞給女兔人服務生，起身道：「賞你們的，不用說謝。」

「客人……」

「啊，差點忘了，這個拿給前一位荷官。」

黑格瓦夾起一片水晶籌碼放在桌角，將剩餘的籌碼通通掃進搬運機器人的托盤中，再次圈住顧玫卿的腰，轉身朝兌換籌碼的窗口走。

周圍賭客緊盯著滿滿一托盤的水晶與黃金籌碼，但基於某種生物直覺或求生本能，不僅無人悄悄朝小山般的籌碼伸手，甚至會主動後退讓路。

但賭客不擋路，賭場保鑣會，八名身材高大的虎人與狼人擋住兩人的去路，眼瞳與站姿都刻滿威嚇。

這讓顧玫卿近乎反射動作地想釋放精神力，將樓層中的機器人化為己方士兵，但在最後一刻壓住衝動，因為他注意到黑格瓦的嘴角掛著淺笑，扶在自己腰上的手也毫無顫動。

他決定相信龍人，僅是牢牢盯住保鑣，沒有入侵賭場的系統或將虎人狼人摔飛。

黑格瓦似乎察覺到顧玫卿的忍耐，不動聲色地輕拍對方的腰，放下手笑問：「這是……賭場不認帳的意思嗎？」

一名虎人上前道：「黃金輪盤的老闆，戎珀先生想與您聊一聊，請隨我來。」

「如果我拒絕呢？」

「請隨我來。」虎人重複，其餘保鑣則默默逼近黑格瓦和顧玫卿。

黑格瓦環顧眾保鑣，長長嘆一口氣，敲敲搬運機器人朝顧玫卿道：「這個交給你保管，到三十六層的酒吧等我，有想吃想喝的直接拿籌碼付。」

「我想和你一起去。」顧玫卿道。

「我也想，但我不認為他們會同意。你們會嗎？」黑格瓦望向虎人。

「老闆邀請的只有客人，不含您的夥伴。」

虎人面無表情地做出「請」的手勢，「法夫尼爾先生，這邊請。」

「我一會就回來。」

黑格瓦輕按顧玫卿的肩頭，朝虎人所指的方向走去。

其餘保鑣迅速包圍黑格瓦，扣除沒有給龍人上手銬腳鐐，幾乎是以押送犯人標準將人帶到樓層西側的電梯。

虎人輸入密碼開啟電梯，留下兩人守在外頭，其他人全與黑格瓦一同進入電梯廂，來到黃金輪盤的頂層。

頂層除了另一隊保鑣，還有一臺探測機器人，機器人將黑格瓦從頭到腳掃了又掃，確認龍人身上沒有任何能充作武器的物品後，才允許龍人繼續前進。

眾人來到厚重的合金門前，領頭的虎人透過攝影鏡頭告知門內人客人到了，取得進入許可後才用掌紋和眼睛解除門鎖。

合金門左右開啟，門內是僅有一個辦公桌的扇形辦公室，辦公桌後坐著一名瘦瘦高高，滿身珠寶的紅狐人。

黑格瓦望著狐人，嘴角小幅上揚再降下，一臉厭煩地走向狐人。

而在黑格瓦雙腳踏進辦公室的下一秒，房內的保鑣忽然撲過來，先扣住他的雙手、肩膀與尾巴，再將手伸向綿羊角。

「你們做什……別碰我！」

黑格瓦怒吼，脹紅著臉扭動身軀想掙脫桎梏，然而手與尾巴還沒抽出來，頭上就先傳來「喀咔」輕響，兩支綿羊角應聲脫離，露出底下漆黑、光滑、完整無缺的龍角。

「……你果然不是蜥蜴人。」

略帶沙啞的聲音從黑格瓦左側傳來，他看向聲音源，視線穿過虎人的肩膀落在一名身材微胖、衣著簡樸的棕狐人身上，面色一沉：「而坐在辦公桌後的果然不是老闆。戎珀老闆，你的待客之道真特殊。」

「只是自保手段罷了，跟閣下的偽裝一樣。」

戎珀悠哉地走向辦公桌，坐上替身拉開的椅子，揚手讓屬下放開黑格瓦，「法夫尼爾先生，由於你沒有確實登記種族，我不能將你手中的籌碼全數兌現。」

「沒確實登記種族的人多得很，再說你的入場規章中可沒有這一條。」

「因為我沒料到會有偽裝成蜥蜴人的龍人光臨。」

「我要是不假裝成蜥蜴人，能活著走進賭場嗎？我沒出老千，你沒理由扣我的賭金！」

「龍人單就存在就是老千。」

「我不知道你把哪本童書中的故事當真了，但龍人的龍視只是個模糊直覺，沒有強到可以拿到賭桌上用。」

「但你的確連續十一次單押成功。」

「我也很意外，大概是星神的光輝終於落到我身上。」

黑格瓦活動幾乎被掐出指印的肩膀，單手扠腰瞪著戎珀問：「總之，你是一毛錢也不打算給我了？」

「我會歸還你的本金。」

「只有本金也太苛了，起碼留十分之一給我。」

「十分之一太多了。」

「十五分之一。」黑格瓦不甘願地道。

「我沒有扣押本金，你就該感恩了。」

「感恩你擅自汙衊我出千嗎？二十分之一。」

「再不知足，我就要扣你的本金了。」戎珀微笑。

黑格瓦甩尾咂舌，別開頭粗聲道：「算了。你這裡有跨星系通訊裝置嗎？我得給我的債主發訊息。」

「你有欠債？」

「對，欠不少，因為龍人不是天生幸運的種族。你吞了我那麼多錢，不會再跟我收通訊費吧？」

「我可算你半價。」

「你是人型黑洞嗎？」

黑格瓦怒瞪戎珀，再伸出手陰著臉道：「半價就半價，現在就把發訊器給我。」

「你要在這裡發訊息？」戎珀抬起眉毛。

「是啊，出門再發，我的抵押品就要被處理掉了。」

黑格瓦回頭瞪視後方的虎人、狼人保鑣們，微微露出牙齒道：「滾遠點，別偷看！」

保鑣望向戎珀，得到老闆點頭允許後，才從黑格瓦身後退開。

女兔人拿著發訊用的平板電腦走向黑格瓦，黑格瓦一把搶來板子，熟練地輸入三個星系外的收訊位址，單手快速輸入文字。

老李，錢我已籌到三分之一了，所以別把我押在鋪子的紅花賣掉！

剩下的我一個月內會湊齊。

PS. 幫我跟學長講一聲，下次回去時再一起上墓園。

輸入完畢，黑格瓦重按螢幕右下角的「發送」鍵，甩手把平板扔回女兔人懷中，轉身朝門口走。

然而黑格瓦才沒走兩步，保鑣們就動手將大門關上，他停在緊閉的合金門前兩秒，側身看向戎珀，「你這是要做什麼？」

「別緊張，只是想跟你談生意。」

戎珀瞄了辦公桌上的平板電腦一眼——上頭映著黑格瓦剛發出去的訊息——看完後，戎珀拱手笑道：「我這邊有一項非常適合閣下的工作，事成後我可以支付你的本金兩倍的酬勞，有興趣嗎？」

黑格瓦的眼瞳微微斂起，但他很快就藏住情緒，偏頭嫌惡地道：「如果你想買我的命，至少要出本金十倍的價。」

「二點五倍。」

「最低限度也要八倍。」

「二點六倍。」

「你……」

「最多三倍，不要我就找別人。」

戎珀見黑格瓦眼中冒出火光，平靜地微笑道：「相信我，整個魯苦星上除了這項工作，沒有其他能讓你在短時間內獲得大量金錢的好差事。」

黑格瓦沉默。自己來賭場的目的已經達成，應該盡快和顧玫卿會合後撤退，接受委託這種超越節外生枝，根本是節外生樹等級的行為無論如何都該避免。

可是就他刻意塑造的缺錢賭徒形象而言，無視誘惑恐怕會讓戎珀起疑，就算兩人能平安離開賭場，恐怕也會受到相當程度的監視，在救援隊不可能今天發信明天到達下，此舉的風險不亞於承接不明委託。

戎珀以為黑格瓦的沉默是不滿足，思量片刻後狠下心道：「如果你接受，我可先付你訂金，且事成後的酬金不會扣掉預付的部分。有興趣嗎？」

戎珀的加碼封死黑格瓦的退路，他在陰影中拉平嘴角，掙扎幾秒後完全轉向對方道：「說來聽聽。」

「你聽說過紫眼巨蜥嗎？」

「巨蜥的眼睛不是綠色就是藍色，最多再加一個青綠色，沒有紫色的。」

「所以才會用『紫眼』稱呼牠。」

戎珀朝假扮自己的屬下使了個眼色，後者馬上動手指叫出一個半身高的投影螢幕。

螢幕中映著半傾的牆壁，牆邊有鮮血淋漓的傷患、翻倒的運輸車與幾乎蔓延半個畫面的黑煙。

在煙霧與斷牆之後，隱約能看見一座移動的小山。

火炮穿過煙霧落到小山上，小山在火光中扭動，接著一秒穿過黑煙衝向鏡頭，從模糊的山丘轉為張著血盆大口的紫瞳巨蜥。

影片到此結束，戎珀讓屬下關閉投影螢幕，面色嚴峻地道：「這是一個月前，貝綠的巡邏隊尋找失蹤商隊時發現的紀錄，而連同這支商隊在內，已經有至少六支隊伍遭到這隻巨蜥襲擊。」

黑格瓦蹙眉，「除非受到驚嚇，否則巨蜥很少主動襲擊人或獸人，而且牠們是夜行動物，但畫面看起來是白天。你確定這是巨蜥，不是其他東西？」

「十分確定，我的人有採集到牠遺留的唾液和血液，分析後確定是巨蜥。」

「那麼就另請高明吧。」

黑格瓦舉手做出投降狀，在戎珀開口前冷聲道：「我知道你為什麼找上我，因為我拿巨蜥肉換籌碼。我是幹掉了一頭巨蜥沒錯，可這隻巨蜥只是青年體，可影片中這隻應該是壯年體，大小差了不只一倍。況且我能幹掉那隻巨蜥純屬意外，我的太空船在著陸時不小心撞到牠，但即使如此，我也賠掉半艘船。」

「你不需要除掉紫眼巨蜥，你只要幫我找到牠，之後我的人會處理。」

「怎麼處理？以那隻巨蜥的體型，得出動一隊陸用機甲才有機會贏，然後如果牠足夠老練，把一隊機甲全滅也不是不可能。」

「不用擔心，我自有準備。」

戎珀瞇起眼瞳，輕緩搖晃尾巴，「問得這麼細，是接受這項工作了？」

「如果你答應我，就算找不到那隻蜥蜴，也不會追回訂金的話。」

「我答應你。」

戎珀揚起嘴角，輕戳桌上的觸碰面板，「我會讓貝綠的精銳部隊跟著你，你的交通工具是懸浮車吧？推進力如何？跟得上陸用機甲嗎？」

「足夠拋下你的人逃命了。你……」

黑格瓦張嘴想細問精銳部隊的裝備、人員配置，然而在出聲前，細但確實連接他與顧玫卿的精神紐帶劇烈一彈，龍人瞬間臉色大變，將問句轉為命令：「把門打開。」

「還有事……」

「開門！」

黑格瓦厲聲要求，龍尾揚起，深藍眼瞳中盪著純粹的憤怒：「否則我不介意自己開。」

戎珀的尾巴瞬間停止搖晃，待回神時已經動手打開辦公室的門。

黑格瓦如箭矢般衝出合金門，奔過長廊一把推開電梯門前的狼人，進入電梯廂後戳亮通往三十六層的按鍵，仰頭注視顯示樓層的面板，咬牙將指甲掐進掌中。

◆◆◆

把時間拉回到約半小時前，顧玫卿站在賭桌間，遠遠望著狼人虎人將黑格瓦推向電梯，腦中浮現數個擊倒保鑣、奪回龍人的計劃，但最終仍僅是緊握拳頭看電梯門闔上。

顧玫卿不習慣也不喜歡讓夥伴涉險，但此刻只能信任黑格瓦，他拚命回憶對方的豐功偉業，告訴自己區區賭場老闆哪會是十年復國、單兵震攝聯邦的斯達莫攝政王的對手，這才壓下入侵賭場系統的衝動，帶著搬運機器人朝另一側的電梯走。

顧玫卿來到三十六樓，這裡是僅供貴賓使用的餐飲層，黑頂金地板的空間挑高兩層樓，既有奢華的餐廳，也有僅供應酒水的酒吧，或是介於兩者之間的餐酒館。

他選擇前往酒吧，但理由不是口渴，而是因為酒吧離電梯最近，一抬頭就知道黑格瓦來了沒。

「冰的檸檬蘇打水，不用找。」

顧玫卿向酒保點單，盯著電梯口隨手抓了一個籌碼推過去，片刻後 Omega 面前不只有冰涼的蘇打水，還有滿滿兩銀盤的高級火腿、起司、水果、醃製蔬菜、養殖生蠔、炸肉與滷肉……眾多他認得或不認得的下酒菜。

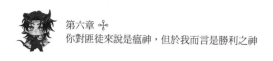

「這是隔壁餐酒館招待的。」

酒保主動說明，身後的格架上放著客人用來付款的籌碼，而在一眾金銀銅籌碼上，有一枚水晶籌碼。

顧玫卿看著水晶籌碼，忽然覺得李覓不在這裡真是太好了，畢竟如果自家副官在，肯定會情緒失控揪著自己的耳朵大罵「不要亂花錢，第三軍的吃錢怪物有白焱一隻就夠受了」。

還好黑格瓦貴為親王，應該不會在意這點小……嚴格來說有點大的錢，應該不會吧？

酒保不知道顧玫卿內心的驚恐，笑容甜美地欠身道：「如有任何需要，請隨時叫我。」

顧玫卿僵硬地點頭，握著冰涼的玻璃杯注視電梯口，既希望黑格瓦能盡快現身，又擔憂自己拿幾十萬起跳的籌碼買一杯飲料會壞了對方的計劃。

拜此之賜，顧玫卿對周圍的關注降至最低，完全沒發現有一名身穿高衩晚禮服的女兔人走近。

女兔人坐到顧玫卿左側的空位，目光依序掃過對方挺直的背脊、嚴肅的側臉、清澈且專注的灰瞳，最後落在插著檸檬片的蘇打水上，單手支頭笑道：「我第一次見到有人在酒吧點蘇打水。」

「……」

「你看起來不像會進賭場的人，是某位大人的護衛嗎？」

「……」

「若是怕喝酒誤事，我可以推薦幾款無酒精飲料給你。」

「……」

「例如月影，或是玫瑰之淚。」

「……」

「你……」

「你是聾子嗎！」

粗暴的吼聲與手掌一同拍上吧檯，顧玫卿在震動和聲響中回頭，看著嚇一跳的女兔人，與女兔人身後青筋暴露、身形壯碩的銀毛男狼人，愣了一會才向兔人問：「妳剛剛是在對我說話？」

女兔人睜大眼瞳，呆滯兩秒笑出來道：「當然，你以為我在對誰講話？」

「其他客人。」顧玫卿誠實道。

「我一直都是對你……」

「道歉！立刻向蘿黛道歉！」

銀毛男狼人咆哮，見顧玫卿茫然地望著自己，怒火瞬間燒上頭殼，豎起尾巴面色猙獰地道：「你們人類 Alpha 不僅是懦夫，還不懂禮貌嗎！」

「為什麼說人類 Alpha 是懦夫？」顧玫卿蹙眉。

「因為你們把 Omega 推上戰場。」

稍遠處另一名男狼人插話，看著顧玫卿滿臉鄙夷地道：「你們躲在 Omega 背後，把人當生殖機器用，又要人上場殺敵，膽小又不要臉。」

「畢竟是無尾猴嘛，是缺陷物種。」另一名狼人訕笑。

顧玫卿拉平嘴角，理智告訴他此刻應該忍耐，可是那逐漸擴散的笑聲、複數的鄙視目光，對比腦海中同袍染血奮戰的身姿，讓他緩緩握緊拳頭。

銀毛男狼人走近顧玫卿，抬起下巴輕蔑地道：「找不出話反駁嗎？膽小沒禮貌的人類

Alpha。」

「唐，別鬧了！」

女兔人低吼，捶打銀毛男狼人的手臂，卻被對方一把推到身後。

顧玫卿雙唇抿起，仰望銀毛男狼人，「我不知道你們從哪得來的誤會，但人類的 Omega 之所以上戰場，是因為他們想上，也能上，與 Alpha 無關。」

「你做為 Alpha 當然會這麼……」

「我是 Omega。」

顧玫卿打斷銀毛男狼人，用評論天氣的平靜口吻道：「人類沒有尾巴不妨礙日常活動，但若是眼睛出毛病，各方面都會受影響。」

銀毛男狼人黑眼圓瞪，盯著顧玫卿好一會才大聲道：「你說謊！你這身材、五官怎麼可能是 Omega ！」

「我是 Omega。」

「騙人！你不要以為人類中出了一個比 Alpha 還猛的 Omega 顧玫卿，就……」

銀毛男狼人話聲轉弱，凝視顧玫卿的臉，眼中的怒焰散去，取而代之的是寒意：「你長得跟聯邦的暴君一模一樣。」

顧玫卿放在吧檯上的手指微微一顫，想起黑格瓦先前的告誡——魯苦有不少對自己抱持恨意的法外分子，僵硬地回應：「不少人這麼說。」

「身高身材看起來也是。」

「也有人這麼說。」

「不可能有人像到這種程度。」

銀毛男狼人瞇起眼瞳，豎起狼耳沉聲道：「你就是那暴君本人吧？」

顧玫卿的心臟漏跳一拍，盡可能鎮定地道：「我不是。顧玫卿上將剛參加完終戰日活動，此刻人應該在聯邦首都星。」

「誰知道他在哪裡？我的拜把兄弟一年前在聯邦邊境送貨，在運輸船上吃著火鍋唱著歌，然後就被那暴君給抓了，到現在都沒消息！」

「我不認為聯邦軍會因為船員於行駛時吃火鍋，就將人與船強行扣押。」顧玫卿雙眉緊蹙，他不記得有抓過正在吃火鍋的人。

「他們貪的當然不是火鍋，是船上的精鍊興奮劑！」銀毛男狼人怒吼。

顧玫卿抬起眼睫，恍然大悟：「所以是因為走私違禁品遭到逮捕嗎？那麼為防藥頭與顧客逃跑，在偵辦結束前的確會封鎖消息，這是法定程序，不是針對你的朋友。」

銀毛男狼人嘴角抽搐，盯著誠懇、認真、眼中沒有一絲嘲諷卻嘲諷滿載的顧玫卿，握拳重槌吧檯道：「你絕對就是聯邦的暴君！百分百是！」

顧玫卿沒想到銀毛狼人會是這種反應，剛想否認就敏銳地感受到殺意靠近，接著眼角餘光捕捉到陰影，他反射地扣住陰影，一扭一拉一跨步，於眨眼間將來者扔出去。

被顧玫卿扔飛的是一名男豺狼人，他倒握空酒瓶準備偷襲 Omega，結果還沒出手，就被對方摔到一旁的雙人桌上，把將桌邊的賭客嚇得彈起來。

「抱……」

顧玫卿的聲音斷在中途，因為銀毛男狼人一拳揮向 Omega 的腦門，他迅速屈膝避開拳頭，再一個箭步闖到對方的胸前，賞方形下巴一記上鉤拳，再踹上狼人的胸口。

銀毛男狼人瞬間被打暈，然而以狼人落地的聲響為始，周圍的獸人與異形人也紛紛跳起撲向顧玫卿。

顧玫卿側身閃過天狼星人，抓住右側犬人揮出的手臂，向前一拉讓對方跌到另一名犬人身上，接著蹲下掃倒一名豹人後抓起椅子架住捅向自己的刀刃，重踩襲擊者的腳讓對方鬆手後，一個向上揮把人敲暈。

這一串流暢的反擊讓顧玫卿爭取到喘息時間，他看著正前方的掃除機器人，迅速伸展精神力想侵入控制系統，卻在突破防火牆前先陷入窒息。

正確來說，是因為信息素與精神攻擊引發的呼吸停止與心臟絞痛，酒吧附近的 Alpha 獸人不約而同地釋放威迫素和精神力，自四面八方同時輾壓顧玫卿的心神。

這是能讓 Omega 甚至 Beta 失去意識的強力打擊，但顧玫卿不是普通的 Omega。

作為將門世家顧家的長孫，顧玫卿從小就接受離虐待只有一線之隔的鍛鍊，這不僅讓他成為聯邦宇宙軍中，極少數不需要抵抗力共享系統的 Omega 機甲駕駛員，也是讓他獲得暴君之名的主因。

拜顧家的非人訓練與顧玫卿的天資之賜，他不但能在精神、信息素攻擊中站穩腳步，還會感到強烈的興奮。

對，沒錯，就該如此，這才是自己熟悉、喜愛、能放開手腳恣意打殺的戰場！顧玫卿在蔓延全身的劇痛中揚起嘴角，露出瘋狂到讓周圍 Alpha 本能後退的笑容衝向對方，用椅子砸爛一名虎人的臉。

砸、敲、踹、捶……顧玫卿揮舞合金椅，在眾多 Alpha 間如蝴蝶般飛舞，但他擷取的不是花粉，而是哀號和血液。

「喂！這人類是怎麼回事啊！」

「緋……緋紅暴君……」

「別慌！再怎麼強他也只有一個人，又是 Omega，體力有限！」

「加重精神和信息素攻擊！全部的人一起上！」

「殺了你啊啊啊！」

顧玫卿聽著左右慌張、強作鎮定、憤怒至極的吼聲，將扭曲變形的椅子扔出，正要膝擊最靠近自己的犬人時，砸向他的精神力與威迫素忽然加劇，導致 Omega 抬腿的動作頓住，錯過最佳攻擊機會。

反過來，犬人抓住機會，揮拳刺向顧玫卿的腹部。

顧玫卿緊急後退，然而一名滿頭鮮血的狼人扣住他的雙臂，用身體與純粹的力量封住 Omega 的退路。

顧玫卿咬牙正要承受劇痛，可是無論是疼痛還是拳頭都沒有降臨，降臨的只有能瞬間凍結人體的嚴寒。

一開始顧玫卿以為是空調壞了，直到他看見前方的犬人捲起尾巴壓平耳朵，而自開打後就一直撕扯身體的疼痛則消失無蹤，才意識到那是某人的信息素。

「……這是在鬧什麼？」

黑格瓦的聲音自電梯處傳來，龍人跨出電梯廂，環顧如假人般靜止不動的鬥毆者、圍觀者、廚師、服務生與保鑣，最後看見被狼人扣住雙手的顧玫卿。

顧玫卿也與黑格瓦對上視線，剛為對方平安歸來鬆一口氣，身後與前方的獸人就兩眼翻白軟倒。

精確來說，是所有身上帶傷或手中拿武器的獸人與異形人都失去站立能力，而沒動手的人則是維持靜止，只能透過眼珠表達驚恐。

黑格瓦越過倒臥的人，筆直地走到顧玫卿面前，看著對方掛著血漬凌亂不堪的衣袍，剛皺起眉頭，正前方就傳來沙啞的喊聲。

「叛……叛徒！」

最先對顧玫卿展露敵意的銀毛男狼人趴在地上，在龍人的精神力與信息素輾壓下臉色發青渾身打顫，但仍怒瞪黑格瓦道：「居然……幫……聯邦的暴君！」

黑格瓦藍瞳微斂，轉向顧玫卿問：「發生什麼事？」

「我被……被人認為是地球聯邦的顧玫卿上將。」顧玫卿細聲回答。

在戰鬥的激情退去後，他猛烈地意識到自己闖出多大的禍，不僅打爛賭場的財物、和眾多賭客結下梁子，還用武力證明自己一定、肯定、絕對、百分百是凶名遠播的緋紅暴君。

殿下對不起！顧玫卿在心中大喊，很想立刻磕頭道歉，但眾目睽睽之下什麼也不能做，僅能抿著嘴唇用眼神拚命傳達歉意。

黑格瓦沒漏看顧玫卿的愧疚不安，眼中先浮現一絲苦惱和好笑，再收起情緒俯視銀毛男狼人，「你說，我的人是地球聯邦的顧玫卿上將？」

「是……當然！」

「當然啊……」

黑格瓦咀嚼這三個字，接著手臂一勾將顧玫卿攬到面前，低頭吻上Omega緊繃的嘴唇。

顧玫卿兩眼瞬間睜至極限，在呆滯中被黑格瓦撬開雙唇，熟悉的涼爽氣息灌入口腔，但不同的是其中多了一絲甘香，讓Omega先覺得頭殼微微酥麻，而後才意識流進自己嘴裡的是什麼。

那是黑格瓦的信息素，將整個樓層凍結的是威迫素，涼爽宜人的是他聞過數次的撫慰素，甘而不膩的淡香則是催情素。

顧玫卿對信息素的抵抗力本就不低，又受過專業訓練，照理來說這種濃度的催情素連使他臉紅都困難，但不知是黑格瓦吻技過人，還是龍人與常人不同，短短幾秒的交疊就讓 Omega 的身體迅速發熱。

飢渴隨熱潮湧上喉嚨，讓顧玫卿想也沒想就迎向黑格瓦，笨拙但熱情地索吻。

黑格瓦按在顧玫卿腰上的手微微一顫，靜止半秒後以同等的熱切回吻，吮勾舔含著對方的唇舌，直至氧氣耗盡才牽著銀絲退開。

整個三十六樓則一片死寂，但不同於先前眾人被黑格瓦的精神力強制閉嘴，此刻則是因為衝擊性畫面導致大腦當機。

黑格瓦抬手抹去顧玫卿唇上的唾液，凝視 Omega 有些恍惚的容顏片刻，斜眼瞪向銀毛男狼人厲聲道：「誰准你窺視我的花朵了？」

銀毛男狼人剛想張嘴說「你以為我願意」，比先前強悍近兩倍的精神力就壓上身軀，讓他整個人貼在地上，別說講話，連呼吸都有困難。

「這是我重金從聯邦買來的人。」

黑格瓦撫摸顧玫卿的面頰，再放開 Omega 走到銀毛狼人面前，蹲下身輕甩龍尾，「不是任何人，就只是我的人，所以別碰，懂嗎？」

銀毛男狼人動不了嘴，只能憤恨地瞪視黑格瓦。

黑格瓦將對方微弱的反抗全收入眼簾，輕輕嘆一口氣後，驟然揮動長尾拍向狼人肩頸與頭顱附近的地板。

銀毛男狼人先感覺到銳利如刀刃的風壓，再迎來讓耳膜發疼的撞擊聲與震動，最後才看見爬上網狀裂痕的地板。

黃金輪盤的地板是仿大理石的合金地板，硬度和延展性都是一流，但卻被黑格瓦一擊敲裂，這超乎想像又無法否認的事實擺在眼前，讓狼人整個呆住。

黑格瓦抬起位於網痕中心的尾巴，輕輕放上銀毛男狼人的頭頂，以溫柔得毛骨悚然的聲音問：「別亂碰我的人，懂嗎？」

銀毛男狼人額上滑過冷汗，使出全部力氣推動僵硬的肌肉，小幅地點點頭。

「乖狗狗。」

黑格瓦用尾尖輕拍銀毛男狼人的頭頂，收回精神力和信息素站起來，一轉身就發現戎珀與數名保鑣站在敞開的電梯廂內。

戎珀也知道自己暴露了，帶著微笑跨出電梯廂，「抱歉，我不是有意偷窺，只是身為這裡的老闆，店內發生衝突總要關心一下。」

「我不會為此付半毛錢給你。」黑格瓦道。

「不用擔心，這我會負責。」

戎珀在保鑣的簇擁下走向黑格瓦與顧玫卿，視線掃過壓著胸口或額頭喘息的賭客、翻倒或扭曲變形的桌椅，最後落在地板的裂痕上，嘴唇一瞬間收緊，再迅速恢復原狀，「兩位接下來還有行程嗎？」

「沒有。」黑格瓦回答，走到戎珀與顧玫卿之間，龍尾如蛇一般緩慢擺動。

「有過夜的地方嗎？」

「我自己會找。」

「黃金輪盤不只是賭場，也是酒店——貝綠最高檔的酒店。」

戎珀的狐尾略帶繃緊，面帶笑容向黑格瓦伸手，「法夫尼爾先生若願意賞光，接下來你與你的寵物在黃金輪盤的花費，都全由我方負責。」

顧玫卿微微睜大眼，他不知道戎珀是賭場老闆，但從對方的架式和發言，大致能猜到起碼是高階幹部，而對比先前賭場派人用近乎人犯的待遇帶走黑格瓦，此刻說是諂媚也不為過的提議著實讓人意外。

這有鬼！顧玫卿在腦中作出結論，透過眼角餘光搜索機器人的位置，打算暗自接管系統爭取逃跑時間。

顧玫卿的計劃沒有實行，因為黑格瓦的尾巴早一步勾上他的腿側，安撫似地磨蹭兩下後再收回。

同時，黑格瓦握住戎珀的手，狠戾地笑道：「我可不會說謝謝，因為這是你欠我的。」

◆◆◆

接下來數個小時，顧玫卿充分認知到自己對賭場的想像有多狹隘。

黑格瓦無視賭客與服務生們的恐懼，帶著顧玫卿從黃金輪盤地下二樓的競技場，一路向上玩樂。

這讓顧玫卿不僅經歷了一次賭具大巡禮，還頭一次欣賞在半空中表演的舞劇，看見橫跨三層樓的室內瀑布與水舞，以及由數萬個齒輪組成的交響樂隊……讓他深深懷疑此處真的是灰沙滾滾的邊境星球嗎？

他帶著這個疑惑與黑格瓦一同回到三十六層，用過不知該算晚餐還是宵夜的餐點後，前往位於六十八層的星海之間。

星海之間是黃金輪盤最高級的住宿套房，佔地百坪的房間有獨立的玄關，穿過玄關後是扇形客廳，與覆蓋客廳乃至主臥室的落地窗，入夜後抬頭是點點繁星，低頭是閃閃燈火，讓入住者有被星河包夾的錯覺。

「你，待在外頭。」

黑格瓦對想進入星海之間的服務機器人下令，跨過門檻關門上鎖，站在玄關口將客廳掃視一圈後，扣住顧玟卿的手腕快步往前走。

「主人……」

「閉嘴。」

黑格瓦厲聲打斷顧玟卿，走到落地窗最右側，將人推到窗戶與牆壁之間，一手按在合金玻璃上，傾身俯首靠近Omega。

這姿勢讓顧玟卿想起三十六層中的吻，期待與驚嚇一併湧上心頭，看著逐漸靠近自己的薄唇正不知該如何應對時，龍人在僅剩咫尺時停住了。

「賭場老闆大概在監視我們。」

黑格瓦用氣音說話，整張臉都籠罩在陰影中，轉動眼珠環顧左右，「應該是利用針孔鏡頭，但這個姿勢我想不會被拍到。」

「為什麼要監視……」

顧玟卿腦中閃過自己在三十六樓造成的破壞，垂下肩膀，「對不起，我搞砸了。」

「不，是我搞砸了。」

「搞砸是……殿下沒能將求救信發出去嗎！」

「發了，只是我一想到……」

黑格瓦停頓兩三秒，別開視線沉聲道：「我在壓制打架的酒客時，暴露我不可能是一般龍人。」

顧玫卿先是困惑地蹙眉，再猛然明瞭黑格瓦的意思。

頂級 Alpha 雖然僅占全體 Alpha 的百分之一不到，但在銀河系有數千兆生物下，單憑「頂級 Alpha」是無法鎖定身分的。

然而黑格瓦在三十六層時展現的可不僅是強大，還有根據不同對象調整壓制強度的細膩，而要做到這點，沒有長久的磨練是辦不到的。

銀河系中有數萬名頂級 Alpha，可是強悍與技巧兼具，性格狡猾、大膽又不失細膩，同時還是黑龍人的，放眼宇宙恐怕只有一人。

「我本來以為，準備雙層假角就能瞞過老闆，實際上也騙過了，他以為我只是不想曝光自身種族的龍人，然而後來……」

黑格瓦透過鏡面倒影看著完整的龍角，沉下臉咬牙道：「該死！又不是血氣方剛的青少年，怎麼能腦袋一熱就把人按在地上暴打！」

「對不起，如果我當時有忍住……」

「你沒錯！你只是正當防衛，犯錯的人是我！要是我……」

黑格瓦猛然住嘴，閉上眼深深吸氣再緩緩吐息，再次睜眼時藍瞳中已找不到憤恨，只有冷澈與謀算：「戎珀目前還沒完全確定我的身分，畢竟堂堂攝政王出現在邊境星球太不合理，特別是我幾週前還在終戰日會場上。」

「他會想監禁或殺掉我們嗎？」顧玫卿嚴肅地問。

「短期內不會，畢竟他很怕死。」

「怕死的人不是更會抓人質或先下手為強嗎？」

「正常狀態下是，但我已經把求救信發出去了。當然，表面上看不出是求救信，就算戎珀找人調查收信人，或是動用超級電腦解碼都一樣，因此怕死的他只能假設最壞的情況。」

「最壞的情況……」

顧玫卿蹙眉思索，但在不熟悉戎珀的性格下，怎麼想腦中都是一片空白，只能皺眉問：「是什麼？」

「我的確是斯達莫的攝政王，我寄出的信件是通知我的屬下到賭場來接我，如果我有個三長兩短，我的屬下會把整個貝綠的人滅了陪葬。」

「把貝綠全滅？這怎麼可能！殿下才不會做這種事！」

「我是不會，但他覺得會，畢竟我可是據說把政敵的孩子做成烤肉，還逼父母吃下去的凶王。」

「殿下真的有嗎？」

「我只有當著他的面端上一隻烤乳豬——他是豬人。」

黑格瓦見顧玫卿似乎鬆一口氣，斂起眼瞳問：「你覺得我真會這麼做？」

顧玫卿小幅搖頭，一臉認真地道：「不覺得，只是聯邦也有這個傳聞，雖然我認為虛構的成分偏多，可是沒有證據，但下次再有人說起，就能告訴對方這不是事實了。」

黑格瓦微微一愣，輕笑道：「當事人說法稱不上證據。」

「我相信殿下沒有說謊。」

顧玫卿堅定地直視黑格瓦的眼瞳，再沮喪地垂下眼睫：「但賭場老闆不信，這是好事還是壞事？」

「勉強算好事，能防止他輕舉妄動，但時間拖久了會如何就不好說了。而考慮到信件寄送與組織救援隊的時間，我們至少還要在魯苦待十天。」

「十天變數很多。」

「我也這麼覺得，所以得盡可能讓老闆處於混亂中，無法輕易做出決斷。」

黑格瓦沒有繼續說下去，眼中浮現一絲掙扎，停頓片刻後開口：「我需要你的協助。」

「殿下要我做什麼？」

「……」

「殿下？」顧玫卿輕喚。

黑格瓦拉平嘴角，靜默幾秒才低聲問：「你在終戰紀念日上問我有沒有玩 BDSM，你是有玩過嗎？」

顧玫卿的臉色猛然刷紅，渾身僵直結巴道：「我有、沒有！沒有接觸，只是我的副官……學長的室友是圈內人，我聽、聽聽說過，只有聽沒有做！」

「會覺得噁心嗎？」

「不會。」

「S 與 Dom，M 和 Sub，你偏向哪一種？」

「M 和 Sub。殿下問這個是要……」

「我們必須做一些符合法夫尼爾和紅拂的人設，但不是斯達莫攝政王與聯邦英雄會有的舉動，例如……」

黑格瓦張口又閉口，反覆幾次才別開目光道：「BDSM。」

顧玫卿眨了眨眼，在感到羞澀或驚愕前，先被強烈的悖德感包圍。

作為有主人的男奴，顧玫卿不該臣服或渴望主人以外的支配者，但當他腦中浮現黑格瓦拿起皮鞭，用與主人近乎一致的聲音、身姿與氣勢鞭打、喝令、俯視自己的畫面時，身體卻克制不住地發熱。

這是赤裸裸的背叛。

這是為了平安離開魯苦。

這是脫下軍裝後醜陋、脆弱、易受誘惑的自己。

黑格瓦感覺到顧玫卿的情緒波動，但誤解了對方激動的原因，沉聲道：「你不願意的話，我再想其他方法。」

顧玫卿眼睫一顫被拉回現實，看著憂心不已的龍人，猛然意識到當他身陷情慾拉扯時，黑格瓦腦中只有如何收拾眼前的爛攤子。

而且這個爛攤子是自己導致的。

顧玫卿的胸口猛然緊縮，對背叛法夫納的罪惡感依舊強烈，然而既然禍首是自己，那麼這份罪惡感與被主人拋棄的可能，就是他該背負的懲罰。

黑格瓦垂下眼簾：「我還有其他腹案，例如要賭場準備最昂貴的餐點、找舞孃和樂隊過來，然後盡全力放浪形骸……這你能配合嗎？」

「這兩個的混淆效果會比 BDSM 好嗎？」

「BDSM 是最好的，或者說，BDSM 的衝擊力最大。」

「那麼就照原計劃，用 BDSM。」顧玫卿道，灰瞳中沒有不安也不見情慾，只有堅定。

黑格瓦微微睜大眼，蹙眉問：「你沒問題嗎？」

「我沒問題。倒是殿下，您不是說過自己對 BDSM 沒興趣嗎?不會難受嗎？」

「我對 BDSM 不喜歡也不討厭，不過我喜歡你。」

黑格瓦見顧玫卿沒有任何反應，微微垮下肩膀無奈地點明：「因為我喜歡你，所以如果選擇用 BDSM 來迷惑戎珀，會占你不少便宜。」

「占便宜是指……」顧玫卿歪著頭問。

「我會對你上下其手、言語羞辱、毆拍捶打，做出和性愛相關的指示！」

黑格瓦望著臉色眼神都毫無變化的顧玫卿，訝異問：「你不在意？」

「不在意。為了國民和任務犧牲是軍人的職責。」

「我不是你的國民。」

「但您是我想保護的人。」

顧玫卿望著黑格瓦滿是詫異的眼瞳，紅著臉淺笑道：「區區毆打和辱罵傷不了我，更何況我不討厭殿下，還很確定您不是真的想貶低我。」

黑格瓦雙唇抿起，凝視顧玫卿羞紅卻也堅定的笑臉，嘆一口氣：「你這個人實在是……從政的話絕對會被吃到連骨頭都不剩。」

「我沒有從政的打算。殿下要扮演 Dom 嗎？」

「如果你不介意當 Sub 的話。」

「我不介意。」

「即使為了瞞過戎珀，我不能給你安全詞？」

「我信任殿下。」

顧玫卿挺直腰肢，灰瞳凜然，沒有一絲動搖地問：「要開始了嗎？」

黑格瓦沉默，閉上眼數秒後驟然轉身，走向沙發座粗魯地拉扯自己的領帶，「滿身野Alpha的味道……去僕人房的浴室徹底洗乾淨再來主臥室！」

「是，主人。」

顧玫卿躬身道，快步穿過客廳進入供隨從與侍衛休息的房間。

◆◆◆

僕人房的浴室位於房間最深處，大小雖不如主臥室，但設備與備品完全比照五星級酒店，貓腳浴缸能供一名成年人躺平，並且用投影螢幕撥放電影。

淋浴間既有蓮蓬頭、水療噴口，也能選擇無水快速清潔模式。合金架上不僅有沐浴乳、洗面乳和洗髮精，身體乳液、護髮乳、化妝水……等各式保養品也一樣不缺。

顧玫卿踏入淋浴間，以往他僅會使用沐浴乳和洗髮精，但此刻Omega是以迎接法夫納的標準打理自己，因此架上的物品不僅從頭用到尾，還用了不只一次。

在充分清潔後，顧玫卿裸身來到透明衣櫃前，櫃內收納各式睡袍、浴袍與性感內衣，他選擇了珠白色的緞面睡袍。

顧玫卿穿衣時，浴室內的快捷洗衣機發出洗烘結束的叮咚聲，他將頭轉向聲音源，看見洗衣機的上蓋打開，露出自己剛換下的衣袍褲襪。

顧玫卿拿起內褲，視線掃過另一側的襪子，再三猶豫後還是伸出手。

這個決定讓他在走向主臥室時，每一步都覺得心臟要從喉嚨滾出來。

終於，顧玫卿來到鑲著銀紋的門扉前，深吸一口氣後舉手敲門，「主人，我是紅拂，我可以進去嗎？」

「進來。」

「是。」

顧玫卿推開門，看到寶藍色的地毯與四柱大床，再於大床右側的落地窗前，找到背對自己負手而立的黑格瓦。

黑格瓦的穿著與顧玫卿離開時不同。脫下外套、背心和領結，只穿著襯衫與深藍色的西裝褲，那曾一擊打壞合金地板的龍尾緩慢甩動，從線條到動作都刻著不耐。

若不是顧玫卿知道這是一場戲，肯定會以為黑格瓦真的動怒了，但即使他明白眼前是演技，身體仍微微一僵，低下頭道：「對不起，我太……」

「閉嘴。」

黑格瓦的聲音雖輕，卻帶著巨岩般的壓迫感，也與法夫納的口氣完全重合，令Omega反射地閉起嘴。

「沒有我的允許，不准說話。」

黑格瓦拿起斜擺在單人椅上的馬鞭，揮動鞭子輕拍掌心，「到床尾凳左側，面對落地窗跪下，低頭，兩手放在凳子上。」

顧玫卿依言行動，跪在玫瑰色的床尾凳左端，聽著有一下沒一下的拍響伴隨腳步聲接近自己，心跳隨之加速。

聲響停在顧玫卿臀後半尺，而在足以讓他窒息的五秒寂靜後，睡袍的下襬被馬鞭掀起。

「如果你想減緩鞭打的疼痛……」

黑格瓦看著緞面布料下的絲綢丁字褲和蕾絲吊帶襪，冷淡地道：「應該選擇褲襪，而且要挑棉質的。」

「我不……」

黑格瓦在顧玫卿開口瞬間揚起馬鞭，鞭身將睡袍下襬拉到半空中，但在袍子落下前，他便揮臂拍響臀肉。

「紅拂，」黑格瓦維持下揮的姿勢，平緩、冷酷、毫無溫度，「我剛剛說過什麼？」

顧玫卿張嘴正要回答，感覺臀上的鞭子微微下壓，想起話語的實際內容，連忙閉嘴將答案嚥下。

黑格瓦捕捉到顧玫卿咬嘴巴的舉動，將馬鞭從睡袍下抽出道：「乖孩子。」

「……」

「不過現在才裝乖有點晚了。」

黑格瓦繞過顧玫卿走到床尾坐下，龍尾橫過床鋪落在床尾凳上，在Omega眼前有一下沒一下地拍打凳子，「我是以聯邦暴君規格訂製你，但我可沒要求你跟他一樣，所到之處鮮紅一片。」

「……」

「如果我再晚點出現，你會把人全殺了嗎？是的話……似乎有點有趣呢。」

黑格瓦輕笑，再忽然打一個大哈欠，神情由愉快轉為厭煩，左手撐床嘆氣道：「我沒有幫別人檢討的興趣，你自己說吧，你今天幹了哪些好事？」

「……」

「我允許你出聲。」黑格瓦沉聲下令，同時右手一轉，用馬鞭碰觸顧玫卿的臀部。

這是「說出自己犯的錯，就會被懲罰」的明示，正常人會選擇沉默或辯解，然而此刻顧玫卿的角色不是正常人，且他也不是會被鞭打嚇退的人，因此毫不猶豫地開口：「我不小心用水晶籌碼買蘇打水，還告訴酒保不用找錢。」

「啪！」

拍打聲疊在「錢」字上，黑格瓦翹起腳道：「繼續。」

「有一名女性向我搭話，但我完全沒有理會她。」

「啪！」

「繼續。」

「女性的男性友人向我表達不滿，我沒有應對好，讓他更不滿。」

「啪！」

「另一名男性靠近我，我想也沒想就把他扔出去。」

「啪！」

「然後我沒有就此停手，還和半個樓層的人打起來。」

顧玫卿語尾顫抖，不過原因不是被打疼了，而是他興奮了。

黑格瓦的聲音本來就和法夫納過分相似，配上冷酷中略帶慵懶的口氣，聽起來簡直毫無差別。

除此之外，黑格瓦鞭打的力道、打完後會輕磨兩下再抬起鞭子的習慣，都讓顧玫卿強烈想起千萬光年外的主人。

這讓顧玫卿分裂成兩半，一半的他極力想將現實與回憶切割開，維持理智演好自己的角色；一半的他則融化在被疼愛的記憶中，渴望獲得更多責打。

再一次，再被鞭拍一次就可以結束了！顧玫卿拚命說服自己的理智，耳邊響起馬鞭落下的脆響，身體被疼痛與興奮所沖刷，以更加顫抖的聲音道：「而我沒有成功打倒所有人，導致主人必須出手。」

「啪！」

黑格瓦一鞭拍響顧玫卿的臀部，在聲響散盡後沒聽見對方說話，轉頭問：「沒有了？」

「沒有了。」

「你確定？」

——確定。

顧玫卿理智上知道該如此回答，好在自己勃起前結束角色扮演，可是臀上萬分熟悉，也萬分懷念的疼痛、只能透過眼角餘光捕捉的手臂——單手撐床也是法夫納常有的動作，都讓他的心與身蠢蠢欲動。

「真的……」

黑格瓦單手翻轉馬鞭，鞭身時不時擦過顧玫卿的臀瓣，隔著睡袍摩擦方才拍打的位置，以沉得要將人心臟扯出胸膛的聲調問：「確定沒有？」

顧玫卿張口再閉口，感受著在自己臀上畫圈的馬鞭，痛楚與搔癢一併湧上腦殼，讓他在短暫的沉默後，吐出預定之外的答案。

「是假的。」

顧玫卿頭顱低垂，壓在床尾凳上的手緊緊握拳，向馬鞭的方向翹起臀部，「我在戰鬥中忘了主人，一心只有別的Alpha。」

黑格瓦嘴角微揚，抬起馬鞭對著顧玫卿的臀就是三連揮。

而這三鞭比先前重也快得多，顧玫卿被打得臀肉顫晃，疼痛像野獸的爪牙一般釘進皮肉，但引發的情緒卻不是厭惡，而是喜悅、罪惡感和恐懼。

喜悅的是黑格瓦準確掌握顧玫卿想要的懲罰與獎賞，罪惡感源於自己竟然被主人以外的男人給滿足了，恐懼的則是 Omega 清楚感受到自己對龍人毫無抵抗力。

而這動搖他心門的角色扮演還沒結束。

「明白為何是三下嗎？」黑格瓦問。

「明白……」

顧玫卿把手指掐進掌心，嘴上揚著笑容，灰瞳中卻透著慌亂：「我是主人的花朵，心中擺著別人是……不可原諒的。」

「沒錯。」

黑格瓦起身，緩步繞過顧玫卿，走到 Omega 的側面，用馬鞭掀起睡袍下襬，皺眉道：「話說回來，這是怎麼回事？我明明是在懲罰你，你卻勃起了。」

「對不起。」

「我喜歡蕩婦，但在錯誤的時刻發情，就只是變態。」

「對不起！」

顧玫卿併攏大腿，將十指緊緊掐進掌心，努力用刺痛壓抑慾念：「我馬上、立刻讓身體冷靜下來。」

「罷了，教導奴隸規矩是主人的責任。」

黑格瓦轉身，走向落地窗邊的單人椅，「打出來吧。」

「打出來的意思是……」

「自慰。」

黑格瓦坐上椅子，翹起腳單手支頭道：「但是，沒有我的允許不准射精。」

顧玫卿兩眼圓睜，雖然他因黑格瓦的聲音與拍打心神蕩漾，但暗自興奮與當著法夫納以外人自瀆是兩回事，更何況賭場老闆還可能正透過針孔鏡頭窺視房間動靜。

當然，正是因為老闆可能在偷看，黑格瓦才會做出如此冒犯的指令，如同對方當眾親吻自己時一樣，全宇宙都不會有人相信，聯邦英雄會任由獸人深吻或對著另一人自慰。

但即使明白龍人的用意，他還是……

「辦不到嗎？」黑格瓦將馬鞭拋到地上，按著扶手起身走向落地窗道：「今天就到此為止，從我眼前消失。」

顧玫卿垂著頭站起來，在轉向門口時嗅到令人放鬆的清涼氣息，感覺有一雙巨大、薄紗般的手撫過自己的肌膚，輕輕掃去不甘、愧疚與恥辱。

那是黑格瓦的撫慰素，針孔鏡頭和收音裝置無法捕捉氣息，所以龍人透過信息素，告訴顧玫卿他已經做得很好了，剩下的事就交給自己。

顧玫卿的胸口猛然緊縮，腦中浮現上午的失態，以及迫降魯苦後對黑格瓦的種種依賴、麻煩與冒犯，龍人不曾因此動怒，反而一而再、再而三地柔聲告訴他，別在意，我會處理。

這讓顧玫卿深深感受到自身的無能，並且強烈地憤怒。

到此為止，抱著於現況無益的尊嚴，給溫柔之人帶來危險的愚行到此為止。

「還不滾嗎？」黑格瓦冷酷地催促。

「……主人，」

顧玫卿在晚風般涼柔的信息素中回身，朝黑格瓦的方向跪下，將頭抵在地板上，「請再給我一次機會。」

黑格瓦微微睜大眼，但馬上就控制住表情，偏頭冰冷地問：「我看起來是會給人反悔機會的人嗎？」

——你確定要這麼做？

顧玫卿能聽見黑格瓦無聲地確認，而他的回答是把頭壓得更低，滿臉通紅地道：「不會，但請再給我一次機會，我想……想在主人面前射精。」

「……」

「主人……」

「你只有一次機會。」

黑格瓦沉默，回到單人座前坐下，斜倚椅背道：「追加規則，第一，沒有我的許可不准看我；第二，不准脫褲子，或把手伸進褲子裡；第三，只能用單手碰陰莖。」

「謝謝您。」

顧玫卿抬起上身，維持跪坐的姿勢垂下右手，碰觸睡袍下的褲襠。

他的手淫技巧是法夫納手把手教的，Omega 閉上眼回想法夫納的教導，那雙寬厚的手掌會先撫上囊袋，輕輕揉撫至懷中人雙腿鬆軟酥麻，才會碰觸性器。

顧玫卿隔著絲質內褲握住陰囊，想像此刻坐在前方的不是龍人，是他心心念念的主人。

而不知是巧合還是默契，黑格瓦以與法夫納幾乎相同的語調沉聲道：「揉慢點，還有另一隻手別閒著，把衣襬拉起來。」

「是。」

顧玫卿以左手牽起睡袍的下襬，黑格瓦——法夫納——的聲音讓腦內的想像一下子鮮明起來，胯下的癢意拉升成騷意，先前因為憤怒一度散去的慾念也迅速回歸。

「哈……」

顧玫卿輕喘，手掌握住半勃的陰莖上下套弄，騷意蔓延、擴大、累積成快慰，讓他的呼吸轉為粗重，下意識加快撫慰半身的速度。

然而在僅能使用單手還隔著布料下，顧玫卿給予自己的快感有限，他像是火力不足卡在九十五度的水壺般，徒有燙熱卻不得解放。

如果坐在椅子上的人是法夫納，顧玫卿會請求對方碰觸自己，但此刻房內只有黑格瓦，他必須自行消解燥熱。

過去主人是怎麼做的？顧玫卿自問，腦中浮現法夫納由後環抱他，一手掌握 Omega 的半身，一手覆蓋對方的胸脯，將嘴唇靠在後頸上，以溫熱的吐息、溫柔與煽情兼具的撫觸包圍自己。

他改用嘴叼起睡袍下襬，空出的左手則撫上自己的右胸，配合右手揉按胸脯、掐捏乳頭，感覺體內的慾火瞬間轉烈，兩手動得更快更用力，雙腿更不自覺地張開。

「唔、呃……嗯！」

顧玫卿在喉中悶哼，兩腿大大打開，擺晃臀部挺起胸膛磨蹭自己的手掌，睡袍的綁帶在晃動中鬆弛，衣襟先敞開再滑落肩頭，露出被左手揉得酥軟變形的胸脯，而結實的窄腰與腹部則在布料和右手臂間若隱若現。

黑格瓦擱在扶手上的手微微屈起，沒有將頭轉開，但目光快速往右拉，將視線焦點擺在四柱大床上。

顧玫卿看不見黑格瓦的舉動，自胸膛和胯下湧出的快意讓他渾身酥軟，只有陰莖越發硬挺，並在反覆的撫弄中滲出白濁。

同時，清爽中帶點甘香的氣息飄進顧玫卿的鼻腔，在他意識到自己聞到什麼前，性器就猛然一顫直接射精。

他的腦袋頓時陷入空白，待回神時絲質內褲已是半濕半乾，空氣中除了帶著涼意的甘香，還有淡淡的玫瑰香——顧玫卿自己的信息素。

「我不記得有允許你高潮。」

黑格瓦的聲音將顧玫卿拉回現實，他肩膀一震伏下身，「對不起！我不是……」

「夠了，我對藉口沒有興趣，從我眼前消失。」

「是……」顧玫卿睜開眼抬起上身，視線自然而然掠過單人椅，在瞧見椅上的黑格瓦的瞬間僵住了。

黑格瓦看見顧玫卿僵住，蹙眉擺出不悅的表情問：「有意見？」

顧玫卿沒有回答，因為他的注意力全被黑格瓦的胸膛吸走了。

先前進房時他只看見黑格瓦的背影，此刻才見到正面，龍人既沒打領帶，襯衫還只扣最下面三顆扣子，敞開的衣襟下是帶有銳利感的鎖骨、厚實的胸肌，以及橫過半個左胸逼近肩骨的猙獰疤痕。那是看一眼就忘不了的醜陋傷疤，打從兩年前顧玫卿意外目睹後，就從未自記憶中刪除。

「我在問你話，聾了嗎？」黑格瓦斜靠扶手，襯衫因此敞得更開，露出同樣被傷疤覆蓋的右腹。

顧玫卿瞪著幾乎要將龍人劈開的疤痕，雙唇先是微微張開，再控制不住地細顫，最後才擠出聲音輕喚：「法夫納大人？」

黑格瓦猛然靜止，坐姿、嘴角和眉毛的角度沒有任何變化，但藍瞳中的高傲一掃而空，取而代之的是純粹的震驚。

顧玫卿無法確定自己是否認錯人，正思索要不要報上暱稱時，黑格瓦做出令Omega凍結的舉動。

黑格瓦緩慢地抬起手，隔空遮住顧玫卿的雙眼與鼻子——如同假面舞會的半臉面具所遮蔽的部分。

這讓顧玫卿雙眼瞪至極限，望著黑格瓦的手背，聽見自己的心跳聲加快加大。

終於，黑格瓦放下手，盯著顧玫卿幾秒後猛然撞倒椅子站起來，三兩步衝到Omega面前，扣住對方的肩膀把人壓倒在地上。

同時，龍人完全解放自己的精神力和信息素，整個主臥室都染上涼意與甘香，讓人彷彿置身撒滿花朵的夏夜湖泊。涼爽還帶著甜香的湖水過於舒適，顧玫卿的意識一瞬間融化，再於綿密的破空聲中回神。

聲音來源是黑格瓦的尾巴，龍人的尾在半空中高速搖擺，一次又一次將空氣打出破響。

顧玫卿盯著晃動的龍尾，深深皺眉細聲問：「主人，您這是……」

黑格瓦上身一抖清醒過來，注視被自己按在身下的顧玫卿，輪廓深刻的臉龐上不見一貫的沉著，只有壓抑不住的驚慌失措。

這令顧玫卿立刻從困惑轉為關切，剛想開口關心時，龍人鬆手爬起來一步一步倒退走。

顧玫卿撐著地板坐起來，望著臉色鐵青的黑格瓦，「主……」

「花園！」

黑格瓦粗暴地打斷顧玫卿，然而此舉不僅令顧玫卿呆住，也讓龍人整個人凍結。

「花園」是顧玫卿和法夫納約定的安全詞，而沒有主奴會將自己的安全詞告訴第三者，因此黑格瓦在此刻喊出這個詞只代表一件事——他不僅是法夫納本人，而且還認出顧玫卿就是自己的奴。

黑格瓦也意識到這點，一手壓住自己的嘴，細顫三四秒後驟然扭頭朝房門口疾走。

顧玫卿愣了一會才追上，當他跑到主臥室門口時，黑格瓦已經踏進僕人房，並且迅速用尾把門甩上。

他奔到僕人房的門前，剛握住門把就隔著門板聽到一連串碰撞或拖拉的聲響，聲響由遠而近，最後咚一聲撞上僕人房的房門。

顧玫卿透過雙眼和手掌感受到震動，呆滯五六秒後意識到黑格瓦做了什麼——龍人挪動家具把門給堵住。

這是強烈至極的拒絕，被拒絕的對象則是顧玫卿，Omega 驚訝又迷惑地看著房門，佇立將近一分鐘才放開門把，失魂落魄地往回走。

顧玫卿沒有注意自己前進的方向，直到嗅到清涼的甜香才發現自己站在主臥室中，面前是空無一人的單人椅與斜躺在地上的馬鞭。他彎腰拾起馬鞭，眼睫緩緩抬起，後知後覺地意識到黑格瓦與法夫納是同一人代表什麼。

黑格瓦喜愛檯面上身披軍裝，凶暴好戰、拙於言辭的緋紅暴君。

法夫納肯定私底下身著蕾絲，希望被疼愛、飢渴淫蕩的男奴蘿絲。

而這兩人是同一人，所以黑格瓦——法夫納——是見過完整的他，仍給予 Omega 讚美的男人。

「啊、唔……哈……哈哈哈！」

顧玟卿雙唇細顫，明知現在不是開心的時候，卻完全壓抑不住嘴角的笑容。

他將黑格瓦持握過的馬鞭擁入懷中，張口將殘留對方信息素的空氣吸入肺腑，先泛起讓人放鬆的涼爽感，再迅速被慾火所籠罩。

後者一半是顧玟卿個人的情感，一半則是黑格瓦兩度失控的結果。

黑格瓦在顧玟卿自慰時就一度克制不住洩出些許催情素，認出對方是自己的愛奴後，更是直接將撫慰、催情和威迫素以最大濃度釋放，其中威迫素和精神力一起無差別攻擊自己與Omega以外的人，撫慰素和催情素則留滯在主人房。

撫慰素麻痺了顧玟卿刻在骨髓中的抗信息素訓練，催情素則讓他直接進入半發情狀態。

「哈……」

顧玟卿一手圈抱馬鞭，一手伸進自己的內褲中，揉抓還沾著精液的性器，臀瓣也隨指掌的抓掐一縮一抖，藏在其中的肉縫由乾燥轉為潮濕。

同時，過去兩週近三週、兩年近三年的回憶也如幻燈片般一張張閃過顧玟卿的腦海。

——當我幾乎失去嘗試**BDSM**的自信時，法夫納進入遊戲室，教導自己歡愉為何物。

——在想放棄掙扎，即將命喪巨蜥之口時，黑格瓦駕駛太空船捨命撞擊巨獸，將我從絕望的深淵拉出。

「嗯哈、主……殿下……」

顧玟卿大動作套弄半身，雙腿在快感中打踉蹌後退，視線偶然掃過四柱大床，在床頭看見黑格瓦的西裝外套。

——當因為母親的死悲痛失控之刻，法夫納承受我的暴力，沒有動怒還給予意想不到的邀請。

——因失約在懸浮車中痛哭時，黑格瓦沒有嘲笑我的失態，還說會陪我一同去解釋爽約原因。

「喜歡……哈！您……喜歡……好喜歡！」

顧玟卿搖搖晃晃地走到床前，內褲在行進間落至地板，他爬上床抱住燕尾服外套，躺下把鼻子埋在深藍襯裡中吸氣。

——當法夫納握住我的手，帶領著踩出倫巴舞的舞步時，第一次覺得社交舞不是枯燥的宴會過程，而是教人心神蕩漾的情感交流。

——在黑格瓦守在後方，以精神力、信息素和驚人的觀察力配合時，我第一次完全不用顧慮隊友或視線死角，恣意享受戰鬥的快樂。

「更多的……還要，主人哈……」顧玟卿左手緊抓外套的翻領，雙腿曲起夾住分岔的下襬，挺起胸膛、扭動腰肢磨蹭布料。

——法夫納說我是「極度惹人憐愛」的人。

——黑格瓦認為我是「集美貌、品德、高雅和強悍於一身」的人。

「嗯、啊啊——」

顧玫卿手腳蜷曲，在呻吟中將精液射進外套中，玫瑰的香氣混進夏夜晚風中，一同包圍失神的Omega。

而在短暫的寂靜後，顧玫卿翻身將外套壓在底下，咬著燕尾服的衣襟將手伸向臀瓣，展開新一回自瀆。布料的摩擦聲、浪蕩的喘息與破碎的告白繚繞廊柱，直至Alpha的信息素散盡都不見止歇。

（未完待續）

【特別收錄】

紙上訪談第一彈，各種設定不藏私大公開

Q1：M・貓子老師您好，很高興能再次出版您的新書。這套新書算是上一本《在暗殺目標前B轉O了》的續作，您在後記中有說明了故事的時間跨距很長的原因，是因為按《暗殺》的故事設定，千百年後最強的機甲駕駛員反而是Omega，在此契機下寫了這個故事。那麼能請您談談，為何會想到做這樣的設定呢？

A1：這要上溯至《暗殺》中的主角蘭開斯的設定。我當初給蘭開斯的設定之一是最強Alpha，不過強大的Alpha幾乎快成ABO作品的標配，所以我希望讓他的強不單單是信息素濃度、身體能力或智力這些，而思來想去我想到一個ABO文中常見的元素：精神力。

不過精神力大多出現於星際故事的背景，可是《暗殺》的故事離人類上太空還很長遠，所以就改讓蘭開斯擔任千百年後才會出現的機甲的始祖。

只是單純開迷你機甲感覺還是有點普通，所以我就再加上一人控制多臺小機器人的設定。

但由於蘭開斯是為了讓心愛的Omega擁有更開闊的未來，所以雖然他是開創者，但這種母裝甲搭配子機器人的模式其實更適合Omega，畢竟扣除蘭開斯的私心，這種模式本質上很考驗使用者對外界資訊的接收和處理能力，而我覺得不管是哪個世界觀，Omega其

實都是特別敏感的存在，假設他們較能一次容納更多資訊是合情合理的！

Q2：想請您談談這次的主角黑格瓦，因為上集已經可以看出黑格瓦很早以前就對顧玫卿一見鍾情，但理由竟然是因為被顧玫卿揍……這點讓我十分好奇，所以想趁此機會問問怎麼會想到做這樣的安排？在你眼中，黑格瓦是怎樣的人？有沒有什麼沒寫出來的裡設定或忍痛刪掉的劇情，能分享一下嗎？

A2：關於黑格瓦愛上顧玫卿的理由其實要分幾個層面，首先是種族影響，獸人是比人類更直覺的生物，然後黑格瓦是獸人中的殊貴種，直覺比普通獸人更強更準，放在愛情上就是近乎一見鍾情、終身不渝的執著。

所以在這塊上，他幾乎是十二年前一對上顧玫卿，就知道自己陷下去了。

不過他也的確喜歡強大的Omega，或者說只要是強大的人他都很喜歡，不限Omega，Alpha也可以。

就這方面而言，他是抖M沒錯XD

當初在設計黑格瓦時，我想到霹靂布袋戲中的一個知名角色：武君羅喉。

有鑑於羅喉已經是超過十年前的角色了，我這邊就直接簡略爆他的生平雷，在意的道友快退啊！

羅喉是一個帶領人民對抗大魔王的英明領導者，但在打退大魔王後，留存的人對羅喉產生不滿，進而揑造羅喉是個暴君、犧牲了非常多人，而羅喉本來不想管這些傳言引退歸去，結果這些人卻動到羅喉珍視的好友身上，讓羅喉憤而歸來，打趴所有人後決定乾脆坐實傳言，真的當一個暴君。簡單來說，羅喉是一個被傳言、歷史記載、外加自己脾氣太硬，從好人被扭曲成壞人的角色。

而我在寫黑格瓦時稍微借用了這個「人因為外在環境被迫成為相反的樣貌」的概念。黑格瓦是斯達莫直系皇族中最小的王子，個性上其實有點接近《紅樓夢》的賈寶玉，心想天塌下來還有父親、哥哥、姊姊頂著，胸無大志只想當個家庭主夫，在自己的 Omega 下班回家後跟對方貼貼抱抱噓寒問暖。

然而某天天還真塌下來，能幫他頂住的人全死了，然後他還必須照顧連話都還說不清的小姪子。

在這種情況下，黑格瓦被迫堅強，去學習一切能讓自己和姪子活下來的技能，扮演當下最需要他扮演的角色，從溫柔甜美與其說是 Alpha 更像 Omega 的小王子，變成本書開頭那個有眾多恐怖傳言的斯達莫攝政王。

但他骨子裡的柔軟還是存在，而當他遇上蘿絲（顧玟卿）時，他為了生存、親人與國民所強行演出的部分，和真正的性格合而為一，化為讓顧玟卿淪陷的溫柔又強勢的主人。

然後這邊要講到黑格瓦喜歡顧玟卿的第三點——蘿絲。

黑格瓦對顧玟卿是一見鍾情，但對蘿絲是日久生情，他最初只是被兩人相似的外貌吸引，但之後就被對方的認真、脆弱和在自己掌中逐漸綻放的嬌艷深深著迷，因此當他發現兩人是同一人時，慌張到先是把尾巴甩出破空音，接著又各種說溜嘴，最後逃跑。

附帶一提，這種程度的慌張第二集也有。

如果顧玟卿只是顧玟卿，黑格瓦是能忍住對對方的愛慕的，但顧玟卿也是蘿絲，所以我們的龍王殿下就大破防了 XD

總之，黑格瓦這個角色設計時的主要概念是「因為生活被迫改變的人」，放在現實生活中就是為了孩子勇敢打蟑螂的母親，或是為了生計努力壓抑怒氣不要打飛奧客或慣老闆的員工，有些人會覺得這種改變是虛假的，但我覺得……這部分容我留到第二集。

至於沒寫出來的裡設定或劇情……這邊預告一下，有些礙於劇情節奏無法放進去的片段（例如以黑格瓦的角度看自己與蘿絲在假面舞會中的互動），我計劃寫成短篇當成曬書或心得活動的獎品，所以！如果你看到這段時，距離書籍出版日只有一個月左右，請密切留意我的粉專，但如果錯過了……請帶著本書等待九月我的生日活動。

Q3：接下來談談顧玫卿吧，很明顯這個角色的性格非常複雜，雖然有強大的能力，卻非常自卑，所以才會沉迷 BDSM 遊戲，主人的稱讚讓他開始變得自信，這邊的心境刻劃還滿感人的，也會忍不住為顧玫卿感到疼惜。但同時這點也是一直讓我挺困惑的，他這麼不自信，在戰場上要如何堅定地帶領眾人作戰？武將的性格不該這麼自卑啊，實在好奇他在遇到「主人」前是如何取得這麼多功勳？或許顧玫卿並沒有他以為的自卑，反而脾氣很倔強，只是沒表現出來？總之，這個角色是上集完結仍讓我看不明白的人，不知您是怎麼看待這個角色的呢？一開始的設定他就是集這麼多矛盾個性於一身的人嗎？還是在下集會有意想不到的發展嗎？

A3：首先第一個問題，顧玫卿能帶領眾人作戰，或著能成為一個讓人追隨並喜愛的司令官主要是靠三方面：強大、需要照顧、朋友。

我當初設定時雖然給他的職業是上將與中央軍第三軍團總司令，但其實並沒有把他當將軍來設計，而是極度強大的單兵，有個梗是「你們已經被我一人包圍了」，他完全能辦到這件事，他是那種無論戰場多麼絕望窘迫，但友軍們只要發現他的機體，就會抱頭大喊我們可以回家的安心存在。

只是單純的強大很容易讓人懼怕，而顧玫卿也的確讓所有人都不想跟他打模擬戰，但好在他下了機甲後是個笨拙、自卑、極為自我克制的人，讓他的部屬生起「要保護我們強大但不擅人情世故的長官」的念頭。

然後在前兩者的基礎上，顧玫卿很幸運地在從軍後沒多久就遇上李覓，李覓沒有顧玫卿那種誇張的強大，但是他有領導和指揮長才，和顧玫卿在部隊中是互為黑白臉。

因此在第二章顧玫卿迫降荒星放棄希望時，他會認為只要有李覓在，第三軍團沒有自己也能正常運作，這判斷一半是對的、一半是錯的，對的部分是李覓能維繫住第三軍團，但錯的部分是這樣的第三軍團和有顧玫卿的第三軍團，在戰力上會是天壤之別。

接下來回答關於顧玫卿的複雜性，這邊我會碎念很多 XD

我很喜歡在設定角色時，給角色和自身職業、家世或性格上相反的特質，然後再去思考這人怎麼會長成這樣，而顧玫卿算是有很多這方面的元素，但我想大致可以總結成一句話：他是被強行養在籠子裡，誤以為自己是病貓的猛虎。

顧玫卿的自我壓抑與自卑都源自他的家庭教育（這點下集會提到一點），他是顧家的長孫，而顧家是聯邦有名的將門之家，作為現任家主的爺爺對於長子不肖和長孫是 Omega 其實頗為不滿，所以從小對他的要求就非常嚴格。

而顧玫卿在接受比 Alpha 還 Alpha 的教育同時，又對周圍柔美賢淑的 Omega 千金少爺們心生嚮往，最後導致他一方面深感自己既永遠無法成為 Alpha 的 Omega，一方面又自認是完全比不上其他 Omega 的粗暴 Omega。

然後這份無力感在母親成為植物人，父親和異母弟弟各種找麻煩後變得更嚴重。

此時唯一能讓他發洩壓力的是戰鬥，他是真心喜愛機甲與機甲戰，只是在高超的技術、無處宣洩的壓力，以及天生的瘋狂性格下（第二集大家有機會看見），他的戰鬥風格是十足的狂戰士 XD

不過他的脾氣的確是偏倔強，他有絕對不能踏過的底線，和絕不容許別人傷害的人，只是沒有把自己劃在其中，所以雖然他在需要揍人時毫不猶豫，卻幾乎只會為他人動手。

用更簡白的方式回答，就是顧玫卿在戰場上或是涉及自己部屬的事時，是相當固執凶悍的，甚至因為太過凶悍才被冠上暴君之名 XD

我自己很喜歡顧玫卿，理由除了我很愛他凶悍與嬌媚的反差外，他其實是我對近年某部分性別運動的不滿，近年很常強調女力，但所謂的女力卻幾乎與堅強、不性感美豔、不需要男人（或他人）、不能軟弱……等各種過去被歸為「女性特徵」的反面，但我覺得這何嘗不是一種刻板印象？如果有個女性希望自己漂亮性感迷人，為什麼不能讓她如願？所謂的多元或打破刻板印象，應該是每個人都能選擇自己想要的，而不是從一個框架掉進另外一個框架。

我把這個想法融進顧玫卿這個角色，讓他成為一個毫無疑問的強悍機甲駕駛員、打暈好幾個 Alpha 的威武 Omega，但同時他仍是一個希望能得到某人讚美、疼惜與照顧的人——只要那個人足以信賴，否則寧願孤獨一生。

而我想現今中大多數人無論男女都有一樣的渴望，堅強地活在世上，但希望在某些時分，有某個人可以抱抱自己說「你辛苦了，想哭想抱怨到我懷裡」。

Q4：針對上集的劇情來談，有哪個情節是寫來特別燒腦的嗎？個人最滿意的是哪段劇情？

A4：燒腦的部份，第一章第二章對我來說都很燒，然後就是法夫納和顧玫卿的相遇到奠定主奴關係的回憶橋段。

一、二章燒的原因除了我還沒跟角色混熟，更多的是為了讓後面的劇情順利展開，有相當多東西要向讀者交代，因此必須設計不少情節來交代必要的設定，然後交代時又要注意不能講得太複雜、太多。

這部份算是寫奇幻架空世界的作者必經的痛苦和醍醐味。

而奠定主奴關係那邊，讓我頭痛的原因是前面提過的，我不喜歡疼痛，然後顧玫卿也不是會因疼痛而臣服的人，可是這邊我又必須讓他對法夫納敞開心房，同時不能交出讓讀者覺得「這本 BDSM 濃度超淡，宣傳詐欺啦」的作品，因此多方考量後呈現的就是大家在書中看見的橋段。

不過最終我最滿意的也是這段，顧玫卿從一度感到希望，到反覆努力還是不如預期，正陷入不安與煎熬時又遭逢巨變，失控後以為會引來最壞的結果，然而卻得到想都沒想到的安慰，最後在主人掌中盛開。

我建議大家搭配倫巴（Rhumba）舞曲閱讀！

Q5：最後，想請您在不劇透的情況下，稍微透露一下，下集有什麼值得期待的故事情節嗎？

A5：我想在看完上集後，大家最期待的應該就是跑完全壘的H吧？這點不用擔心，下集有我目前寫過篇幅最長的H。

除此之外，下集也能看到更多顧玫卿作為暴君的那一面XD。還有肯定能消除上集中累積的遺憾或煩躁的情節。

總之，上集大家殘念遺憾欲求不滿的部份，下集幾乎都能滿足喔～

（未完待續）

【作者後記】

睽違十年再次挑戰全架空背景的小說，希望大家喜歡之後的發展

首先按照慣例，感謝所有購買本書的人，以及……已經把上集看完的人不要揍我啊啊啊啊啊（頂鍋蓋）。

請大家相信我的為人，下集在各方面一定會給大家一個滿意的交代，例如本人寫過最長的H段落之類。

然後為了照顧還沒看完書的朋友，接下來我會在盡量不爆雷的前提下，談談《在全息遊戲遇到敵國O上將怎麼辦？可是很香》（以下簡稱《O上將很香》）。

這本書在世界觀上和我的上一本ABO文《在暗殺目標前B轉O了》（以下簡稱《B轉O》）是同一個世界觀，但是時序上差了好幾百年，從些微些微的近未來，變成星際機甲背景。

而之所以會一言不合就跳躍N百年，是要追溯回二〇二一年我在漫畫博覽會上的《B轉O》簽書會，當時我和一個來攤位上簽書的讀者聊起以《B轉O》中Omega比Alpha能操作更多子機的設定來說，千百年後大家上太空開機甲時，人類最強機甲駕駛員會是Omega。

然後以這兩句話為起點，《O上將很香》誕生了。

對我來說，《O上將很香》是一本讓我既熟悉又陌生的書，熟悉的點是他的世界和《B轉O》是同一個世界觀，以及它是一本全架空的書，而其實我第一與第二套商業誌都是全架空。那麼陌生的點在哪裡？陌生在我上次寫全架空背景的書已經是超過十年前了啊！所以在本書的第一章和第二章，我寫得痛苦又快樂，快樂是我又回到當年熱愛的架空世界背景，痛苦的則是架空背景要交代好多東西但是又不能一口氣塞啊啊啊啊。

我想諸位在閱讀一、二章時應該也特別費腦力，容我再次致上感謝與敬意。

接下來來爆個不算料的小料——其實《O上將很香》本來計劃一集完結。

是的，原本大家並不會經歷故事講一半就請待下集分曉的煎熬，但是因為作者我錯估字數又日常爆字下，它從計劃在十三至十五萬字完結的小說，直接變成差不多二十四萬字左右。

說差不多的原因，是在寫這篇文的當下，我還沒把下集寫完，但大家不要擔心！我只剩下一章了！所以本書是不會斷尾的，請大家安心購買、放心推坑！

最後一段我要留給本書優秀到不行的繪師さきしたせんむ老師，以及勞苦功高的愛呦文創編輯。

當編輯告訴我本書的繪師是さきしたせんむ老師時，我先是驚嚇這種機會是我能有的嗎？然後擔心我出門會不會被車撞。

我至今都還好好活著，大家不用擔心！

さきしたせんむ老師的圖非常讓人驚豔，這點大家肉眼看了都知道，但我想大家不知道的是，這是由一位臺灣編輯和一位日本漫畫家，靠英文、機翻日文和參考圖溝通出來的。

作者後記

我看到成品時非常驚艷，這不僅是單純的精美度之類，而是さきしたせんむ老師很精準的捕捉到顧玫卿和黑格瓦的氣質樣貌，所以我要在這邊非常用力的感謝さきしたせんむ老師和愛吻文創的編輯，你們真的辛苦了，我會努力做善事以免被車撞（欸）。

附帶一提，裡封面的絲襪是本人的性癖，不僅完美還原角色，連我的性癖都圓滿了，這麼棒的東西我真的能獲得嗎？

最後的最後，希望大家喜歡《在全息遊戲遇到敵國O上將怎麼辦？可是很香》上集，咱們下集再見！

二〇二三年冬
M・貓子

i小說 080

在全息遊戲遇到敵國O上將怎麼辦？可是很香 1

國家圖書館出版品預行編目（CIP）資料

在全息遊戲遇到敵國O上將怎麼辦?可是很香 / M.貓子著. -- 初版. -- 臺北市：愛呦文創有限公司, 2024.03-
冊； 公分. -- (i小說 ; 80-)
ISBN 978-626-98197-3-7(第1冊：平裝)

863.57 112021814

愛呦文創

作　　者　M.貓子
繪　　圖　さきしたせんむ
責任編輯　高章敏
文字校對　劉綺文
版　　權　Yuvia Hsiang
行銷企劃　羅婷婷

發 行 人　高章敏
出　　版　愛呦文創有限公司
地　　址　10691台北市忠孝東路四段59號10-2樓
電　　話　（886）2-25287229
郵電信箱　iyao.service@gmail.com
愛呦粉絲團　https://www.facebook.com/iyao.book

總 經 銷　聯合發行股份有限公司
電　　話　（886）2-29178022
地　　址　231新北市新店區寶橋路235巷6弄6號2樓

美術設計　單宇
內頁排版　陳佩君
印　　刷　沐春行銷創意有限公司
初版一刷　2024年3月
初版二刷　2024年4月
定　　價　360元
I S B N　978-626-98197-3-7

愛呦文創